또 다른 시작을 위하여

박혜선 소설집

고려글방

또 다른 시작을 위하여

인   쇄 / 2021년 2월 5일
발   행 / 2021년 2월 5일

발행인 / 박 점 동
펴낸곳 / 도서출판 고려글방
출판등록 / 제 300-2015-165호
신고일 / 1992년 6월 15일
주   소 / 서울 종로구 대학로 19, 305호
          (연지동, 한국기독교회관)
전   화 / 02) 747-7708
팩   스 / 02) 764-9004
e-mail / moobooll@daum.net

가격 14,500원
ISBN 978-89-87627-37-3 03810
잘못된 책은 바꾸어 드립니다.

또 다른 시작을 위하여

박혜선 소설집

차례

작가의 말 ·· 6

빨래하는 여자 ··· 13

수렁에 봄이 찾아오면 ··· 41

또 다른 시작을 위하여 ··· 69

분갈이 ··· 101

내일은 없다 ·· 137

하오의 긴 터널 ··· 167

꽃과 그늘 ·· 199

대피령 ··· 225

갈대는 바람에 날리고 ··· 249

울음산 ··· 283

'발문 혜선' 우한용(소설가, 서울대 명예교수) ························ 326

작가의 말

시지포스의 산비탈

　작가라는 말이 아직은 내게 생소하고 계면쩍다. 그냥 글쓰기를 사랑하는 것만은 분명하다. 독자들이 내 글을 재미있게 읽고 좋아해주었으면 하는 마음은 가득하다. 두 아들이 대학원에 진학하자 내 자신을 위해 무엇인가 하고 싶었다. 때마침 한국에서의 삶이 시작되었다. 내가 고국을 떠나 있는 동안 한국에는 많은 문화센터가 새로운 문화의 장으로 등장해 있었다. 친구와 문화센터를 기웃거리다가 소설 창작 강의를 들어보면 어떨까! 싶어 소설 창작의 이론과 실제를 다루는 반에 등록했다.

　대부분 수강생들은 젊은 엄마들이었다. 내가 제일 연장자였기에 강의하시던 교수님께서 놀라시는 것 같았다. 나이는 의식하지 않는 미국생활 때문인지, 교수님의 반응에 대해서는 별로 신경을 쓰지 않았다.

　포물선에 그려진 전개 패턴, 발단부터 대 분규, 소 분규, 절정, 결말까지 소설 구조의 공식을 처음 접했다. 소설은 내용보다 형식에 의존하는 구조물이다, 소설 창작에 대한 유익한 지식은 소설 속에 있다. 상관물 끌어들이기, 등등, 소설쓰기의 핵심들은 나에게 생소했지만 흥미로웠다. 소설 읽기와 분석도 제대로 하지 못하면서 겁 없이 소설쓰기에 달려들었다. 시간이 갈수록 글쓰기는 넘어야 할 언덕과 산이 높고도 높았다. '소설쓰기의 비법은 소설 속에 있다'는 강의를 접한 후 많은 단편을 읽고 분석했지만 나의 글쓰기는 끝없이 핵심을 벗어났다.

소설쓰기를 그만두기로 맘을 굳히고 접었을 때, "소설쓰기가 쉬우면 누구나 다 작가가 되겠지요. 포기하지 마세요. 엄마는 하실 수 있어요." 두 아들은 용기를 주었고 희망을 갖도록 했다. 운동을 할 때나, 운전을 하면서도 내 머릿속은 소설쓰기 생각만 가득한 새로운 습관이 생겼다. 제대로 쓰지도 못하면서 열정만 가득한 채로 어느덧 나는 컴퓨터 앞에 앉아있었다.

작가는 무엇(What)보다 어떻게(How)를 쓸 것인가! 에 더 관심을 가져야 한다는 소설이론, 불필요한 것이 하나도 없는 하나의 전체를 지향하는 모든 재료들을 유기적으로 엮어야 하는 얽어 짜기…, 나는 아무것도 제대로 하지 못했고 이것저것 쓸데없는 이야기를 늘어놓기 일쑤였다. 내 감정이 개입되어 작중인물들 간의 관계도 어설프고 시작과 끝이 긴밀히 연관되도록 여러 요소들을 적절히 배치하지 못했다.

두 아들이 고등학교를 졸업할 때까지 바쁜 일상에 묻혀 책을 읽고 글을 쓰는 마음의 여유와 시간을 가질 수 없었다. 늦게 시작한 글쓰기인지라 마음만 초조했다.

책을 낸다는 생각은 언감생심, 나하고 인연이 없는 것처럼 멀찌감치 접어두었다. 그런데 마음을 고쳐먹을 기회가 왔다. 2019년 미주 한국일보에 응모한 단편소설 '대피령'이 당선되었다. 내 생애의 최고의 날, 얼마나 행복했던지, 한마디로 어떻게 표현할 수 있겠는가! 시상식 날, 상패를 안고 두 아들과 손자까지 우리는 너무 행복했다. 당선 소감을 말할 때 우리식구들이 흐뭇해하던 순간들을 오래 오래 기억할 것이다. 그동안 틈틈이 써놓았던 10편의 단편으로 책을 낼 용기를 가졌고 작품집을 내게 되었다.

내게는 고마운 지인이 계시다. "빨리 책 내세요. 더 늦기 전에 자식들에게 남겨주셔야죠." 재촉을 하시고 나를 서두르게 하는 통에 책 출판을 해야겠다는 마음이 굳어졌다. '부족하면 어떻습니까! 최선이면 됐지,' 그런 고무적인 말씀도 주셨다. 그 말씀에 힘입어 책 출판을 해야겠다는 마음을 다지게 된 셈이다.

그러나 망설임이 완전히 가시지는 않았다. 요즘 젊은 작가들 너무 잘 써서 주눅이 들어, 지금 내가 글 쓰는 일이 바보짓은 아닌가 싶어. 친구에게 문자를 보내면, 이런 답이 왔다. "그대는 온 우주에 오로지 한 사람이라오." 느낌표를 서너 개나 찍어 보내며 '그대가 최고,' 란 문자로 나에게 힘을 실어주는 친구가 있어 용기와 힘이 났다. 내 작품들을 다시 읽어보았다.

시간이 흐를수록 따뜻한 양지 뒤에는 그늘이 있다는 것이 보였다. 돈과 권력 앞에서 힘없는 사람들은 그늘로 밀려나게 되고, 희망과 미래를 펼쳐보기도 전에 비참하게 시들고 버려진다는 현실을 도처에서 보게 되었다. 돈과 권력은 그것을 위해서 양심 같은 것은 무디어진다는 것, 자신의 잘못이 아니면서 환경과 조건에 의해 파멸로 치닫는 힘없는 사람들 이야기와 그들이 희망을 버리지 않고 다시 일어서는 모습도 쓰고 싶다.

생을 마감한 후, 천국에 갈 수 있을까! 두려움보다 지금 눈앞에 있는 달콤함에 인간의 이기심이 앞질러가는 현실, 도처에 도사리고 있는 물질 만능주의, 선과 악이 공존하는 인간의 양면성 안에 교묘하게 감춰진 것들을 외면하지 않는 작가이고 싶다.

미국에 살면서 이민자들의 눈물을 보았다. '인간은 평등하다.' 우리는 그렇게 알고 있다. 정말 이 세상이 평등한가? 어린아이들이 총기에 쓰러지고, 검은 피부, 불법체류라는 이유로 불이익에 눈물만 흘리는 사람들, TV화면에 클로즈업된 파도에 떠밀려온 난민 어린아이 시신은 차마 볼 수 없었다. 나는 '신이시여! 당신은 지금 무엇하고 계십니까?' 절규했었다. 대답은 아직 듣지 못했다. 미지에 있는 그 대답을 찾아 그늘에 있는 사람들을 찾아 밝은 곳으로 안내하는 역할도 하고 싶다.

우리 집 뒤뜰에는 여러 그루의 라벤더(Lavender)나무의 보라색 꽃이 11월까지 핀다. 2011년에는 50마리도 더되는 벌들이 그 꽃에 꿀을 모으기 위해 윙윙거렸다. 매해 벌들은 찾아오는 숫자가 줄어들더니 올해는 대 여섯 마리만 보인다. 해마다 라벤더 보랏빛은 싱그러운 꽃향기를 뽐내며 벌들에게 러브 콜을 보내지만, 벌들은 점점 길을 잃었는지 찾아오는 숫자가 줄어든다. 라벤더의 화사한 자태와 향기가 어쩐지 쓸쓸해 보인다. 지구 온난화의 영향으로 벌들이 길을 잃고 집으로 돌아가지 못한다고 한다. 지구상에서 벌이 사라진다면 그날이 지구의 종말이라는데, 이 얼마나 무서운 일인가! 우리는 위기의식은 접어두고 막연하게 설마, 그렇게 생각한다. 앞으로 환경 문제도 다루고 싶다.

사형 집행일을 일주일 남겨둔 어느 날, 소크라테스는 교도관이 부르는 '시테코리스' 그리스 가곡을 듣고 노래가 너무 아름다워 제발 자신에게 가르쳐달라고 사정을 했다. 사형일자가 일주일 남은 사람이 노래는 배워 뭘 하느냐는 교도관의 대답에 늦게 죽는 사람이나 일찍 죽는 사람이나 죽기는 마찬가지인데 짧은 시간이라도 배울 수 있다는 것이 얼마나 큰 행운인가! 말했다고 한다.

하루가 다르게 변하는 지식과 정보의 시대에 살고 있는 우리들이다. 눈감을 때까지 공부하고 더 좋은 소설을 쓰고 싶다. 내 생애 남은 시간이 얼마나 될까, 예측할 수 없지만 숨이 붙어 있는 한 노력할 것이다.

시지포스는 인간 중에서 가장 현명하고 신중한 자라는 호메로스의 평을 듣는 코린토스의 왕이었다. 그는 신들의 편에서 보면 남의 말 엿듣기 좋아하고 입이 싸고 교활할 뿐만 아니라 특히 신들을 우습게 여겼다. 시지포스는 신들의 치부를 잘 알고 있었고 인간의 행복을 매우 중요하게 생각했기에 신들을 이용해 인간의 복지를 증진시키기도 한다. 아무리 지혜로워도 인간인 그는 제우스신에게 노여움을 사 굴러 떨어지는 돌을 다시 굴려 올려야 되는 형벌을 받는다. 시지포스는 자신이 돌을 산 정상에 올리는 일이 부질없고 희망이 없는 것을 알고 있었지만 슬픔이나 비탄에 빠지지 않고 신들이 정해놓은 운명에 굴복하지 않는다. 그는 이것이 자신의 운명을 이기는 승리의 순간이라 생각한다. 아무리 신들이라도 시지포스의 운명에 대한 저항을 막을 수는 없다. 이성적으로 이해할 수없는 모순투성이 가운데서 운명을 거부하며 떨어져 내린 바위를 다시 굴려 올리는 시지포스의 무위한 몸짓은 결코 고만 둘 수 없는 나의 글쓰기 작업이다. 내 생애가 끝나는 날까지 시지포스의 바위 굴려 올리기는 멈출 수가 없다.

 무작정 노력만 한다고 다 되는 것이 아니다. 어떻게 노를 저어야 하는지 부지런히 갈고 닦을 것이다. 노를 잘 저어야 배가 순탄하게 나갈 수 있다고 하신 우한용 교수님께, 늦은 만남이 아쉽지만, 깊이 감사드린다. 더구나 평설까지 써주시니 고마울 따름이다. 덧붙여 문화센터에서 소설쓰기 발판을 만들어주신 L 교수님과 소설가 L 선생님, P교수님께도 감사드린다.

 코로나 19가 전 세계를 휩쓸어 모두 신경이 예민한 이 때에 10편의 소설을 모양새를 갖춰준 도서출판 고려글방 편집진과 전실장님께 고마운 마음이 가득하다.

　　　　　　　　　　2021년 1월 10일 로스앤젤레스에서

　　　　　　　　　　　　　　　　　박 혜 선

이 소설집의 표지와 본문에 실린 유화는 작가의 부친 (고)박병관의 작품들이다. 선친은 세브란스 의학전문(현 연세대학교 의과대학)을 졸업한 내과 전문의였다. 2001년 84세로 작고하기 전 4년 동안 그린 그림들 가운데 선별하여 실었다.

빨래하는 여자

2009년 미주 크리스찬문인협회에 소설부문 당선작

박병관 作
유화, 가로 53cm X 세로 45cm

1

 세제를 넣고 버튼을 누른다. 비눗물에 젖은 남편 속옷이 돌기 시작한다. 남편의 옷을 만질 때면 반드시 일회용장갑을 낀다. 어떤 여자는 세탁소에 보낸다는데 차마 그렇게는…. 금세 한 덩어리로 엉킨 빨래가 팽이처럼 돈다.
 처음 로스앤젤레스 공항에 도착했을 때 남편은 상기된 얼굴로 입가에 미소를 머금고 나를 반겼었다. 남편의 벤츠 s550을 타고 팔리세이드동네로 접어들자, 언덕 아래로 태평양이 보이는 저택들이 즐비한 주택가가 펼쳐졌다. 거대한 철문이 열리자 갖가지 꽃들과 정원수가 나를 반겼다. 현관 앞에는 분수와 꽃들이 만발해 있었다.
 분수를 반바퀴 돌아 차가 현관 앞에 멈추었다. 그가 나를 안고 집안으로 들어섰다. 현관문을 열었을 때 입구 높은 천장에 달린 육중한 샹들리에가 넓은 거실과 조화를 이루고 있었다. 안으로 들어섰다. "내릴게요." 난 많이 수줍어했었다. 남편이 집안을 안내했다. 대리석 카운터 탑에 잘 정돈된 넓은 부엌, 젊은 감각의 하얀 홈 세트가 놓인 다이닝룸의 식탁, 세탁실, 용도별로 스팀 청소기까지 정렬되어 있는 창고, 드레스 룸…. 그는 집안 구석구석을 보여주며 자랑스레 말했다.

"나름대로 신경 쓴다고 썼는데 당신 맘에 들지 모르겠군!"

난 벌어진 입을 다물지 못한 채 겨우 한마디 했다. "너무 근사해요!", "맘에 든다니 다행이야." 자신 없는 표정으로 내 안색을 살피던 그가 물정 모르는 신참내기 이등병처럼 몹시 좋아했다. "사랑해, 허니!" 남편이 우악스럽게 끌어안고 입을 맞췄다. 거칠고도 깊은 입맞춤이었다. 나는 바로 곁에 남편이 서 있기라도 한 듯 몸이 경직되어 진저리를 친다.

세탁기 돌아가는 소리만 들릴 뿐 집안은 고요하다. 삐 소리가 나자 건조기에 섬유 연화제를 한 장 넣고 동작 버튼을 누른다. 이제 사십분 후면 갓 구운 식빵처럼 보드랍고 따스한, 잘 마른 빨래들이 나올 것이다. 그동안 느긋하게 커피 한 잔 마시며 음악을 들어도 좋을 텐데 세탁기 앞을 떠나지 못한다. 빨래는 꼭 내가 해야 직성이 풀린다. 내게 빨래는 마치 시지포스가 끝없이 들어 올리던 바위덩이 같다. 무위한 몸짓이되 결코 그만둘 수 없는….

여고 졸업식 날, 학부형을 대표해 축사할 예정이었던 아버지는 끝내 오시지 못했다. 사무실에서 쓰러져 응급실에 실려 간 아버지는 천만다행인지 불행인지 반신불수의 몸으로 퇴원했다. 장기간 지속된 병수발과 기우는 가세를 못 견뎌 가출한 어머니, 자존심 강하고 당당했던 아버지의 자살 시도…. 모든 것이 한순간이었다. 문턱이 닳도록 드나들던 일가친척들, 아버지 동료와 친구들의 발길이 뚝 끊어진 집안은 적막이 감돌았다. 재활치료에 안간힘을 쓰며 재기를 꿈꾸던 아버지의 강한 집착과 달리 병세는 더욱 나빠졌고, 치료비를 감당할 수 없었던 우린 결국 너른 정원과 갖가지 유실수가 오밀조밀한 대리석 이층집을 남의 손에 넘긴 채 산비탈의 단칸방으로 이사했다. 이사랄 것도 없이 몸만 빠져나온 셈이었다. 사철 내내 푸른곰팡이와 습기, 아버지의 대소변 냄새가 찌든 단칸방에서의 하루하루…. 무엇보다 아버지 약값과 병원비, 동생의 학비를 대려면 돈이 필요했다.

항상 대소변을 지리는 아버지의 환자복을 빨다 문득 비슷한 처지의 환자들의 옷을 빨아주면 돈이 되겠다 싶었다. 인근 부자 동네를 돌아다니며 전봇대마다 '치매환자, 중환자 빨래 전문'이란 광고를 써붙였다. 예상 외로 빨래는 넘치게 밀어닥쳤다. 집집마다 환자들이 이렇게 많은가 싶었다. 긴 병에 효자 없다고, 일일이 빨고 삶아야 하는 환자 빨래를 전문으로 해준다는 말에 너도나도 빨랫감을 들고 마당을 기웃거렸다.

"아이고, 시집도 안 간 처녀가 어쩜 이렇게 손이 야무져? 요즘 내가 처녀 덕분에 살 만해졌다니까."

어떤 이는 환자 빨래니까 좀 더 팍팍 삶으라고 한바탕 잔소리를 늘어놓기도 했다. 나는 사시사철 커다란 함지에 상체를 묻은 채 손목이 휘어지고 비틀어지도록 빨래를 했다.

하얀 김이 몽글몽글 피어오르는 큰 솥 앞에 서서 방망이로 뜨거운 빨래를 휘젓고, 방망이질을 하고, 헹궈서 볕이 좋은 공터에 널고 있으면 아버지의 넋두리 섞인 장탄식이 들려왔다. "제발 날 좀 고쳐다오…." 황급히 뛰어들어가 보면 아버지는 불편한 몸으로 요강에 앉다 중심을 잘못 잡아 널브러진 채 울부짖고 있었다. "의사가 무엇이라 하더냐?" 나는 묵묵히 아버지의 하체를 씻기고 옷을 갈아입혔다. 아버지는 이미 내 앞에서 하체를 드러내는 것에도 무감각해져 있었다. 집을 나가 소식 없는 엄마에 대한 원망과 증오, 그리움이 뒤범벅되어 아버지가 한바탕 소란을 피운 날이면 나는 정말 부러진 스프링처럼 어디론가 튕겨 나가고 싶었다. 빨고 또 빨아도 끝없이 밀려드는 더러운 빨래처럼 내 앞에 떡 버티고 있는 현실이 숨이 막혔다.

도망치듯 집에서 뛰어나온 내가 갈 곳은 아랫동네 놀이터밖에 없었다. 서쪽 하늘가에 드리워진 보랏빛 노을이 처연했다. 해질녘 봄바람이 부드럽게 볼을 간질였다. 그네에 앉아 힘껏 발을 굴렀다.

그때 누군가 내 등을 힘껏 밀었다. 돌아보니 두 개의 무궁화가 달린 제복 차림의 순경이 서 있었다. 우뚝 선 콧날, 꽉 다문 입, 운동으로 단련된 체격이 듬직해 보였다. 눈이 마주치자 그가 빙그레 웃었다. 제복이 주는 딱딱함 이전에 그의 입가에 떠오른 미소에 안도한 나는 그가 미는 그네에 몸을 맡긴 채 높이

또 다른 시작을 위하여

하늘로 날아올랐다. 그때 내 발목을 붙잡고 있는 현실을 떨쳐 내고 싶다는 열망에 몸을 떨었던가.

며칠 전 그가 물었었다. "처음 만났을 때 낯선 남자가 그네를 밀어주는데 무섭지 않았나요?" 나는 그를 올려다보며 고개를 살랑살랑 저었다. 더 이상 함지박 가득 쌓인 빨래를 비비고 두들겨도 힘들지 않았다. 놀이터에서 자판기 커피를 마셔도 그와 함께 있으면 즐겁고 편했다. 편모슬하에 세 동생을 책임져야 하는 가장인데도 그는 항상 긍정적이고 밝았다. 모나거나 비틀린 구석이 없고 미래를 계획하며 현실에 충실한 그를 보면서 나도 현실에 적응하는 법을 배워나갔다.

"결혼 일주년 기념해서 나무를 심을까 하는데 당신 생각은 어때? 캘리포니아는 사막에 세운 도시라 지금이 나무 심기에 적기야! 늦가을 잔디 좀 봐, 파랗게 에메랄드를 뿌려 놓은 것 같지?" 남편과 나는 설레는 마음으로 화원에 갔다. 감나무 묘목을 보자 친정집 뒤뜰에서 빨갛게 익어 가던 감이 생각났다. "여보, 우리 감나무 심어요." 그는 내 말을 들은 체 만 체 두 그루의 금테 사철나무를 샀다. 그가 내 말을 무시하긴 처음이었다. 무엇이 그를 기분 상하게 했던 걸까? 영문을 알 수 없었지만 남편의 표정이 눈에 띄게 굳어 있었다.

그날 밤, 남편은 위스키를 병째 들고 마시다 급기야 술과 술잔들이 진열된 웻바(Wet bar)를 모조리 쓸어버렸다. 밤새 부수고 또 부수는 일을 멈추지 않았다. 챙 챙 쨍그랑 잔 부서지는 소리가 내 심장에 파편처럼 날아와 박혔다. 그는 성이 풀리지 않는지 응접실 한가운데 서서 기묘한 웃음을 터뜨리며 들고 있던 과도로 소파를 갈기갈기 찢었다. 생전 처음 보는 그의 광포함에 나는 부들부들 떨었다. 말리려고 다가갔다가 뿌리치는 바람에 깨진 유리잔 조각들 위로 넘어졌다. 손과 팔 여기저기 피가 배어 나왔다. 할복한 뱃속에서 쏟아진 창자처럼 찢어진 소파에서 빠져나온 깃털과 스펀지가 온 집안을 날아다녔다. 막 태동을 시작한 아이는 제 아빠의 소동에 놀랐는지 똘똘 뭉친 채 꿈쩍도 하지 않았다.

2

'이제 어쩐다…?' 아내에게 다가가 용서를 빌고 싶었지만 부끄럽고 수치스러워 오히려 뒷걸음쳤다. 뱃속의 아이는 괜찮을까? 아내가 미국에 오길 기다리는 동안 '넌 할 수 있어, 할 수 있고 말고!' 수없이 다짐했는데 모두 허사로 돌아갔다. 어제는 정말 내 정신이 아니었다. 아내가 감나무 얘기를 꺼내자 오랫동안 덮어두었던 두엄을 들쑤신 꼴이 됐다. 푹 삭은 두엄은 썩은 내를 풍기며 걷잡을 수 없이 일어나 내 오감을 마비시켰다. 아내의 놀라 휘둥그레진 얼굴에 어머니 모습이 겹쳐졌.

감꽃이 하얗게 핀 오월 어느날, 학교에서 돌아온 나는 중학생 교모를 벗으며 엄마를 불렀다. 집안은 쥐 죽은 듯 고요했다. 열린 대청마루 미닫이문 사이로 미풍이 하늘거렸다. 문득 뒤뜰에 새들이 날아가는 하늘 길이 보였다. 그곳엔 감꽃이 눈꽃처럼 다다귀다다귀 피어 있었다. 눈이 부셨다. 자석처럼 뒤뜰이 날 끌어당겼다. 꽃에 홀린 듯 무연히 바라보았던 감나무 아래, 왼손으로 가슴을 움켜쥐고 바른손에 몇 잎의 상추를 잡은 채 쓰러진 엄마가 보였다. 상추 잎을 따다가 심장에 이상이 온 것 같았다. 주먹을 꼭 쥔 손에 상추의 녹색 물이 배어나왔다. 우리 집 뒤뜰에는 감나무가 한 그루 있었고 넓은 채마밭에는 상추, 오이, 부추, 토마토, 가지가 풍성했다. 저녁에 불고기 해 주마, 하셨는데 상추를 뜯으러 나가셨다가 그리 되신 것 같았다. 엄마가 채소를 가꾸면서 아버지의 바람기를 견디었던 것은 아닌지 모르겠다. 엄마, 엄마, 애타게 불렀을 때 엄마가 눈을 떴었는지 분명치 않다. 119가 도착하기 전 엄마는 돌아올 수 없는 길을 떠났다. 내 절망이 하늘을 까맣게 덮었다. 사인은 심장마비였다.

아버지가 데려온 여자의 웃음소리가 밤마다 간드러졌다. 그때마다 나는 라디오 볼륨을 높이고 책상을 내리쳤다. 주먹에 피딱지가 가실 날이 없었다. 이따금 라디오에서 오페라 '마술피리' 아리아가 흘러나왔다. 밤의 여왕이 부르는 '지옥의 복수심 내 마음속에 불타오르고…' 소프라노의 한계 음이라는 F음이 플루트처럼 투명한 음색으로 울려 퍼졌다. 하하하하 하하하하 하는 고음이 마치 까마귀가 깍깍대는 소리처럼 들렸다. 여자의 웃음소리와 밤의 여왕이 부르는 아리아는 절묘하게 어우러졌다.

내 방문이 열렸다. "라디오 소리가 너무 커! 볼륨 좀 줄여라." 나는 의자에서 꼼짝달싹하지 않았다. "어린놈이 애비가 말하면 들을 것이지, 그 놈의 아아 소리 귀신 나오겠다. 한밤중에 웬 하라는 공부는 안 하고 라디오만 끼고 사냐?" 아버지는 볼륨을 줄이는 대신 아예 꺼버렸다. "저 여자 웃음소리가 듣기 싫어 미칠 것 같아서요. 왜요?" 내 목소리에 방에 놓아둔 주전자가 바르르 떨었다. "저 여자라니, 이 버르장머리 없는 놈." 아버지의 주먹이 여기저기 날아들었다. 날선 톱날이 몸을 쪼개는 것처럼 통증이 지나갔다. 아무리 때리고 소리 질러도 여자는 말리러 오지 않았다. 나는 엄마를 떠올렸고 아파서 자꾸 소리를 질렀다.

다음날 일찍 방문 여는 소리가 들렸지만 자는 척했다. "어린놈이 누굴 닮아 고집이 센 게야?" 아버지가 여기저기 약을 발라줬다. 쓰라렸지만 꾹 참았다. 아버지에게 얻어터지고 나면 육신이 결리고 아픈 대신 마음은 새털같이 가벼워졌다.

요즘 나는 아내 몰래 정신과에 다닌다. 의사는 극복하려는 내 의지가 중요하다고 강조하지만 증세가 보일 때쯤엔 '밤의 여왕' 아리아가 귓속에서 윙윙거린다. 언제까지 피폐한 정신으로 유년시절에 머물러 있을 것인가. 아내가 이런 나를 두고 떠나면 어쩌나 초조하다. 엄마처럼 바람같이 아무 말 없이 훌쩍 떠나버린다면…. 생각만 해도 두렵다.

주인공 타미노 왕자가 사랑을 위해 시련을 이겨냈듯 아내를 위해 무엇이든 해야 한다. 그가 부는 마술피리 소리가 내 안에 도사리고 있는 악마를 쫓아낼 수 있다면 얼마나 좋을까! 풀릴 길 없는 아버지에 대한 증오를 알코올에 의지하기 시작한 게 언제부터였던가. 복수에 찬 '밤의 여왕' 아리아가 귀에서 쟁쟁거리면 희디흰 감꽃이 깨진 유리잔 위로 무수히 떨어지곤 했다.

3

세탁실의 거울에 비친 내 얼굴에 봉지쌀을 들고 있는 그늘지고 초췌한 모습이 겹쳐졌다. 낯설다. "언제까지 다람쥐 쳇바퀴 돌 듯 그렇게 살래? 너 보면 짜증나고 화난다. 네 아버지도 딱하다만…." 차가운 시선으로 혀를 끌끌 차며 당숙은 삼만 원을 던져주었다. 아쉬울 때마다 찾아가 손 벌리는 것이 죽기보다 싫었지만 당장 입에 풀칠을 하려면 어쩔 수 없었다. 동생이 고등학교에 진학한데다 손목이 접질렸는지 퉁퉁 붓고 설상가상 빨랫감까지 줄어 하루하루가 살얼음판 같았다. 삼백 그램짜리 쌀 봉지가 천근처럼 무거웠다.

봉지를 들고 지친 걸음을 옮기는데 누군가 불렀다. 여학교 동창 경애였다. 경애는 내 차림새를 놀란 눈으로 빠르게 훑어 내렸다. 그때 한 남자가 브리프 케이스를 들고 우리 곁으로 다가왔다. "사촌오빠, 기억나지? 전에 봤잖아, 미국 변호사야." 그녀가 속삭이듯 말했다. 얼른 생각나지 않았다. 남자는 피부가 좀 검은 편이고 말랐지만 미루나무처럼 큰 키에 단단해 보이는 체격이었다. 웃는 인상 속에 엿보이는 차가움과 초점이 흔들리는 듯한 눈빛이 대조적이었다. 진회색 정장에 맨 에르메스 타이는 엄마가 좋아하던 명품이었다.

"진경이도 이젠 숙녀 다 됐구나! 오랜만인데 같이 식사하러 가지." 남자의 말에 경애도 붙잡고 나섰다. "졸업하고 처음이잖아. 오빠한테 맛있는 거 사달라고 하자." 황급히 그 자리를 벗어나려는 나와 경애의 실랑이 끝에 까만 봉지가 터졌다. 안에 있던 봉지쌀이 쏟아졌다. 얼굴이 확 달아올랐다. 경애 오빠가 흩어진 쌀을 쓸어 담았다. 그와 눈이 마주쳤다. 망연자실 서 있는 내 속에 절망인지 분노인지 모를 것이 용암처럼 뜨겁게 끓어올랐다. "어머, 어떡하니, 미안해." 경애가 어쩔 줄 몰라 했다.

처음으로 광기를 내보인 다음날 저녁, 남편은 풀죽은 채 시무룩하고 겸연쩍은 얼굴로 퇴근했다. "얼마나 놀랬어? 여보, 아이는 괜찮을까? 어떻게 당신에게 용서를 빌어야 좋을지…." 사들고 온 장미꽃과 루비반지 때문이라고 할 순 없지만 마음이 흔들렸다.

그러나 반복되는 폭력과 미안하다는 말은 곧 효력을 잃었다. 가재도구를 부수는 빈도도 잦아졌고 사과는 하는 둥 마는 둥 웅얼거림으로 변했다. 자주 아랫배가 단단하게 뭉쳤고 공처럼 몸을 만 채 꿈쩍도 하지 않는 아이의 느낌이 섬뜩했다. 남편이 사다준 〈임신과 출산〉에 관한 책을 뒤져보니 아이의 태동은 다른 아가들에 비해 미약했다.
 붉은 동백꽃을 시작으로 담장 위에 빨간 부겐빌리아, 마가렛, 실란트로, 파피꽃이 피었고 계절이 바뀌면서 배는 점점 불러왔다. 만삭이 가까울수록 나는 알 수 없는 불안과 초조에 시달렸다.

4

 다이닝 룸에 어제 저녁 때려 부순 흔적은 보이지 않는다. 거실에서 새 소리가 들린다. 아내는 내가 들어온 것도 모르는지 소파에 기댄 채 텔레비전 화면에 열중하고 있다. 여덟 가지 색 깃털로 옷을 입은 팔색조가 화면 가득 눈부시다. 배와 꼬리 부분의 붉은 색이 석양에 어우러져 더욱 붉게 보인다. 녀석들은 철저한 일부일처제로 금슬이 참 좋다. 새끼가 알을 깨고 나올 때까지 수놈이 열심히 먹이를 나른다. 새끼들은 아빠 엄마가 교대로 물어온 먹이를 사이좋게 받아먹는다. 수컷은 배설물을 아주 멀리 날아가서 버리고 쇠똥을 물어와 둥지 앞에 늘어놓는다. 천적으로부터 새끼를 보호하기 위한 속임수다. 쉴 새 없이 먹이를 물어와 새끼를 돌보는 어미 새를 유심히 본다. 뭉클하다.
 그 옛날 엄마의 예쁜 모습이 떠오른다. 자그마한 체구에 하얀 맑은 피부를 가졌고 활짝 웃을 때면 하얀 이가 옥수수알처럼 박혀 있었는데…. 다큐멘터리가 끝나도록 아내는 미동도 없다. 그녀의 볼에 눈물 자국이 보인다. 우리는 말없이 텔레비전 화면만 뚫어지게 본다. 부부가 한 자리에 앉아 텔레비전을 보는 게 얼마만인가.

언제 또 발작을 일으켜 아내에게 상처를 줄까 조마조마하다. 아버지의 여자들이 깔깔거리며 웃기 시작하면 '밤의 여왕' 아리아도 커지고, 매타작을 벌이던 아버지와 고집스레 엎드려 고스란히 맞던 나…. 나는 아버지였고 아내는 어린 나다.

신경정신과에서 받아온 약을 먹으면 뼈 없는 척추동물처럼 나른하고 멍해진다. 그 나른함은 옛날 기억들을 불러왔다.

아버지는 공항에서 눈물을 보였다. "네가 가고 싶어 하니 보내긴 보낸다만 하나 뿐인 자식인데…." 목이 메는지 나머지 말은 삼켰다. "건강 챙기고 반드시 네 뜻을 펼치거라. 애비가… 미안하다." 공항에서 눈물을 보였던 아버지가 떠오를 때면 나는 못 볼 것을 본 양 고개를 세차게 저었다. 오랜 타국 생활로 더욱 단단해졌고, 유년시절의 상처쯤은 극복했다고 믿었는데, 늦은 결혼이라 남보다 배로 행복해지고 싶었는데, 아직 늦지 않았다고 자위해 본다.

5

인큐베이터 안에서 사투를 벌이던 아이가 드디어 기본 체중으로 퇴원했다. 스프링클러에서 분사된 물이 꽃잎에 방울방울 맺혔고 땡볕이 따가운 칠월 하순이었다. 서먹서먹해진 우리 부부에게 딸아이는 특별한 의미다.

별 탈 없이 잘 자라던 딸애가 요즘 들어 부쩍 감기를 자주 앓고 우유를 먹는 것도 시원찮다. 체중이 제자리인데다 기침까지 해 병원에 데려갔다가 받은 의사의 진단은 청천병력이었다. 초기에는 좌우 심실의 압력 차이가 없고 혈액을 다른 쪽으로 돌리는(shunt) 량이 적어 증상이 나타나지 않았는데 아이가 자라면서 폐혈관 저항이 감소하자 점점 단락 량이 많아 폐 혈류가 증가해서 심부전과 발육부전인 '심실중격결손'(interventricular sepal defect) 증세가 나타난 것이라고 했다. 특수한 경우를 제외하곤 대체로 유전이거나 환경적인 요인과 복합적으로 생기는 병이라 했다.

"혹시 임신 중에 자주 놀라거나 충격을 받은 적이 있습니까?"

나는 아무 말도 하지 못했고 남편 때문에 아기가 놀라서 그런가 싶어 그를 쳐다볼 수가 없었다.

'모든 게 엄마 잘못이구나. 아가, 미안해. 아가.'

"심장에 생긴 동공(洞空)이 자연적으로 막힐 수 있으니 기다려보고 안 될 경우 수술합시다."

결혼 이야기가 무르익을 무렵 아버지가 세상을 떠났다. 병든 아버지는 어서 잊고 홀가분하게 미국으로 떠나라는 마지막 배려 같았다. 왜 그때 좀 더 아버지의 심정을 헤아리지 못했을까. 어차피 떠나실 분인데….

남편과의 결혼은 일사천리로 진행됐다. 정신없이 서두는 통에 망설이고 주저할 틈이 없었다. 무궁화와 마지막으로 만나던 날, 그는 내 결혼 사실에 충격을 받은 듯 한동안 말을 잇지 못했다.
　"우리가 그동안 함께한 시간은 아무것도 아니니? 뭐라고 말 좀 해봐! 제발 가지마! 앞으로 야간대학에 진학해서 사법고시를 볼 계획이야. 우리의 미래를 위해서 난 한 가지씩 차분하게 준비하고 있는데, 진경아! 너 그 사람 사랑해? 아니지?"
　말수 적고 신중했던 그가 그토록 흥분하긴 처음이었다. 난 그에게 아무 말도 하지 못했다. 아니, 할 수가 없었다. 무슨 말을 하겠는가. 비록 단 한 번이지만 그와 함께 탔던 경춘선 기차, 북한강변의 평화롭던 어느 하루가 영화의 한 장면처럼 눈에 어룽졌다. '미안해요…. 절 용서하지 말아요.' 속으로 중얼거렸다.

　새벽 먼동이 어둠을 걷어낸다. 잠든 아이가 편안해 보인다. 커피를 내리고 식탁에 앉아 밖을 내다본다. 파란 잎 가장자리에 톱니처럼 생긴 노란 테두리를 두른 두 그루의 금테 사철나무가 보인다. 칠월에 연한 노란빛을 띤 녹색 꽃은 화려하진 않지만 싱그럽다. 사철나무가지와 잎겨드랑이 사이로 꽃자루를 드리운 꽃이 촘촘히 매달렸다. 작년 시월, 붉은색으로 익은 열매 한가운데가 열십자로 갈라졌다. 녹색 잎의 노란 테두리와 붉은 열매가 마치 새 색시가 입은 다홍치마 노란 저고리처럼 잘 어울렸었다.

　나뭇잎이 미세하게 떨린다. 나는 반사적으로 녀석을 찾는다. 일초에 육십 번 날개를 움직여 공중 비행하는 허밍버드다. 날갯짓이 바람개비 같다. 공중에 가만히 떠서 쉴 새 없이 날개를 움직이는 작디작은 것이 신기하고 안쓰럽다. 허밍버드는 늘 꽃속 꿀을 따러 아침 일찍 날아온다. 숨죽인 채 녀석의 곡예를 지켜보면서 활기찬 몸짓과 생의 의지에 탄복한다. 파르르 떠는 날개 위로 아침햇살이 내려앉는다. 비틀(beetle)에 수액이 빨려 죽어가는 소나무처럼 하루하루가 타들어가는 내게 '오늘은 어제와 다를 거예요. 자, 이렇게 힘껏 날갯짓을 하고 기운을 내요.' 하고 녀석이 속삭이는 것 같다.

　머리를 자르면 초조한 마음이 가라앉을까 싶어 일찍 퇴근한 남편에게 아기를 맡기고 한인타운으로 차를 몰았다. 미용사가 한인이어서 편하다. 차례를 기다리며 뒤적이던 한국 여성잡지에서 무궁화에 대한 인터뷰 기사를 보았다. 세 송이 무궁화가 그의 어깨에 활짝 피어 있었다. 경정(警正)이었다. 계획대로 사법고시에 합격해 경찰에 투신한 그는 생활고를 견디다 못해 자신의 차에 뛰어든 고등학생의 학비를 대주고 그 일을 계기로 불우 청소년들의 생활 보조금과 장학금을 대주고 있다는 미담이었다. 아직 독신인 특별한 이유가 있냐는 기자의 질문에 사진 속의 그는 예전의 수려한 모습 그대로 말꼬리를 흐린 채 웃고 있었다. 허공을 응시한 그의 시선에서 내 모습을 보았다면 착각일까. 나는 사진 속 그의 얼굴을 가만히 쓸어보았다.

6

 중환자실로 옮겨진 딸아이는 혼수상태다. 조그만 입과 코에 끼워진 여러 개의 줄, 이따금 아이의 몸 상태를 알려주는 머리맡의 모니터에서 삐삐 울리는 소리, 그때마다 속이 숯등걸처럼 타들어간다. 남편을 찾는 휴대폰은 시도 때도 없이 울린다.
 "잠시 사무실 다녀올게."
 "가지마. 나 혼자는 무서워."
 "수술 경과가 좋다니까 너무 걱정하지 마. 곧 올게."
 남편이 황급히 나간다. 아이와 나뿐이다. 으스스 한기가 들고 몸을 가누기가 힘들다. 검푸른 하늘에 걸린 초승달이 처연하다. 딸아이의 얼굴이 낮달처럼 창백하다. 구름이 달빛을 가린다. 잡았던 손을 뿌리치고 아이가 어디론지 달아난다. "연아, 연아!" 깜짝 놀라 정신을 차린다. 침대에 기댄 채 졸았나 보다. 아이를 살핀다. 모니터속의 숫자와 병실을 가득 채운 정적이 무섭다. 남편이 빨리 돌아왔으면 싶다.
 갑자기 아이가 경련을 일으킨다. 응급 벨을 누르는 손이 사시나무 떨듯 떨린다. 의사들의 바쁜 몸짓이 심상찮다. 아이의 침대가 수술실 안으로 사라진다. 나는 두 손을 모은 채 "주님! 성모님! 제발 우리 연이를 살려주세요. 차라리 제 목숨을 가져가세요. 제발 어린 것의 생명을…. 못난 이 어미의 간절한 기도를 들어주세요." 계속 기도했다.

얼마나 시간이 흘렀을까.

"최선을 다했습니다만 폐 혈류량이 많아 어떤 응급처치도 소용없었습니다. 정말 안타깝군요."

의사의 시선이 차마 나와 눈을 맞추지 못한다.

아이를 안아 볼을 대고 울부짖는다. 보들보들한 살결은 아직 따뜻한데 죽었다니 믿을 수 없다. 거짓말이다.

"아가, 눈 뜨고 엄마 좀 봐! 연아, 눈 좀 떠봐! 아! 아가, 어떻게 해, 연아!"

이름을 부르면 말없이 돌아보던 내 딸, 아이의 침대가 영안실로 떠난다. 남자 간호사가 우악스럽게 나를 꽉 붙잡고 있다. 몸을 가눌 수가 없다.

"그럴 리가 없어요. 우리 연인 안 죽었어! 어떻게 죽을 수가 있어! 안 그래요? 제발!"

"부인 어떤 위로의 말씀도…."

의사는 말끝을 흐린다. 아이의 침대는 복도 끝으로 사라지고 공허한 내 울부짖음만 차가운 병실에 맴돈다.

남편의 휴대폰은 메시지를 남기라는 음성만 반복되고 있다. 핸들을 잡은 손이 벌벌 떨린다. 안개인지 스모그인지 모를 것이 '팔리세이드' 중턱을 싸고 돈다. 흐르는 눈물을 주체할 수 없다. 딸애가 죽었는데 왜 아무것도 변한 것이 없는지 분노가 치밀어 오른다. 시속 팔십 마일의 산타아나 바람이 분다. 차라리 바람이 나를 집어 삼켰으면 좋겠다. 브레이크를 밟는다. 차가 감각을 잃은 듯 끽 하고 불협화음을 낸다. 더듬더듬 열쇠 구멍을 찾는다. 현관에 들어선다. 아이와 함께 나섰던 문이다. 숨을 몰아쉰다. 허방을 짚듯 비틀거리며 거실에 선다.

램프의 은은한 빛이 소파에 누운 물체를 비친다. 섬뜩하다. 가까이 간다. 남편이 새우처럼 웅크리고 누워 있다. 현관 앞에 차는 보이지 않았는데…. 분노가 탱천한다. 내 목소리가 쩌렁쩌렁 울린다.

"자식이 죽어 가는데 어떻게 인사불성이 되도록 술을 퍼 마실 수가! 내 딸이 죽었다, 이 술 주정뱅이야! 임신 초기가 가장 중요하다는데, 네 술주정 때문에 우리 연이가 놀라서 심장에 동공이 생겼다! 의사가 임신 중 놀란 일 있느냐고 물었을 때 너 그때 왜 나를 쳐다보았니? 아~ 넌, 넌, 사람이 아니야, 아~ 아~ 살려내, 연이를 살려내."

그 순간 내 정신이 아니었다. 너, 주정뱅이, 이런 단어는 이제껏 단 한 번도 써 본 적이 없다. 남편을 마구 흔들고 죽기 살기로 두 주먹을 휘둘렀는데 내 악담과 주먹질에도 그는 꼼짝하지 않는다. 턱이 덜덜 떨린다. 다리가 후들거려 걸음을 뗄 수가 없다. 온몸이 불덩어리처럼 뜨거워진다. 부엌 벽을 두 손으로 더듬는다. 정원의 외등만 희미할 뿐 정적만 감돈다.

"절대로 용서할 수 없어. 아이가 고통스럽게 떠났는데 애비란 인간이…. 아, 도저히 용서 못해. 어떻게 집에 올 수가 있어?"

나는 눈물이 범벅인 채 애타게 아이 이름만 부르짖는다.

남편과 살면서 견디었던 그 많은 나날들이 거대한 빙산이 녹아내리듯 내 안에서 무너진다. 이제 그 버팀목마저 사라졌다. 지나간 결혼 생활 하루하루가 아득하다. 아무 생각도 떠오르지 않는다.

처음 집에 도착한날, 웅장한 규모의 집과 집안 가득 채운 젊은 감각의 인테리어, '팔리세이드' 언덕에서 내려다보이는 태평양의 탁 트인 전망에 취해 남자친구를 버리고 선택한 결혼에 후회는 없을 것이라고 확신했던 어리석음이 밀물처럼 밀려오고 또 밀려왔다.

"엄마, 사랑해. 아빠도 사랑해. 난 엄마 귀둥이 연이."

아이는 두 손으로 내 목을 감싸고 내 뺨에 제 얼굴을 비비면서 "사랑해" 속삭였다. 남편이 시도 때도 없이 앵무새처럼 내게 속삭이던 말을 아이가 듣고 배웠다. 언제부턴가 남편이라기보다 아이의 아빠에 불과했던 남자는 이제 마지막 남은 최소한의 신뢰마저 저버렸다. 내 사랑은 아련한 기억 속에 묻혀버렸다.

아이의 방에서 불도 안 켠 채 어둠 속에 망연자실 주저앉아 있던 나는 정신없이 서랍을 뒤진다.

'세 번째 생일에 입히려고 사놓았던 드레스를 수의로 입히다니….'

드레스를 들고 밖으로 나온다. 차 시동을 건다. 엑셀러레이터를 밟자 끽 소리가 적막을 깬다. 속도를 늦추긴커녕 전속력으로 가속 페달을 밟는다.

7

딸아이가 잘못되던 날, 혼수상태인 아이 곁을 지키려니 피가 말라붙는 것 같고 심장이 자꾸만 오그라드는 것 같았다. 아이의 얼굴이 감나무 밑에서 왼쪽 가슴을 움켜쥐고 고통스럽게 이지러졌던 엄마의 얼굴로 보였다. 설상가상으로 정신과에서 받은 처방약 복용하는 것조차 까맣게 잊어버렸다. 맥박이 뛰고 불안증이 극에 달했다. 턱이 덜덜 떨리고 손이 떨려오기 시작했다. 그 와중에도 내 상태를 아내에게 보이고 싶지 않았다. 아내는 내가 정신과 치료를 받고 약을 먹는지 모른다. 회사에서 걸려온 전화를 핑계대고 급히 밖으로 나왔다. 삐삐거리는 모니터, 딸아이 입과 코에 연결된 줄을 더 이상 보고 있을 수 없었다. 숨이 턱 막혀서 호흡조절이 되지 않았다.

자동차가 집쪽으로 커브를 틀었다. 오직 약, 약 생각뿐이었다. 차 창문을 열고 숨을 들이마셨다. 그러나 호흡조절은 쉽지 않았다. 미친 듯이 달렸다. 약을 찾는 손이 덜덜 떨렸다. 약을 입에 털어 넣고 물을 마셨다. 물을 마신 것 같은데 앞가슴이 젖어들었다. 약은 쉽게 효과를 내지 못했다. 하나 더 먹었던가! 기억이 나지 않는다. 아이 때문에 며칠 동안 신경을 곤두세우고 밤잠을 설친 피로가 약기운이 퍼지자 나른하게 잠이 쏟아졌다. 어두운 미궁 속으로 빠져드는 것 같았다. 내가 없는 사이 아이가 잘못되리라고는 예기치 못했다. 나란 놈이 그렇다. 구제불능이다. 아무것도 가늠도 못하는 놈이다.

아내가 절대로 용서 못한다고, 이 주정뱅이야, 외쳐대며 때리는 것 같은데 눈도 뜰 수 없고 꼼짝할 수 없었다. '아, 딸아이가 떠났구나! 난 애비는 물론 사람도 아니구나!' 자식이 혼수상태인데 집으로 오다니…. 손이 떨리고 숨이 막혔어도 그곳에 있었어야 했다. 아내가 외쳐대는 술주정뱅이란 말, 맞는 말이다. 난 사람이 아니다. 눈물이 주르르 흘러내린다. 내 자신을 용서할 수 없는 것도, 이 절망스러움도 생각뿐이다. 신경안정제에 취한 육신은 미동조차 하지 못한다.

연이는 우리 부부의 평행선 한가운데 놓인 침목처럼, 위태로우나마 부부로 묶어주는 유일한 가교였다. 그런 아이가 떠난 후 아내의 충격은 예상보다 훨씬 심각하다. 부쩍 말이 없어졌고 초점 잃은 눈동자로 하루 종일 팔색조를 녹화한 비디오테이프만 하염없이 틀어놓고 있다. 슬쩍 건드리기만 해도 폭삭 사그라질 재로 만든 인형 같은 아내. 그런 아내를 지켜보는 나 역시 하루하루가 좌불안석이다. 손가락 하나 까딱할 수 없는 무기력증에 시달린다. 아, 아버지였다면 이 난관을 어떻게 극복했을 것인가. 살아생전 무수했던 여성편력도 어찌 보면 엄마를 죽음으로 몰았다는 죄책감이 아니었을까? 나는 떨리는 손으로 서랍 깊숙이 감춰놓았던 마리화나를 꺼낸다. 납덩이처럼 무겁던 머리도 이거 한 방이면 날아갈 듯 가벼워질 것이다. 엄마가 감나무 아래서 하얀 감꽃을 입 안 가득 물고 서 있다. 아니, 아버지의 여자들인가…?

아내가 떠나려고 싸놓은 가방을 보아서일까? 부쩍 초조하다. 잠든 사이에 가버릴 것 같은 예감이 잠을 설치게 한다. 딸아이가 떠난 이후 불면증에 시달리면서 수면유도제의 양도 점점 늘어난다. 무엇이 잠을 빼앗아 갔을까? 몽롱하다. 몇 알 또 털어 넣는다. 벌린 입속으로 감꽃이 하나둘씩 떨어진다.

8

빠르게 회전하는 건조기 속을 들여다본다. 빨래는 얼키설키 돌다가 신호음을 끝으로 서서히 멈춘다. 보송보송하게 마른 남편의 속옷들을 개서 서랍에 차곡차곡 넣는다. '마지막 속옷 빨래구나….' 순간 울컥 설움이 북받친다. 응접실 탁자에 놓인 조간신문을 치우려는데 일면에 개기 월식 사진이 보인다. 태양에 비춰진 지구의 그림자가 달을 가리고 고리 모양의 테두리만 남겼다가 다시 빠져 나와 달은 점차 지구의 그림자로부터 벗어나는 사진이 파노라마처럼 단계별로 찍혀 있다.

'저 달이 지구의 그림자를 벗어나듯…. 이젠 굴레를 벗어야 할 때가 왔어.'

마지막으로 집안을 둘러본다. 아이 방을 연다. 딸아이의 향긋한 숨결이 나를 휘감는다. 장난감들이 여기저기 나뒹군다. 딸이 놀던 상태 그대로다. 인형을 안고 인기척에 뒤돌아보던 연이. "연아!" 가만히 불러본다. 가슴이 미어진다. 잘 정돈된 방들과 화장실까지 구석구석 열어본다. 내 손때가 묻지 않은 곳이 없다. 처음 이 집을 구석구석 안내하며 좋아라 하던 남편의 모습 위로 무수히 깨진 유리잔 파편이 반짝인다. 모든 것을 다 잊고 싶다. 머리를 흔든다.

오래전에 싸놓았던 트렁크를 끌고 마지막으로 서재 앞에 선다. 딸아이가 떠난 후 남편은 서재에서 지낸다. 신혼 초 밤 늦게 일하는 남편을 위해 차를 들고 들어갔다가 사랑을 나누곤 하던 아름답고 슬픈 추억이 서린 서재, 오전 열시가 넘었으니 그는 출근했을 것이다. 손잡이를 돌린다. 햇살 한 줄기가 책상에 꽂힌다. 책상에 남편이 엎드려 있다. 그를 보자 가슴이 두 방망이질 하듯 심장이 둥둥거린다. 내 기척에도 남편은 미동도 없다. 불길하고 섬뜩하다. 온몸 구석구석 소름이 돋는다. 다가가 상체를 흔들자 축 늘어진다. "여보! 여보!" 절박하게 남편을 흔든다. 911을 누르는 손이 사시나무처럼 떨려서 중심을 잡을 수가 없다. 머리맡에 놓여 있던 약병을 집어 들고 구급차에 함께 올라탄다. 요란한 사이렌 소리에도 불구하고 그의 감은 두 눈은 떠지지 않는다.

위를 세척하고 링거를 꽂아 위급한 상태를 넘겼건만 그는 죽은 듯 미동도 없다. 죽음 같은 침묵이 흐른다. 남편의 창백한 얼굴 위로 딸아이의 모습이 겹쳐진다. 약병에 적힌 의사의 이름과 전화번호로 연락했다. 남편의 정신과 담당의는 담담한 어조로 말했다.

"상담을 시작한 지는 꽤 됐습니다. 알코올 의존도가 높아 끊을 것을 권유했지만 쉽지 않았던 모양입니다. 성격이 내성적인데다 유년의 상처가 깊다 보니 안으로 감추려 해서 오히려

치료를 어렵게 했어요. 어머니의 죽음과 관련한 아버지와의 불화라든가…. 알고 계셨나요?"

나는 혼란스러운 채 고개를 저었다.

"역시 그렇군요."

의사의 입에서 쏟아져 나온 감나무, 어머니의 죽음, 딸아이, 밤의 여왕 등의 단어들은 내게도 겨우 딱지가 앉으려는 생채기를 후벼 파는 듯한 고통을 가져왔다.

"어제 진료가 끝난 시간에 그가 전화를 했더군요. 그동안 고통스러워 의도적으로 피했던 딸 방에 들어갔다가 부인의 가방을 보았다고요. 늘 아내가 어머니처럼 불현듯 떠날까 두려웠는데 현실로 찾아왔다며 괴로워했습니다."

난 아무 말도 할 수 없었다. 눈가가 뻐근해지면서 물기가 눈앞을 가로막았다.

"사실 현대처럼 핵가족화 된 가족중심사회에선 가족이라는 이유만으로도 서로에게 상처를 줄 수 있어요. 부부는 가장 가깝기 때문에 이해받길 원하고 사랑받길 원하는데 그게 충족되지 못할 때 남보다 배로 상실감, 좌절감을 느끼지요. 그래서 정신과 치료는 가족의 이해와 적극적인 보살핌이 병행돼야 효과를 볼 수 있습니다."

오랫동안 알고 지냈던 친구처럼 편안하고 자상한 표정의 의사는 말없이 내 손을 잡고 두 눈을 들여다보며 고개를 끄덕였고, 나 역시 뒷걸음질 치는 어린애처럼 자신 없는 표정으로 깊이 머리를 숙이고 돌아섰다.

일반 병실로 옮겨진 남편은 한결 편안해진 호흡으로 깊은 잠에 빠진 소년처럼 쌔근쌔근 잠들어 있다. 한 번도 남편의 자는 얼굴을 차분하게 들여다본 적이 없다.

"내겐 풍요롭고 따뜻했던 유년의 그리움이 깃든 이층집 정원의 감나무가 남편에게는 평생 영혼을 갉아 먹는 벌레였고 그가 깨트린 숱한 유리조각들이 사실은 자신을 겨냥한 자책과 분노의 칼날이었구나!"

가슴이 저미어온다. 짧지 않은 결혼생활 동안 우린 한 번도 마음 놓고 자신의 상처를 털어놓거나 상대의 아픔을 나누려 하지 않았다. 등에 한 짐씩 짊어진 채 결코 자신의 뒷모습을 보여주려 하지 않았다.

그가 깨어나기를 기다린다. 달빛에 마음을 내다 널다던 어느 시 구절처럼 햇빛 좋은 마당에 내다 넌 내 마음을 그가 보아주었으면 싶다. 나 역시 그의 눅눅하고 습한 마음을 옥양목처럼 희게 빨아 널어줄 것이다.

'여보, 유년의 고통일랑 자는 동안 꿈결에 다 실어 보내고 긴 꿈 끝에서 기지개 켜듯 얼른 일어나요!'

두려움이 없는 것은 아니다. 하지만 해보지 않고 포기하는 것은 더 후회할지 모르는 일 아닌가! 커튼을 열자 기다렸다는 듯 오후의 햇살이 미끄러져 들어와 병실을 가득 채운다.

수렁에 봄이 찾아오면

2011년 경희해외동포문학상 소설입상작
〈한국문학 평론〉(2011년 하반기)에 실린 작품

박병관 作
유화, 가로 45.5cm X 세로 53.5cm

1

"쌤, 마치 노아의 방주 안에 갇혀 있는 것 같아. 무슨 비가 이렇게 많이 오지? 책 사야 되는데…. 다음 달이면 나도 팔학년이야."
"벌써 그렇군."
천둥을 동반한 빗소리가 쌤과 나의 대화를 삼킨다. 허리케인 시즌이 시작되면 엄청난 폭우가 쏟아진다. 뉴올리언스는 걸프 해협을 끼고 있어 매년 허리케인을 피할 수 없다. 올해는 특히 폭풍이 잦다. 천둥소리와 함께 번개가 번쩍일 때마다 고개를 번쩍 들지만 이내 장수말벌을 죽이는 꿀벌의 필살기가 흥미진진하게 펼쳐지는 책속으로 빠져든다.
몸 길이가 5cm나 되는 사나운 장수말벌들이 꿀벌 둥지를 무자비하게 공격해 애벌레를 잡아먹으면 몸집이 작은 꿀벌들은 자신보다 훨씬 큰 천적을 열구 대형으로 포위하고 열과 이산화탄소를 발산해 오 분 안에 말벌을 질식시켜 숨통을 끊어

놓는다.

　책속에서 만나는 새로운 지식은 언제나 내 가슴을 두근거리게 만든다.『곤충의 행성』책은 어려운 단어는 많지만 무궁무진한 과학이야기가 많아서 요즘 내 흥미를 끈다. 어떤 때는 책속에 푹 빠져서 쌤이 불러도 듣지 못한다. 머리에 꿀밤을 한 대 맞으면 독서를 방해받은 것이 억울해서 "왜?" 하고 볼멘소리로 대답한다. "공부도 좋지만 밥은 제때 먹어야지!" 그는 특히 내게 말할 때면 부드러워진다. 얼마 전까지 유물과 유적을 통해 옛 인류의 생활, 문화를 연구하는 고고학자가 되겠다고 장담했었는데, 꿀벌의 필살기가 내 마음을 바꿔놓았다. 파브르처럼 곤충학자가 되겠다고 말하면 쌤은 변덕쟁이라고 놀릴 것이다. 하긴, 그동안 내 장래 희망은 읽는 책에 따라 수시로 바뀌어왔다.

　"자, 점심은 어제 남은 닭튀김 먹을까?"

　팔짱을 낀 채 굳은 표정으로 창밖만 응시하던 쌤이 애써 밝은 목소리로 말한다.

　"칠리소스에 버무린 콩하고 샐러드도 있어. 조수, 뭐해? 컴온!"

　그가 흰 이를 드러내며 손짓 한다. 너부죽한 코와 새까만 피부, 껑충한 키, 집채만 한 덩치에 비해 그의 웃는 표정은 천진스럽지만 난 애써 모른 체한다. 그에게 난 다루기 까다로운 새침때기로 비춰질 것이다. 진심은 아니지만 그럴 수밖에 없다.

　쌤이 즐겨먹는 닭튀김과 차이니스 허브 냄새나는 샐러리는 물론 콩도 싫다. 로메인 상추랑 토마토면 또 몰라. 음식뿐인가? 흑인들만 사는 이 동네도 끔찍이 싫다. 그래서 책이며 학용품도 프렌치 쿼터 지역까지 가서 산다. 프렌치 쿼터는 불란서 사람들이 최초에 세웠다는 동네라서 그런지 우아하고 동네 분위기가 완전히 다르다. 지대가 높아 경치가 좋고 건물들도 아기자기하고 깨끗한데다 무엇보다 건들건들거리는 흑인들이 없어서 좋다. 이 동네는 솔직히 사람들이 꺼리는 우범지대다. 심각한 건 아니지만 술 취한 흑인들 간의 크고 작은 폭력이나 말싸움으로 시비가 끊이지 않아서 항상 시끌벅적하다. 처음 엄마랑 도착해서 얼마 안 됐을 때 은근히 이사 가길 원했지만 쌤은 끄덕도 하지 않았다.

"노우! 여긴 내가 태어났고 어린 시절의 추억이 있어. 우리 조부모님들이 대대로 살아온 동네야. 당신들이 정을 붙여야 돼! 곧 좋아질 거야!"

그렇게 말하는 쌤의 눈빛이 하도 진지하고 단호해서 엄마와 난 더 이상 아무 말도 하지 못했다.

"죠니, 성장기에는 단백질을 섭취해야 되고 고루고루 먹어야 돼! 알면서 또 투정부리는구나! 닭은 우리 조상들이 힘든 노예생활을 견디게 해준 영양가 있는 음식이야."

쌤의 말소리가 빗소리에 엉켜 잘 들리지 않지만 하도 들어서 무슨 말인지 훤히 꿴다.

"지금 우리가 노예야? 제발 비프스테이크 먹어! 응?"

내가 짜증 섞인 목소리를 높이면 쌤 역시 지지 않고 반복한다.

"붉은 고기는 콜레스테롤이 많아 자주 먹으면 안 돼."

매번 반복되는 잔소리가 지겨운 나는 창가로 간다. 비는 물동이로 쏟아 붓듯 굵고 힘차게 내린다. 눈 깜짝할 사이다. 거대한 망토를 두른 괴물 같은 파도가 인더스트리얼 운하(Industrial canal)쪽에서 우리가 사는 저지대로 몰려오고 있다.

"쌤, 저, 저, 저것 봐!"

순간 놀란 쌤의 까만 얼굴이 더 흙빛으로 변한다. 그가 재빨리 모든 문을 잠그고 사다리를 들고 오면서 공구박스를 가져오라고 소리친다. 잽싸게 사다리에 올라 망치와 톱으로 지붕을 뚫기 시작한다. 쌤이 자꾸만 헛손질을 한다. 내 마음도 다급해진다. 물은 삽시간에 우리 집까지 밀려왔다. 유리창 밖에 물이 차오르는 속도가 빠르다. 강아지 로긴도 낑낑대며 제자리에서 빙빙 돈다.

"쌤, 빨리빨리 해!"

"조용히 해!"

그의 목소리가 잔뜩 성이 났다. 이제껏 화낸 적이 없는데…. 나무로 만든 지붕이건만 쉽게 뚫리지 않는다. 물이 유리창 틈새를 비집고 들어온다. 밀려드는 물살에 못 견딘 유리가 퍽 하며 깨진다. 물이 집안으로 밀어닥치기 시작한다. 순식간에 허리까지 차오른다. 나는 마음이 급해 쌤을 부르며 허우적거린다. 쌤이 가까스로 뚫린 지붕 구멍 위로 나를 밀어내더니 굴뚝을 꽉 잡으라고 소리친다. 로긴이 나를 따라 구멍으로 올라온다. 쌤도 머리를 지붕 위로 내밀었다. 거대한 파도가 지붕을 덮치자 삽시간에 도로와 자동차, 상점들, 어느 하나 보이지 않고 지붕만 둥둥 떠 있는 것처럼 보인다. 굴뚝을 꽉 잡고 사방을 둘러본다. 쌤이 문짝을 잡고 떠내려가며 한 손을 들어 꽉 쥐는 흉내를 낸다. 굴뚝을 꽉 잡으라는 뜻이리라.

"쌤! 째앰!"

강풍이 불자 강물에 떠내려 온 쓰레기들이 소용돌이친다. 어느새 그는 점이 되어 사라진다. 금세 흔적도 없다. '로긴'은 분명 지붕으로 올라왔는데…. 두려움이 몸속으로 파고든다.

"째애앰! 로기이인!"

있는 힘을 다해 부르고 또 부른다. 목구멍이 찢어질듯 아프고 점점 목이 쉰다. 물에 잠긴 종아리가 잘려나간 다리처럼 감각이 없다. 굴뚝을 움켜쥔 팔이 저리고 몸이 축 늘어진다. 눈을 꼭 감는다.

얼마나 지났을까! 누가 내 손을 잡는다. 힘겹게 눈을 뜨자 적십자사 유니폼을 입은 백인 남자가 흰 이를 드러내고 웃는다. 그의 파란 눈동자와 내 눈이 마주친다. 그가 쓴 모자가 비바람에 날아간다. 빗물에 젖은 까만 머리 때문일까? 그가 마치 날렵한 스파이더맨 같다.

"안심해, 살았으니까. 꼬마 아가씨!"

헬리콥터에서 내려보낸 줄 의자에 나를 단단히 묶으면서 씩 웃는다. 폭풍우 때문에 그의 목소리가 간간히 끊어진다. 나를 묶은 줄이 허공에서 흔들릴 때마다 그네를 탄 듯 움찔움찔, 눈앞이 아득하다. 헬리콥터 안은 따뜻하다.

"어린애가 다섯 시간이나 굴뚝을 잡고 있었다니 놀랍군!"
"곳곳에서 기적이 벌어지고 있어요."
적십자사 직원과 조종사가 말을 주고받는다. 살려줘서 고맙다는 인사를 했는데 목소리가 나오지 않는다.
"얘야, 정신이 좀 드니? 이름은? 식구들은? 그래그래, 천천히 말하렴. 어린애가 얼마나 충격이 크겠니? 완전히 생지옥이군. 내 평생 이렇게 참혹하긴 처음이야."
"어떻게 흑인 거주 지역에서 동양애가 살았을까?"
"글쎄…."
"마을 전체가 물에 잠겨서 완전히 강이군."
"인더스트리얼 운하 콘크리트 벽이 무너졌으니 지대가 낮은 나인스 와드(9th ward)는 물바다가 될 수밖에…."

일년 중 반이 허리케인 시즌이라 뉴올리언스 주민에게 새로울 것은 없다. 다만 이번엔 피해 규모가 여느 때보다 훨씬 커서 상상을 초월했다. 걸프바다와 붙어 있는 폰트차트레인(pontchatrain) 호수 동북쪽을 캐터고리 오단계(category five)가 덮치자 호수가 넘쳤고 급물살이 운하로 밀려와 나인스 워드 동네를 지켜주던 벽이 무너진 것이다. 오랫동안 비바람 속에서 허공에 매달려 지친 나는 담요에 파묻히자 까무룩하게 잠 속으로 빨려 들어간다. 요란하던 헬리콥터 소리도 가물가물하다.

2

아빠는 엄마 뱃속에 나를 꽃씨처럼 심어 놓고 바람처럼 사라졌다고 했다. 그래서 내 유년시절의 기억 속에 아빠는 존재하지 않는다. 친척들의 수군거림과 엄마의 한숨, 할머니의 혀 끌끌 차던 소리는 지금도 귀에 쟁쟁하게 남아 있다.

고향을 떠나 해방촌 산꼭대기 단칸방까지 흘러온 엄마는 오로지 나를 먹여 살리기 위해서라며 주로 미군들이 드나드는 스낵바 주방에서 일했다. 밤늦도록 양배추를 썰고 양파를 까고 당근 껍질을 벗기느라 손이 퉁퉁 부어 집에 들어오면 통증을 이기기 위해 소주 한 병에 의지해 잠을 청하곤 했다. 그곳에서 엄마는 흑인 병사 쌤을 만났고 줄기찬 청혼에 결혼을 했다.

"미국에 가면 뭣보다 우리 정인이 공부시킬 수 있으니 얼마나 좋아? 남들은 일부러 유학도 보내는데 잘됐지 뭐니, 그치?"

엄마가 어색한 듯 수줍게 웃었다.

쌤의 고향인 뉴올리언스는 미국 중남부에 위치한 재즈의 도시로 포트차트레인 호수 남쪽에 있고 도시 앞을 구불구불 지나가는 미시시피 강과 멕시코 만의 짠물이 섞인 습지대가 있다고 했다. 그의 고향인 나인스 워드 지역, 불란서 사람들의 세웠다는 프렌치 쿼터 동네…. 무엇보다 내가 흥미진진하게 읽었던 〈허클베리 핀의 무대〉 미시시피 강가에서 살게 되다니, 마음이 풍선처럼 부풀었다.

엄마와 내가 뉴올리언스 공항에 도착하던 날, 석양빛이 붉은데 어디선지 모를 비릿하고 역겨운 냄새가 코를 찔렀다. 마중 나온 쌤의 자동차는 포드 중고차였다. 낡아서 가죽이 벗겨진 의자에 나란히 앉은 엄마와 나는 실망의 눈짓을 교환했다. 성냥갑처럼 작은 집들이 다닥다닥 붙어 있는 동네로 들어서자 유령의 동네가 연상됐다. 대부분 집들은 벗겨진 칠이 얼룩지거나 생선 비늘만큼씩 들떠 바람에 파르르 떨었다. 집안으로 들어가는 계단의 시멘트는 틈새가 벌어지고 듬성듬성 깨져 있었다. 빈 캔과 플라스틱 병이 아무데나 굴러다녔다.

복도가 없는, 소위 말하는 샷 건 하우스(shot gun house)에 들어서자 실망은 극에 달했다. 영화에서 보았던 향수냄새 나는 대리석 바닥의 화장실은커녕 부엌 한쪽에 붙은 화장실은 환상을 깨고도 남았다. 낡은 변기와 비닐 바닥, 싱크대 가장자리에 낀 때는 닦고 또 닦아도 벗겨지지 않았다. '부자 나라 좋아하네! 지상천국? 이게 지상 천국이야? 옥탑방에 살았지만 이 정도는 아니었네요.' '칫! 이게 미국이야?' 뱃속에서 부글부글 실망감과 분노가 치밀어 올랐다.

미시시피 강 주변과 우리 동네에 사는 흑인들은 너나 할 것 없이 집 앞에 나와 앉아서 빈둥거렸다. 집에 텔레비전이 없는 탓일까? 길가에 앉아 지나가는 사람들을 구경하며 농담으로 시간을 때웠다.

"쌤은 트럼펫 연주자라서 카페에서 일한대. 이제 우리 딸 하고 싶은 공부할 수 있어. 엄마도 젊은데 무슨 일인들 못하겠니? 열심히 돈 벌 거야."

그러나 엄마는 일년을 못 넘기고 하늘나라로 가버렸다. 그 동안 마신 술과 고된 육체노동으로 급성간암 판정을 받았다. 숨 쉴 때마다 분사기로 물을 뿜어내듯 피가 뿜어져 나왔다. 자주 혼수상태에 빠졌다. 정신이 들자 내게 가까이 오라는 눈빛을 보냈다. 항상 엄마 목에 걸려 있던 목걸이를 힘겹게 손으로 만졌다.

"네 아빠가 줬던 목걸이야…. 이젠 네가 간직하렴."

"싫어! 그 목걸이 한 번도 빼놓은 적 없잖아. 그냥 엄마가 하고 있어."

"정인아, 정말 미안해. 쌤, 우리 정인이 잘 부탁해."

"왜 그런 소리 해? 우리 세 식구 행복할 일만 남았는데 털고 일어나야지."

"만약 내가 떠나면 우리 정인이 친딸처럼 대해 줄거지? 약속해줘!"

"무슨 그런 말이 있어? 죠니는 내 딸이야. 당신은 반드시 일어날 거야. 죽기는 왜 죽어. 내가 꼭 살릴 거야! 힘을 내!"

쌤은 피가 묻은 입 주변을 물수건으로 닦아내며 한시도 엄마 곁을 떠나지 않았다. 그런 쌤을 비웃기라도 하듯 암은 몸 곳곳에 퍼져 있었다.

나는 지독한 통증으로 비명을 지르다가 실신을 거듭하는 엄마가 무섭고 두려워 먼발치에서 겉돌았다. 쌤의 처절한 울음이 병실을 가득 채웠을 때도 나는 뒷걸음질 치며 끝내 엄마

곁으로 다가서지 못했다. 차갑게 식은 엄마의 손을 그때 잡아 줬어야 했는데….

"일찍 일어나는 새가 먹잇감이 많단다. 웨이크 업, '죠니'"

쌤은 치약이 묻은 칫솔을 내 입술에 대고 잠을 깨웠다. 민트 치약 냄새가 코를 간질였다. 쌤은 정인이란 발음을 '죠니' '죠니' 하고 불렀다. 길 가던 스님이 정직하고 인내심이 강한 아이가 되라고 지어주었다는 이름이 '죠니'가 돼버렸다.

3

'쌤은 어디 있을까? 로긴은? 여기는 어디지?'

정신을 차리고 휘둘러본다. 담요를 두른 채 수많은 흑인들과 함께 슈퍼 돔 안에 있다. 옆에 앉아 있는 여자에게 입을 벙긋거리며 답답한 마음을 표현하지만 그녀는 보채는 딸아이를 달래느라 여념이 없다. 수많은 사람들이 꾸역꾸역 '슈퍼 돔'으로 모여든다. 아는 얼굴이 하나도 없다. 옆집 아저씨와 애니 아줌마, 나를 못살게 굴던 앞집 아들 잭은? 주위를 둘러본다. 말하고 싶어 있는 힘껏 소리 질러보지만 소용없다. 나에게 관심을 보이는 사람은 아무도 없다.

"정부의 대책이 늦어 희생자가 늘어났어!"

"구호체계만 제대로 잡혔어도 많은 생명을 구할 수 있었는데! 맙소사, 하느님!"

사람들이 분통을 터트린다.

여전히 쏟아지는 폭우로 슈퍼 돔 아래까지 물이 차올랐다. 헬리콥터가 오지 못해 꼬박 삼일을 물조차 마시지 못했다. 배고파서 울던 아이들이 지쳐서 목소리가 잦아들고 굶주림에 지친 사람들은 온몸을 쪼그린 채 잠을 청한다.

나흘 만에 구호품을 실은 헬리콥터가 왔다. 도착한 물과 통조림 때문에 아수라장이다. 서로 먼저 먹으려고 짓밟고 넘어지고 쏟아지는 비명들…. 날씨는 일교차가 커서 낮에는 습도와 온도가 화씨 100도를 넘나들어 숨조차 쉬기 어렵다. 이따금 기자들과 방송국 카메라가 우리를 찍어간다.

일주일이 지나니 서서히 동네가 제 모습을 찾아간다. 버스가 다니고 자동차도 보인다. 혼자 온 아이들을 우선 셸터(shelter)에 보낸 후 연고자 없는 아이들만 고아원에 보내기로 결정이 났다고 한다. 고아원은 싫다. 쌤은 어디서 나를 찾고 있을까! 스타디움 한쪽에 부모 없는 아이들이 올망졸망 모여 있다.

'이제 나는 어떻게 되는 걸까!'

엄마를 잃었을 때보다 더 큰 두려움이 나를 감싸 아무 말도 할 수 없다. 금세라도 쌤이 달려올 것 같아 수시로 여러 개의 슈퍼 돔 출입문을 바라본다. 그동안 항상 쌤을 골탕 먹일 궁리만 하고 말도 안 듣고 새침떼기처럼 속을 썩였는데 어느새 맘속으로 이토록 쌤을 의지하고 있었구나!

'아, 쌤! 얼른 나 좀 찾으러 와! 응? 쨰앰.'

그런데 이상하다. 분명히 말했는데 입 밖으로 소리가 되어

나오지 않는다.

  희뿌연 도시, 늪지대 옆에 울창한 숲이 물에 잠겨 보이지 않는데 우리를 태운 밴이 물난리로 깊게 패인 길을 오리처럼 뒤뚱거리며 달려간다. 운전수 아저씨는 도무지 말이 없다. 겁에 질린 아이들이 금방이라도 울음을 터트릴 것 같다. 그중 일곱 살쯤 돼 보이는 여자아이가 앙, 울음보를 터뜨리자 신호탄이기라도 한 듯 여기저기서 큰 소리로 운다.

  "조용히 못해?"

  운전사가 신경질적으로 소리치자 일시에 뚝 그친다.

  "자, 다들 내려."

  셸터 현관 안으로 들어간다. 뚱뚱한 백인 남자가 데스크 앞에 서 있다. 검은 눈동자에 어깨까지 내려온 갈색머리, 손과 팔이 털로 수북하다. 반바지 아래로 보이는 종아리도 털이 덮였고 영락없는 코끼리 다리다. 배는 아빠 곰처럼 불룩해 겹쳐진 뱃살이 셔츠 밖으로 나와 배꼽이 보이고 바지가 엉덩이에 걸쳐져 엎드리면 궁둥이 가운데 골이 보인다.

  "내가 이곳 책임자다. 너희들은 부모가 찾으러 올 때까지 여기서 보름동안 머물 수 있다. 그동안 아무도 찾지 않으면 고아원으로 보내진다. 이름과 주소, 가족관계를 묻는 대로 대답해라. 떠날 때까지 여기가 너희 집이다."

  생각나는 것이 없다. 말을 못하면 글을 쓰라고 펜을 가져왔는데 하얀 종이만 내려다볼 뿐 난 꼼짝도 할 수 없다.

  "너, 말 못하니? 벙어리냐?"

내가 고개를 좌우로 흔든다. 붕어처럼 뻐끔거리지만 그는 못 알아듣는다.

"벙어린가! 뭐라는 거냐?"

나는 답답해서 더 크게 벙긋대지만 그는 참을성 있게 들으려 하지 않는다.

"뭐라는지 모르겠네. 이 종이에 이름을 써봐."

죠니 뱅크스라고 쓰고 싶은데 어쩐 일인지 스펠링이 전혀 떠오르지 않는다. '어떻게 쓰더라? 엄마, 정말 이상해!' 침이 마르고 입술이 바짝바짝 탄다. 답답해 미칠 것 같다.

"뭐야, 글 몰라? 학교 안 다니는 거냐?"

그가 짜증 섞인 목소리로 몇 마디 더 묻고 자리를 뜬다. 잠시 자리를 비운 사이 남자애가 배를 내밀며 만삭인 임산부 흉내를 낸다. 울던 흑인 아이가 해맑게 웃는다.

"곰이다."

"돼지다. 낄낄낄."

연달아 도착하는 대형 버스에서 아이들이 내린다. 금세 아이들로 꽉 찼다. 잿빛 하늘은 우중충하고 방안은 아무리 둘러봐도 피부색이 까만 아이들로 오글오글하다. 아이들의 울음소리가 파도처럼 밀려온다. 휘둘러본다. 동양계 아이는 나뿐이다.

미네 스트로니 국물이 목 줄기를 타고 내려간다. 건더기도 없이 멀건 국물뿐이지만 맛있다. 평소엔 닭튀김을 싫어했지만 튀김옷이 말라비틀어진 팍팍한 닭가슴살을 허겁지겁 먹는다.

수렁에 봄이 찾아오면

울던 아이들도 주린 배를 채우느라 정신이 없다. 국물을 마시는 후루룩 소리만 들린다. 모포와 베개를 받은 여자아이들이 정해진 방으로 들어간다. 낯선 곳에서 또 하루가 저물었다. 먹고 자고 눈치보고 그러는 새 하루가 기약 없이 지나간다.

배가 뒤틀리며 아프다. 너무 많이 먹었다. 설사를 하고 좀 괜찮아졌다. 기운이 없어 엉금엉금 기어서 자리에 눕는다. 벌써 옆에 자는 아이는 쌔근쌔근 코를 곯는다. 쌤과 로긴의 행방도 알 수 없는 불안한 가운데 억지로 잠을 청한다. 모든 게 불안정하다보니 잠이 들어도 온통 무서운 꿈만 꾼다. 잠에서 깨면 땀으로 흠뻑 젖었다.

파란 하늘에 솜털구름이 뭉게뭉게 피어오른다. 그사이로 깃털 구름이 조금씩 모여들고 뭉친 가운데 태풍의 눈이 서서히 돌기 시작한다. 나뭇잎들이 바람에 흔들리고 나뭇가지가 부러지고 뿌리째 뽑힌다. 그때 갑자기 나타난 갈색 털로 뒤덮인 커다란 곰이 앞을 가로 막는다. 앞발을 들어 쓰러진 내 가슴에 올려놓는다. 답답하다. 숨을 쉴 수 없다. 예리한 칼로 난도질당한 듯 소변 나오는 곳이 생살이 찢기듯 아프다. 긴 곰 발톱이 내 몸 여기저기를 할퀸다. 그럴 때마다 찢긴 내 살점 신경들이 살아 움찔거린다. 필사적으로 발버둥친다. 곰이 내 양팔을 꽉 붙잡는다. 내가 팔을 물어뜯는다. 산울림처럼 씩씩대는 내 숨소리만 허공에서 맴돈다.

'쌤, 쌤, 나 어떻게 해. 대디, 대애디,'

있는 힘을 다해 아빠를 불렀는데 소리는 저 안 깊숙이 목 안으로 기어들어가 아무 소리도 나지 않는다. 처음 불러 보는 아빠라는 말이 목소리를 찾아 몸부림친다. '대디, 대애애디!' 곰이 털투성이 제 손목을 내려다본다. 물린 자리에서 배어나오는 피를 누르며 투덜댄다. 옆에 아이는 깊은 잠에 빠졌는지 꼼짝하지 않는다.

"벙어리 병신 계집애가 살쾡이처럼 물어뜯기는! 젠장, 쓰려 죽겠다. 퍽유!"

분노와 절망이 불꽃처럼 맹렬하게 타오른다.

'이럴 때 로긴이 있었다면 놈의 목을 한방에 물어뜯었을 텐데…. 쌤, 로긴! 대체 어디 있는 거야? 나 너무 무서워 대디!'

4

'로긴! 너무 보고 싶다.'

엄마가 떠난 후 의지할 곳 없어 방구석에만 앉아 있고 말을 거의 하지 않자 어느 날 쌤이 밤색 털 강아지를 한 마리 안고 들어왔다.

"네 친구 로긴이다. 이제부터 강아지 보살피는 일을 네가 하렴."

로긴은 처음 보는 나에게 꼬리를 흔들며 얼굴을 비벼댔다. 밥과 간식을 주었고 목욕도 시켰다. 쌤이 카페 파라다이스로 일하러 가면 강아지를 데리고 뛰다가 걷다가 종종 인더스트리얼 운하 다리 위에서 강물을 내려다보곤 했다.

노을빛이 붉게 채색되고 자줏빛 하늘의 색깔이 시시각각 변하는 것을 보고 있으면 희미한 불빛이 하나 둘 밝혀졌다. 바람에 날린 파란 나뭇잎들이 강물 위에 떠내려가고 빛에 반사되어 반짝였다. 목줄을 풀어주면 로긴은 좋아서 꼬리를 흔들며 내게로 뛰어올랐다. 내 침대 옆에 동그란 방석에서 자는 것을 좋아했지만 가끔 내 옆에서 잠들 때도 있었다. 쌤이 일하는 저녁 시간에 나를 든든히 지켜주고 짖어대면 옆집 애니 아줌마가 득달같이 달려왔다. 로긴이 팬티와 브라를 입은 암탉 장난감을 물고 흔들자 그 속에서 꼬꼬댁 소리가 났다. 물고 놓고 할수록 꼬꼬댁 소리는 숨이 넘어가는 것처럼 요란했다. 나와 쌤도 함께 꼬꼬댁 거려서 애니 아줌마가 시끄럽다고 쫓아올 때도 있었다. 그 순간은 엄마를 잊을 수 있었다.

놈이 나를 차에 태운다. 불안하다. 차 문이 찰칵 잠긴다. 가슴이 쿵 하며 내려앉는다. 끝이 보이지 않는 넓은 들판을 지난다. 드문드문 농가들이 보인다. 파란 잔디와 농작물이 바람에 파도처럼 출렁댄다. 놈이 나를 끌어 내린 곳은 허름하고 외진 농가다. 도살장에 들어가지 않으려고 실랑이하는 소처럼 저항하지만 축축하고 으스스한 지하실에 내동댕이쳐진다. 아무리 악을 써도 이미 잃어버린 목소리는 성대 안쪽에서 맴돈다.

"이 살쾡이 년아! 너 같은 것 하나 죽는다고 누가 알겠어? 여기는 시체 썩는 냄새가 나도 아무도 몰라! 옆집이 저렇게 멀거든."

그가 이죽거린다. 자물통 채우는 소리가 절망을 껴안은 채 깊은 나락으로 곤두박질친다.

창문을 뚫고 달빛이 스며든다. 놈이 열쇠로 문을 연다. 몸이 덜덜 떨린다. 어젯밤 악몽이 무섭다. 놈이 주머니에서 짙푸른 녹색 빛을 띠고 갈색의 이끼 같은 풀 덩어리를 꺼내 말아 피운다. 곧 눈이 붉게 충혈되어 토끼 눈처럼 빨갛다. 발톱을 세우고 덤벼든다. 내 입을 강제로 벌리고 잎담배를 억지로 물린다. 발버둥치지만 놈이 내 코를 막는다. 그 냄새가 내 안 깊숙이 안개처럼 피어올라 가물가물 은밀한 미로가 뻗어 있는 곳으로 빠져든다. 실눈을 뜨고 비웃던 놈이 어느새 장수말벌로 변해서 나를 조금씩 파먹는다. 다리가 찢기고 팔이 잘리고 날개가 찢어졌는데 아무런 통증을 느낄 수 없다. 이 풀잎이 나를 야금야금 갉아먹는다. 여기를 벗어나야지 하는 결심은 넝쿨가시가 뒤엉킨 갈대밭 저쪽으로 흘러간다. 난 사정없이 놈의 발톱에 찢긴다. 숨을 들이마실 때 그 냄새가 메스껍고 뱅뱅 돈다. 흰 구름처럼 피어오르던 안개가 서서히 걷힌다. 놈은 이미 사라지고 없다.

카트리나 허리케인이 모든 것을 쓸어갔다. 팔학년 된다고 얼마나 좋아했던가! 쌤과 로긴과 함께 살 때가 행복임을 왜 몰랐을까! 세상 밖에는 이렇게 무서운 것이 도사리고 있는데, 그 동네가 싫어 불평했던 순간들이 미안하다.

'엄마! 나 어떻게 해? 죽을 것 같이 무서워! 엄마! 제발 나 좀

지켜줘!'

　페인트통, 사다리, 부서진 의자, 각목, 잡동사니들이 어지럽게 널려 있다. 쥐들이 찍찍거리는 소리가 들린다. 소름이 돋는다. 너무 배가 고파 놈이 들고 오는 햄버거가 눈앞에 어른거리지만 함께 가져오는 짙푸른 녹색 잎이 무섭다. 쌤의 트럼펫 소리가 그립다. 집에서 하는 연습이 시끄럽다고 불평을 했고 닭요리가 싫어서 퇴박을 놓았던 때가 엊그제 같은데 먼 옛날 일처럼 가물거린다.

　휘 둘러본다. 구석에 쌤 집에서 보았던 것보다 더 더러운 변기와 싱크가 보이고 철사가 얼기설기 쳐진 작은 통풍구가 천장 바로 밑에 뚫려 있다. 사다리를 세워 놓고 하나씩 올라간다. 밖을 내다본다. 통풍구 틈새로 손가락을 넣고 흙을 만져본다. 보이는 것은 하늘과 나무 벌판뿐이다. 낡은 철망이지만 쉽게 빠지지 않는다. '쌤 어디 있어?' 서러움이 차올라 새는 수도꼭지 물처럼 눈물이 흐른다. 어쩌다 여기에 갇히게 됐을까? 엄마는 하늘이 무너져도 솟아날 구멍이 있다고 했는데….

　낮과 밤이 밤과 낮이 흘러간다. "엄마!" 가만히 불러보지만 엄마 소리는 목구멍 그 안쪽에서 나올 기미가 없다. 왜 벙어리가 됐을까! 웅크리고 앉아서 궁리를 해본다. 어떻게 해서라도 여기서 나가야 된다. 〈몬테크리스토 백작〉에 나오는 신부님은 실망하지 않고 탈출을 위해 매일 조금씩 바닥을 팠다. 잘못 파서 옆방의 에드몽 단테스의 방을 뚫었지만…. 여기는 나가기만 하면 밖이다. 머리가 나갈 수 있을 만큼만 저 통풍구의 벽을 허물자. 힘을 내자. 다짐을 해본다.
 '나는 열네살이야, 할 수 있어, 해야만 돼, 해내고 말 거야.'
 아침이다. 통풍구에 빛이 머문다. 놈이 나가는 소리가 들린다. 몸을 움직일 때마다 통증이 하체를 헤집는다. 엉금엉금 기어서 뾰족한 꼬챙이 같은 물건이 없나 살핀다. 녹슨 못이 세면대 밑에 떨어져 있다. 그것을 집어 들고 사다리에 오른다. 못을 잡은 손이 파르르 떨린다. 아주 조금씩 밀가루처럼 시멘트가 부서진다. 꿈 속의 엄마는 '정인아! 정신 차려! 왜 그러고 있어.' 안타까워했다. 여기를 탈출하라는 신호일까? 놈이 돌아왔다. 차 소리가 들린다. 사다리를 내려놓는다. 다시 웅크리고 앉는다. 놈이 지하실 문을 연다. 눈을 감는다.
 종일 굶다가 먹는 햄버거가 꿀맛이다. 하지만 놈에게 파 먹히는 이 기막힌 현실을 벗어날 수 있을까! 달빛이 통풍구 안으로 희미하게 들어온다. 저 밖에 나갈 수 있다면…. 시멘트가 너무 단단해 하루종일 벽을 허물어도 티도 안 난다. 탈출구는 여기뿐이다. 힘내자 정인아! 다짐해 본다. 밖으로 나가면 쌤도 만날 수 있겠지! 아빠하고 부르면 얼마나 좋아할까!

5

 조금만 더 허물면 탈출할 수 있다. 구멍이 조금씩 커진다. 녹슬고 낡은 철망이 흔들린다. 철망이 빠진다. 놈이 올 때쯤 다시 끼워놓는다. 파놓은 흙도 다시 긁어 제자리에 놓는다. 딱딱한 시멘트를 부수는 일이 최상의 희망이다. 이 틈새가 없었다면 7학년 때 배운 에드가 알렌 포우(Edgar Allan Poe)의 소설 "아몬틸라도의 술통"(THE CASK OF AMONTILLADO)에 나오는 주인공 포르투나토(Fortunato)처럼 산 채로 갇혀서 죽어갔겠지. 그는 친구에게 수백 번의 모욕을 했다. 친구는 포르투나토에게 와인의 최고 감정사라고 추켜세우며 와인 저장실로 그를 유인했다. 친구를 따라 들어간 지하실에서 두 손이 체인에 묶인 채 벽돌이 한 줄 두 줄 쌓이는 소리를 들으며 그는 무슨 생각을 했을까? 반세기 동안이나 아무도 몰랐다는 대목에서 소름이 돋아 온몸이 오돌도돌 했었다. 여기서 나가지 못하면 포르투나토처럼? 끔찍하다.

다른 생각은 하지 말자. 이곳을 무사히 나가는 일이 우선이다. 놈이 나가는 문소리가 들린다. 차 소리가 멀리 사라진다. 사다리를 벽에 걸친다. 두 손이 바들바들 떨린다. 휘 둘러본다. 운동화를 벗어들고 천천히 사다리를 밟는다. 철망을 뺀다. 신발을 먼저 밖으로 내민다. 흙을 파내고 넓혀진 구멍으로 머리를 내민다. 뱀처럼 배를 땅에 대고 앞으로 민다. 모래흙이 가슴과 배를 긁어댄다. 쓰라리다. 죽을힘을 다해 벌레가 기어가듯 꿈틀거리며 조금씩 앞으로 기어간다. 양 팔로 땅을 짚으며 밖으로 나온다. 신발을 신는다. 어둠에서 밝은 곳으로 나오니 눈을 뜰 수가 없다. 한낮의 따가운 햇살이 살갗에 닿는다. 공기가 싸하다. 숨을 깊이 들이마신다. 마른 풀이 따끔따끔 종아리에 닿는다. 달리고 싶은데 마음뿐이다. 비틀비틀 걸음조차 걷기가 힘겹다. 큰 길가를 향해 한 발짝씩 옮긴다.

여기가 어디쯤일까! 감을 잡을 수 없다. 누구에게 물어보고 싶지만 지나가는 사람들이 낯설고 두렵다. 쌤은 집에 돌아왔을까? 로긴은? 집으로 가야 되는데 오늘이 며칠이지? 배가 너무 고프다. 길 건너 저편에 맥도널드 간판이 보인다. 다리가 후들거린다. 맥도널드 가까이 이르자 배에서 꼬르륵 거리는 소리가 요동을 친다. 한참을 기다린다. 빨간 모자를 쓴 종업원이 쓰레기봉투를 들고 나온다. 까만 큰 통에 봉투를 던진다. 방금 던져진 봉투 끈을 푼다. 프렌치프라이, 먹다 버린 햄버거를 집어서 정신없이 먹는다. 목이 멘다. 화장실로 들어가 수돗물을 벌컥벌컥 마신다.

어둠이 내린다. 별들이 하나 둘 하늘을 수놓는다. 가을이 오는 소리를 별들이 들었을까? 별빛이 차갑게 떨고 있다. 뼛속까지 으스스하게 추위가 스며든다. 외딴 농가가 보인다. 집안에서는 따뜻한 불빛이 새어 나온다. 실내는 얼마나 따뜻할까! 벽난로에 장작불이 타겠지. 로긴처럼 사랑스런 개가 있을 거야. 엄마와 아빠, 아이들도 있겠지. 쌤과 엄마와 우리도 행복했었는데…. 또 곰처럼 무시무시한 야수가 살고 있을지도 몰라.

헛간이 보인다. 살금살금 그쪽으로 걸어간다. 엉성한 문을 연다. 어두웠지만 듬성듬성 뚫린 지붕 사이로 별들이 보인다. 희끄무레하다. 엉금엉금 기어서 건초더미 위로 올라간다. 몸을 파묻는다. 푹신하다. 건초를 덮는다. 긴장한 탓인지 잠이 오지 않는다. 나인스 워드 집 앞 그네에 앉아 쌤과 별 하나 나

수렁에 봄이 찾아오면

하나 셈하던 때가 그립다. 나인스 와드는 어떻게 됐을까? 강물처럼 소용돌이치던 우리 동네가 궁금하다. 지하실에 감금됐을 때는 무섭고 절망스러워 울면서 그곳을 빠져 나오기만 갈망했었는데…. 지금은 별도 보인다. 쌤과 로긴, 우리 동네가 보고 싶다.

개 짖는 소리가 요란하다. 꼼짝하지 않는다. 굵은 남자의 목소리가 들린다. "바보같이 왜 짖는 거야! 매기, 이리 와!" 멍멍 소리가 멀어져간다. 살그머니 빠져 나온다. 남쪽을 향해 걷는다. 공기가 차갑지만 햇살이 참 따스하다. 추워서 어깨가 움츠러든다. 지나가는 사람이 반소매 셔츠를 입은 나를 힐끗거리며 쳐다본다. 스치는 눈길이 놈의 눈초리 같아 오싹하다. 고개를 숙이고 빠른 걸음으로 걷는다. 오렌지 농장 앞이다. 땅에 떨어진 과일을 집어 허겁지겁 먹는다. 그렇게 싫어했던 쌤이 해주던 닭고기와 콩 요리가 눈앞에 어른거린다.

너무 많이 걸었다. 우리 동네는 얼마나 남았을까? 벌써 사흘째다. 숲에는 나뭇잎이 단풍이 들기 시작한다. 할머니 집 뒷산에서 밤을 따고 노랑 단풍잎을 책갈피에 꽂아 말렸었다. 그때 사람들은 나를 보면 미혼모의 딸이라고 끌끌 혀를 찼는데도 동네 친구들과 신나게 놀았었다.

늘 로긴과 함께 산책하던 다리가 가까이 보인다. 천천히 다리를 향해 걷는다. 다리 아래로 운하의 물살이 빠르게 흘러간다. 흙탕물에 반쯤 잠긴 동네가 보인다. 가뭄에 어쩌다 돋아나온 새싹처럼 듬성듬성 보이는 집들이 허리까지 잠긴 채 서있다. 카트리나 허리케인이 쓸고 간 주위는 온통 흙탕물과 쓰레기 천지다.

저 멀리 반쯤 물에 잠긴 '카페 파라다이스' 간판이 보인다. 쌤이 오랫동안 연주를 하던 재즈 카페다. 가끔 저녁에 로긴과 갔던 그곳은 겉모습이 헛간처럼 허름했다. 송판을 옆에 댄 건물은 오랜 세월 비바람에 씻겨 흐릿한 재색이고 담장에는 지워진 낙서 위에 덧칠한 글씨가 수도 없이 많았다. "제니는 톰을 사랑해!" 하트를 관통한 화살이며, "잭 다녀가다! 퍽유!" 같은 욕도 보였다. 두 남녀가 키스하는 얼굴 붉어질 그림도 있었지. 재즈의 선율이 흘러나왔다. 호기심에 살짝 안을 들여다보았다. 흐릿한 램프 불빛 아래 담배 연기가 자욱했고 리듬에 맞춰 춤추는 사람들이 보였다. 힙합음악에 맞추어 트럼펫을 흥겹게 불며 신나게 흔들어대던 쌤이 로긴의 짖어대는 소리에 뒤돌아보았다. 밖으로 나온 그가 처음 보는 엄격한 표정으로 말했다. "노우! 노노노! 아이들은 이런 곳에 오면 안 돼!" 쌍꺼풀이 깊게 패인 눈을 더 크게 뜨고 손사래를 쳤다. 잔뜩 겁먹은 나를 보자 "엉덩이 한 대 맞아라. 벌이다, 요놈!" 쌤은 장난스레 웃었다.

한 번 쌤을 떠올리자 추억은 걷잡을 수 없이 꼬리를 물고 이어져 쌤에 대한 그리움이 더한다. 지난봄에 늪에서 낚시질로 팔뚝만한 농어를 잡았다. 낚시 바늘에 물린 물고기가 팔딱거릴 때마다 로긴이 컹컹 짖어대고 보트가 흔들리면 나는 박수를 쳤다. 호수처럼 넓은 이월의 늪 양편 숲에 나무들이 끝없이

수렁에 봄이 찾아오면

펼쳐졌다. 멀리서 보면 앙상한 나무가 까맣게 타버린 재처럼 보이지만 가까이 가면 바닷가 갯벌에 펼쳐진 말미잘 같은 연붉은 회색빛을 띠웠다. 봄의 요정이 나뭇잎을 흔들면 연두색 잎이 기지개를 켜고 고개를 내밀었다. "숲이 움직여, 나무들이 잠을 깨는 중이야!" 내가 소리치면 쌤도 늪 가장자리에 서있는 나무숲을 쳐다보곤 했다. "죠니는 시인이구나! 나무들이 기지개 켜는 것을 다 알고?" 그가 흰 이를 드러내며 웃었다.

'이젠 쌤과 가지각색의 가면을 쓴 사람들과 거리에서 맥주 마시는 카니발 구경을 할 수 없구나! 살아서 다시는 만날 수 없을 것 같은 쌤, 대디! 카페 드몽에서 슈거 파우더가 듬뿍 발라진 비넷 도넛을 먹으러 가고 싶은데…. 그렇게 듣고 싶어 하던 아빠 소리! 지금은 만나기만 한다면 얼마든지 해줄 수 있는데….'

낑낑거리는 소리에 뒤 돌아본다. 로긴이 살아 있었다니! 밤색 털은 흙탕물에 뒹군 듯 몇 가닥씩 뭉쳐서 더럽고 눈곱이 끼고 비쩍 말라비틀어진 로긴이 꿈처럼 내 앞에 서 있다. 강아지를 끌어안고 엉엉 소리 내어 운다. 식구를 만났다는 기쁨의 눈물이다. 내 울음소리에 깜짝 놀란다. 목구멍에서 소리가 나오다니, 이젠 말을 할 수 있구나! "쌤은 어디 있어? 왜 너 혼자야?" 로긴은 낑낑대며 꼬리만 흔들고 얼굴을 비벼 댄다. '쌤도 여기로 올 거야, 꼭 올 거야. 물이 빠지면 집에 갈 수 있다. 암, 갈 수 있고 말고! 말을 할 수 있는데 무엇을 못하겠어!' 나는 내 자신에게 다짐한다. 악몽은 잊어버리자. 내가 왜 그 생각을 못했을까? 카페 드몽 근처에서 만났던 한국 수녀님을 찾아가자. 엄마처럼 따뜻하게 대해주셨던 그분이 나를 도와줄 수 있을 거야.

"죠니!" 나는 내 이름을 힘차게 부르며 다짐한다. '기상학(meteorology)을 공부해 허리케인 진로를 바꾸는 연구를 하자. 해마다 반복되는 이 도시의 피해를 줄일 수 있도록 해내고 말겠어. 미래는 개척하는 자의 것이고 꿈은 크게 꿀수록 좋은 일이지.'

나는 로긴을 힘껏 꽉 부둥켜 안는다. 땅 위의 재앙을 아는지 모르는지 맑게 갠 하늘엔 구름이 한가로이 흘러간다. 언제 허리케인을 쏟아 부었냐는 듯.

또 다른 시작을 위하여

박병관 作
유화, 가로 47.5cm X 세로 55cm

*

  오늘은 미국 정부로부터 허가받은 새 약에 대해서 제약회사의 설명과 식사가 제공되는 날이다. 어느 나라든 새로 출시되는 약은 정부의 허가를 받아야 한다. 처음 15분 동안은 너무 배가 고파 강의 내용이 무엇인지 들리지도 않는다. 우리는 정신없이 먹는다. 담당 의사들, 전문의 과정을 밟는 펠로우(세부전공의), 레지던트들이 참석한다. 강의가 끝나면 대부분 자리를 뜨지만 오늘처럼 남아서 담소를 즐기는 의사들도 있다.

  오늘 핵심은 기부에 대해서다. 아프리카 빈민들과 에이즈 환자를 도와야 된다는 측과 그 많은 사람을 어떻게 돕는가에 대해 반대 의견이 팽팽하다.

  묵묵히 앉아 있는 나에게 삼년차 레지던트 닥터 '융'이 나를 부른다.

  "닥터 원, 자네는 아프리카 가난한 자들 돕는 일을 어떻게 생각하나?"

"최선을 다해 도와야겠지요. 특히 부모 때문에 에이즈에 걸린 아이들에게 전 세계가 관심을 가졌으면 합니다."

"나도 동감이네. 지난번 봉사단체에 합류해서 갔다 왔는데 정말 참혹해서 볼 수가 없었어. 다음 기회에 같이 가세."

"네.

같은 동기인 '앤'이 내 옆구리를 꾹 찌른다.

"야, 너 웃겨. 지난번 매달 일정 금액을 단체에 기부하자고 했을 때 싫다고 거절하면서 모든 것이 다 그 사람들 운명이지 했잖아? 얼굴에 고름으로 얼룩진 어린아이가 화면에 나오자 더럽다고 화장실에 가서 토하고…?"

그녀는 작은 소리로 말했고 어처구니없다는 표정을 지었다. 그때 나는 분명 그랬다. 지금 생각도 마찬가지다. 다만 그 의견을 구태여 반박하고 싶지 않다. 내가 특별한 선입견을 가진 것은 아니다. 도움을 줄 수 있는 그 자체만 생각하면 작게나마 보탬이 되고 싶다. 많은 기부를 받아 운영하는 단체들 간부들의 비리가 종종 뉴스를 장식할 때, '누구 좋으라고! 기부 좋아하네, 안 하기를 참 잘했지!' 생각에 이르곤 한다.

가을로 접어들자 응급실에 에이즈 환자와 HIV 보균자들이 자주 보인다. 난 그들을 볼 때마다 더러운 구더기를 본 것처럼 심한 혐오감에 화장실로 달려가 헛구역질을 한다. 늦여름까지 놀기만 하고 대책 없이 맞이한 엄동설한에 죽어가는 베짱이가 환자의 얼굴에 어룽댄다. 생각하고 절제 있는 이성이 있다는 점이 짐승과 인간의 차이라는 신념은 변함이 없다.

 오전 8시다. 이 병원에서 10년째 일한다는 간호사 헬렌은 자신의 경험으로 내 환자에게 써보라며 약을 추천한다. 물론 그녀의 말에도 일리가 있을 것이다. 하지만 난 신중해야 되고 담당교수의 지시에 따라야 된다. 내가 묵묵부답이자 강요하는 뉘앙스를 풍기며 반복한다. 아무리 내가 새내기 인턴이라도 그렇지, 간호사 주제에 감히 약을 추천하다니….

 "당신 이 약 쓰고 싶으면 의대 졸업 후 의사 자격증 받고 처방하는 것 어때?"

 싸늘한 눈빛으로 쏘아보자 놀라서 뒷걸음치는 그녀에게 난 더 냉혹하게 입 꼬리를 비틀며 응시했다.

 비쩍 말라붙은 팔다리와 복수가 차서 배가 불룩한 개구리 같은 남자가 누워 있다. 마음속에서부터 멸시와 비웃음이 차오른다.

 '또 하나의 베짱이가 살고 싶어서 왔구나. 베짱이는 여름에만 사는 곤충 아니던가! 그냥 죽지, 에이즈 같은 더러운 병 걸려가지고, 쯧쯧!'

 차트를 위에서부터 꼼꼼히 읽어 내려간다. "특별히 불편한 곳은?" 피타고라스 정의를 내리듯 순서대로 묻는다. 내 물음은 교과서 같다. 환자의 팔목을 잡는다. 그는 발정 난 수코양이 울음소리와 흡사한 소리로 말한다.

 "아파, 아파 죽겠어!"

 겨우 들릴 듯 말 듯 웅얼댄다.

또 다른 시작을 위하여

"병원 올 때마다 피 뽑아서 뭘 하겠소? 좋아진 것도 없는데."

"열이 많이 나는 원인이 무엇인지 알아야 하기 때문에 피검사는 필수입니다."

'당신이 가지고 있는 병, 죽음에 이르는 병이야. 좋아지기는 틀렸어.' 내 표정은 온화하지만 내 눈에 비친 환자는 갈바람에 흩어져 어디론지 굴러가는 낙엽 같다. 들릴 듯 말 듯 입안에서 맴도는 가냘픈 소리가 새어나온다. 퀭 하니 뚫린 파란 눈의 시선이 초점을 잃고 허공을 맴돈다. 코끼리 가죽 같은 팔뚝에 고무줄을 감아 맨다. 유난히 불끈 솟은 남자의 정맥을 알코올 패드로 닦는다.

갑자기 천둥번개가 산이라도 쪼갤 듯이 아침을 가르고 우르르 쾅 길게 선을 그으며 지나간다. 병원 건물 첨탑 아래로 무겁게 걸려 있는 먹구름이 보인다. 울창한 숲의 나뭇가지들이 비바람에 흔들려 산발한 여인네 머리채 같다. 나무를 에워싼 넝쿨이 번개가 번쩍일 때마다 번뜩인다. 빗줄기는 허리케인이 몰아치듯 내리꽂힌다. 일초도 아닌 찰나였다. 퍼부어대는 빗소리와 천둥 번개가 길게 아침 하늘을 질러가고, 메트로폴리탄 박물관에서 보았던 이집트의 '미라'같이 늘어져 있던 환자가 천둥을 동반한 벼락 치는 소리에 놀라 몸을 움직였는지, 손등을 쳤는지, 피를 뽑던 바늘이 내 손등을 찌르자, 말초신경까지 찌르르 전류가 흘러 몸이 경련을 일으킨다.

"아! 바, 바늘이!"

내 단말마의 절규는 응급실을 잠시 긴장시킨다. 모든 시선이 내게로 쏠린다. 내 모든 근육이 소름이 돋아 닭껍질처럼 오돌토돌하다. 깊이 찔렸는지 장갑 낀 손등 위로 피가 붉은 포도주처럼 번진다. 피가 계속 배어나온다. 장갑을 벗고 싱크대로 달려간다. 흐르는 물과 비누로 찔린 곳을 계속 씻어 내린다.

"에이즈 환자에게 사용했던 바늘에 찔렸다고 모두 감염되는 것은 아니에요."

간호사 '로라'의 눈에 눈물이 그렁하다. 지금 무슨 말이 필요한가! 당황스럽고 어떻게 해볼 수도 없는 자괴감에 손이 부르르 떨린다.

이제껏 단 한 번의 실수도 없었는데, 어떻게 이런 일이 나에게 일어난 것일까? 내 목이 조여지듯 숨이 턱 막힌다. 의식의 저 깊은 곳에서 무엇이 소용돌이친다. 뼛조각들이 모두 어긋나서 뚝뚝 부러지는 통증이 밀려온다. 무엇보다 이제는 불운은 다 지나갔다고 방심한 걸까! 미래가 희망찬 아침햇살처럼 뻗어 있는 줄 알았다. 명석한 두뇌와 민첩함이 윗사람들에게 신뢰를 주었고 동료들과도 사회성을 잘 유지해왔다. 앞으로 탄탄대로가 활짝 열려 있다고 착각한 것인가! 이제껏 쌓아 올린 모든 것들이 한순간에 손가락 사이를 빠져나가는 바람처럼 삶의 의미가 상실되고 정적만 감돈다. 머릿속이 하얗게 비워지며 불길한 예감이 에워싼다. 빗줄기는 바람을 등에 업고 야비한 검은 악마같이 잔혹하게 퍼붓는다. 옛 일들이 파노라마처럼 흘러간다.

*

 간호사로 미국에 이민 온 큰 이모의 초청으로 엄마와 나는 뉴욕 브롱스에 정착했다. 엄마는 막내딸로 이모와 나이 차이가 많았다. 처음엔 이모네 집에서 살았다. 이모 가족은 은퇴 후 서부로 떠났다. 엄마는 한국식당 부엌에서 일했다. 한 달 최소한의 생활비 중에 식생활과 공과금은 어쩔 수 없다. 줄일 것은 싼 아파트로 이사하는 것뿐이었다. 우리는 생소한 동네로 이사했다. 입주 전, 아파트 주인이 낡은 카펫은 스팀 샴푸로, 싱크대와 화장실은 실리콘으로 새로 발라주었지만 시간이 좀 지나자 실리콘이 벗겨져 거무죽죽한 원래의 상태를 드러냈다. 오래된 비닐이 깔려 있는 부엌과 화장실 때문인지 아파트로 들어오면 퀴퀴한 냄새가 역겨웠다. 거무스름한 천장에는 때 절은 형광등이 깜박였다.
 이곳은 많은 문제들이 뒤엉켜 경찰이 수시로 들락거렸다. 10분 이상 밖에서 서성이면 여지없이 경찰이 달려왔다. 경찰이 "무슨 일이냐?" 했던 말은 귀에 못이 박히도록 들었다. 원룸이 답답해 숨이 막혀도 방에 박혀 있어야 했다. 백인은 가뭄에 싹튼 콩처럼 어쩌다 보였고 주로 흑인, 푸에르토리코인, 라티노가 섞여 있었다. 넓은 고향 들녘을 달리는 꿈을 꾼 날은 사무치게 더 내가 태어나고 자란 곳이 그리웠다. 차라리 학교에 남아 공부하는 동안 오히려 숨통이 트였고 자유로웠다.
 어둠이 붉은 석양빛을 삼키고 있었다. 책가방을 들고 아파트 쪽으로 걸어가는데 "뻑유, 갓댐, 네 나라로 가버려!" 등의 욕설과 잔인한 폭력에 지르는 비명소리가 들렸다. 어둠이 가려 얼굴은 잘 보이지 않았다. 이틀 전 저곳에서 똑같은 욕설과 명치와 아랫배를 겨냥한 주먹세례가 날아들었고, 정강이뼈를 조준한 발길질과 퍽퍽 놈들의 폭력에 억 소리도 내지 못했던 공포가 밀려왔다. 두 놈이 양팔을 잡았고 여섯 명이 돌아가며 린치를 가했다. 뼈가 으스러지는 것 같았다. 가물가물 정신이 희미해졌다. 꿈속에서처럼 들려오던 말, "운 좋은 줄 알아라. 이 징쟁 징쟁 차이니스. 눈이 째진 개 새끼야." 놈들은 그렇게 말했다. 구해 주고 싶은 마음은 간절했지만 혼자 어떻게 저 많은 아이들을, 도저히 안 돼, 안 돼, 머리를 흔들었다.

작고 여윈 체구로 12시간의 노동을 감당하고 식당에서 버린 기름덩이에 손톱보다 작은 살점들을 발라서 무국을 끓이던 어머니가 떠올랐다. 한 번은 겪어야 하는 신고식이라 생각하고 견디어라.

나도 너처럼 당했다. 우리가 이민 온 사람들이 아니면 저 아이들과 좋은 친구가 될 수 있었을 것을, 보이지 않는 인종차별 때문에 학교에서까지 불이익을 당하는구나, 우리는 재수 없는 사람이다. 내 나라에서 살지 못하고 타국에서 뿌리를 내려야 하는 운명을 탓해라. 인종이 다른 우리가 미국 사람들과 섞이는 과정이라 생각해라. 친구야, 정말 미안하다.

친구에게 진심으로 미안해, 미안해, 중얼거리며 아파트로 돌아왔다. 구타당한 학생이 벽에 머리를 부딪쳐 과다출혈로 사망했다. 경찰이 학교에 들이닥쳤고 학교는 발칵 뒤집혔다. 설상가상 내가 학교에 늦게 남아 있는 것을 아는 몇몇 학생들이 내가 폭행한 아이들을 알고 있을 것이라고 경찰에게 귀띔했다. 경찰의 같은 질문, 나의 같은 대답, "나는 지나갔습니다. 보지 못했습니다. 비명소리도 듣지 못했습니다. 아니오. 아니오. 내가 학교를 떠난 후 일어난 일입니다."라는 말을 수없이 되뇌었고 끝없이 시달렸다. 보았으면서 그냥 지나쳤다고 진술했다면 어떻게 됐을까! 나의 침묵은 오로지 내 자신을 보호하기 위해서였구나 싶어 견딜 수 없었다. 대부분 학생들은 죽음으로 몰고 간 이 사건이 누구의 소행인지 알고 있었지만 아무도 입을 열지 않았다.

보복이 무섭고 폭행을 당한 아이들은 얼마나 무서운 폭력인지를 알고 있기에 모두 피했다. 공교롭게 죽은 학생은 한국에서 이민 온 1학년 아이였다. 숨조차 쉬기 어려운 아파트, 수시로 찾아오는 경찰, 어찌 견디었는지 모르겠다.

반년이 지났다. 잠잠해질 무렵 그들이 또다시 한 학생을 표적삼아 폭행하는 순간 잠복해 있던 경찰에 덜미가 잡혔다. 미국의 공권력은 끈질겼다.

밤마다 악몽에 시달렸다. 죽은 아이가 원망과 간절함이 배인 목소리로 말했다.

"왜 나를 외면했니? 네가 도왔으면 살 수 있었는데…"

"난 네 얼굴도 못 보았다. 그리고 나도 너처럼 당했어. 우리가 학교에서 견디어내려면 통과의례라고 생각했다. 네가 뇌출혈로 죽을 거라는 생각 못했어. 미안하다. 용서해다오."

용서를 빌었지만 악몽은 계속됐다. 거실에서 주무시던 어머니가 악몽에 지르는 비명을 들었다. 어머니가 식당 주인과 의논했고 한국 정신과 의사를 소개받았다. 조퇴를 하고 정신과 의사를 찾아갔다. 오후의 석양빛을 받은 진찰실은 안온한 분위기가 감돌았다. 오십이 넘어 보이는 남자 정신과 의사가 "어서 와요, 학생." 하고 온화한 표정으로 말했다.

"저는 운도 없는 나쁜 놈입니다. 폭행당해 죽어가는 친구를 도와주지 않아서 죽게 만든 비겁한 놈입니다. 제가 이틀 전 그 자리에서 구타를 당했기 때문에 그 통증이 끔찍했고 친구가 벽에 머리를 부딪쳐 사망하게 되리란 생각 못했습니다. 경찰을 부를 생각조차 하지 않았습니다. 제가 사는 아파트에 하루에도 수십 번씩 드나드는 경찰이 너무 싫었습니다."

나는 울먹이며 비통하게 호소했다.

의사는 내 말이 끝나기를 기다렸다.

"노, 노, 말도 안 되는 소리, 자네는 운이 좋은 사람이야. 그 많은 나쁜 아이들과 어떻게 상대를 했겠나. 그 학생이 뇌진탕으로 세상과 이별할 줄을 신이 아니고서야 어떻게 알 수 있었겠나! 운이 없다는 쓸데없는 생각은 버리게. 그 학생은 안 됐지만, 죄책감 가질 필요 없어요. 살아 있는 것이 축복이지."

의사는 편안하게 내 마음을 어루만져 주었다. 그는 자신의 학창시절에 겪은 일도 나와 비슷하다며 네 잘못 아니니 건강 챙기고 공부에 전념하라 했다. 고통받고 소외된 사람들 도와

주는 좋은 사람이 되면 죽은 친구도 흐뭇해 할 것이라고 덧붙였다. 악몽은 끝없이 나를 따라다녔고 사라지지 않았다. 견디기 힘들 때마다 정신과 의사를 만났다.

*

공포와 절망이 소용돌이친다. 나의 미래는 어둠의 터널로 접어든다. 찰나의 실수가 미래의 모든 것을 바꿀 수도 있구나! 송곳이 나의 폐부를 여기저기 찔러댄다. 역시 나는 참 재수 없는 놈이란 것을 잠시 잊었었구나!

"닥터 피쉬가 닥터 '원' 뵙자고 하세요."

간호사 로라가 눈길도 마주치지 못하고 들릴 듯 말 듯 작은 소리로 말한다.

그는 응급실 교수다. 한결 같은 미소와 당신의 제자인 나를 대견해 하신 분이시다. 환자를 자식처럼 생각하는 의사가 되라고 당부하고 고개 숙이는 법도 잊지 말고 자신감 있게 정진하라 했었다. 그의 눈자 위 아래 잡힌 주름이 가벼운 경련을 일으킨다. 나는 냉정을 찾고 약간의 미소를 띠며 목례를 한다. 오늘은 그의 잿빛 머리카락이 부럽다. 먼 훗날 내가 저 교수처럼 이마에 흘러내린 잿빛 머리카락을 쓸어올리는 그림을 그렸었다. 눈 속에 가득 고여 있던 눈물을 고개를 들고 천장을 보며 애써 참는다.

그는 담담한 목소리로 인체 면역바이러스(Human Immuno

deficiency virus) 예방 차원에서 4주일 동안 약을 먹도록 처방전을 건네더니 두툼하고 자상한 손길로 내 등을 토닥토닥 두드리며 위로한다.

"에이즈 환자의 바늘에 찔리면 HIV 바이러스에 감염될 수 있지만 간염C보다는 감염되는 수치가 10배는 적어. 요즘은 HIV 바이러스에 걸렸다고 죽지 않아. 좋은 약이 많이 나왔잖아? 간염C 치료 백신이 나온 것처럼 곧 에이즈 치료약도 나오겠지. 별일 없을 거야. 힘내."

그의 부드러운 목소리를 듣자 순간 내 등은 물결치듯 들먹인다. 더 빨리 또는 늦게 인체 면역바이러스는 올 수도 있고 안 올 수도 있다. HIV바이러스가 내 안에서 발견되면? 끔찍해서 생각하고 싶지 않다. 예방 차원에서 두 가지 성분이 들어 있는 알약과 또 다른 성분 알약을 받아든다. 오늘 1차 피검사를 했다. 6주 후에 또 한 번, 4개월 후에 하는 피검사가 내 운명을 좌우할 것이다.

하늘은 비가 언제 왔나 싶게 강렬하고 따가운 햇살을 쏟아낸다. 길 위에 드리워진 내 그림자를 밟으며 걷는다. 발자국을 뗄 때마다 후들거린다. 시월달 금빛으로 갈아 입는 잔디 사이로 비집고 올라온 노란 작은 민들레꽃이 구슬프고, 상큼한 가을바람이 오늘은 시리고 시리다. 어제까지는 신이 나서 허공의 바람을 잡을 것처럼 손을 흔들며 걸었다. 병원과 의사 숙소가 잔디밭과 주차장 사이에 있건만 천리나 되는 것 같다. 무거운 돌덩이가 매달린 것처럼 발걸음이 더디고 더디다.

예측할 수 없는 것이 미래이건만 진지하게 생각한 적 없다. HIV바이러스 보균자와 에이즈 환자들이 6개월에 한 번씩 하는 피검사 결과를 애태우며 간절하게 지켜보던 모습을 보았다. 별 진전이 없음을 알고 절망하던 그들을 이해나 했던가! 병원에 오는 횟수가 잦을수록 생에 대한 애착이 더 강함을 보일 때도 방종한 생활의 네 탓으로 돌렸다. HIV바이러스가 수혈이나 바늘에 찔리는 경우 등 여러 통로를 거쳐 걸릴 수 있는 병이란 생각은 하고 싶지 않았는지 모른다. 생명체인 인간의 삶 중에 확실한 것은 누구에게나 죽음이 찾아온다는 사실이다. 건강할 때는 막연하게 지나치는 일상이었을 뿐 마음에 와 닿지도 않았던 일들이 바늘에 찔리기 전과 지금, 삶과 죽음으로 나누어지듯 안타깝다. 고독과 공포가 내 영혼과 육신을 뒤흔들고, HIV 치료약만이 닫혀 있는 문을 열 수 있는 미래의 열쇠구나 싶어 걷잡을 수 없이 분노가 치민다.

숙소는 죽음이 내려앉은 것처럼 조용하다. 한줄기 붉은 노을이 커튼 사이로 비집고 들어와 있다. 창밖을 내다본다. 앞 빌딩 레지던트 숙소가 시야에 들어온다. 창문이 마주보이는 줄 몰랐다. 매일 너무 바빠 숙소에 들어오면 잠속으로 빨려들었으니까. 커튼 사이로 보이는 세 살쯤 되는 딸아이의 재롱에 웃느라 정신이 없는 부부의 애정 표현이 한 폭의 그림이다. 그곳에 나의 시선이 오래오래 머문다.

창밖에는 낙엽들이 굴러가고 있다. 낙엽이 영혼처럼 운다는 구르몽의 시 구절도 지금은 아무런 느낌이 없다. 소파에 눕는다. HIV 예방차원에서 먹는 약이 속을 뒤집어 놓는다. 계속되는 메스꺼움, 토해낼 것도 없는데 구토는 멈춰지지 않는다. 내장 속을 쇠갈퀴로 긁어대는 통증이 죽음이 가까이에 서성이는 것 같다. 손끝에서 발끝까지 저려오고 어느 봄날 담장 밑에서 졸고 있는 병든 병아리처럼 맥이 풀린다. 무의식적으로 텔레비전을 향해 리모컨을 누른다. 침잠의 시간이 너무 싫다.

채널 7에서 방영하는 '행복한 가족' 시간이다. 딸과 단 둘이 사는 어머니 생일날, 딸의 남자친구가 장미꽃을 사들고 여자친구 집 문 앞에서 옷매무새를 고치고 노크를 한다. 붉은 장미꽃다발에 넋이 나간 어머니는 꽃다발과 딸의 남자친구를 얼싸안는다. 쿠킹호일로 왕관을 만들어 쓰고 미래의 사위와 장모는 신들린 무당같이 흔들며 춤을 춘다. 케이크를 자르며 엄마는 계속 웃는다. 나의 눈언저리에 눅눅한 안개가 서린다. 내 가슴에도 비가 내린다. 나비는 고치 밖으로 나오기 위해 필사적으로 몸부림을 친다. 몸부림을 칠수록 분비물이 많이 나와 몸체를 겹겹이 에워싸는 나비의 생존 영상을 본 적이 있다. 에워싼 분비물이 많을수록 강렬한 태양 아래서 살아 남을 수 있는 처절한 삶의 의지가 경이로웠다. 나의 몸부림이 나비의 분비물처럼 감염되었을지 모르는 바이러스를 떨쳐버릴 수 있다면…. 몸을 세차게 흔들어본다.

새벽 세 시의 응급실은 숨죽은 듯 조용하다. 바로크 건축양식처럼 하얀 천장에 둘려 있는 크라운 몰딩이 꿈틀댄다. 희미한 시야가 멀리 보인다. 까만 점이 가물거린다. 어떤 물체가 점점 가까이 다가온다. 그 물체가 붉은 입을 벌리고 나를 삼킨다. 그 입속으로 빨려 들어간다. 입속에는 노란 방이 있다. 천장도, 벽도, 바닥도 진노란색뿐이다. 어리둥절해 휘 둘러본다. 노란색뿐 아무것도 없는 방, 초조해 벽을 두드려본다. 두드리고 또 두드린다. 노란 벽은 아무 반응이 없다. 두드리는 소리도 나지 않는다. 손톱으로 벽을 긁는다. 긁고 또 긁는다. 작은 홈이 파진다. 그 속으로 손톱 사이에서 흐른 피가 고인다. 노란 벽에는 붉은 까마귀들이 내려앉는다. 까마귀들은 어디에선지 모여들어 셀 수도 없다. 절박하고 답답함에 몸부림을 친다.

기운이 없어 그런가, 시도 때도 없이 잠속으로 빠져든다. 화장실 바닥에서 잠이 들다니…. 시시각각으로 다가오는 죽음의 그림자가 나의 정신력을 흩뜨려놓는다. 눈만 붙이면 이상한 꿈들이 나를 괴롭힌다. 내 무의식 속의 HIV 바이러스는 의식의 자아를 빨아들여 죽음의 공포를 유발하나보다. "한 번 요리된 것을 재료로 돌아가게 하는 방법은 없다."는 레비스트로의 탄식이 나를 움켜잡는다. 고향의 들판을 어린 내가 달린다.

*

어제 바늘에 찔린 일로 마음이 스산한데, 내게 걸려온 전화가 반갑지만 않았다. 십여 년 전에 있었던 내 아버지의 죽음이 함께 떠올랐다. 그 무렵 고향에는 젊은 의사 '서준호'가 보건소 소장으로 부임했다. 읍내로부터 고개를 세 개 넘어야 되는 우리 동네는 '3고개'라는 별호가 붙은 벽촌이었다. 시골 보건소는 큰 병원 역할을 했다. 자전거에 왕진 가방을 매달고 좁은 길을 달리던 그는 훤칠한 키에 패기가 넘치는 진취적인 인물이었다. 12살 먹은 어린 소년에게 꿈을 심어줄 수 있었다. 서글서글한 눈매, 우뚝한 코, 일자로 다문 큰 입. 내 눈에 비친 그는 미술시간 데생 모델이었던 아그리파였다. 논두렁을 달리며 모 심는 농부들에게 깍듯한 인사를 했던 그는 어린 나에게 선망의 대상이었다.

작열하던 태양이 내리꽂히던 그해 칠월, 방학을 며칠 앞둔 날이었다. 아버지는 초등학교 교감선생님이셨다. 교육청에서 시찰이 나온다는 기별은 학교 대청소로 이어졌다. 아버지는 운동장 끝자락에 무성히 자란 잡풀들을 손수 낫을 들고 베었다. 학교 구석구석 청소를 지휘하며 당신이 걸레질을 했다. 더운 여름 땀을 많이 흘렸다. 평소 약골인 아버지가 힘이 부쳤었는지, 아니면 다른 이유가 있었는지는 모르겠다. 아버지가 쓰러졌다. 벽촌 사람들이 갈 곳은 보건소였다.

"형님, 정신이 드십니까?" 의사가 아버지에게 말을 걸었다. 아버지와 의사 선생님은 형 아우하며 지내는 사이었다. 아버지는 처음 이곳에 부임한 보건 소장을 저녁 초대를 해 따뜻하게 환영해 주셨다. 영찬이에게 롤 모델이 될 수 있는 분이 오셔서 감사하다며 시작한 우정이 친형제처럼 돈독해갔다.

침대에 누이자 아버지는 정신이 돌아왔는지 눈을 떴다. "내가 왜 여기 있지?" 아버지가 말했다. "적당히 하시지, 오늘처럼 더운 날씨에 낫을 들고 청소를 손수 하시니 정신 줄을 놓았지요." 어머니가 걱정스럽게 대꾸하셨다. 의사가 탈수 현상인 것 같다며 링거를 하나 놓는 것이 좋겠다고 권했다. 링거가 방울방울 떨어졌다. 의사가 떨어지는 액체의 속도를 조절했다. 그리고 십 분이 지났을까! 아버지가 경련을 일으키며 혼절했다. 심장이 멈추었다. 의사가 심폐소생술을 했지만 아버지는 끝내 우리 곁을 떠났다. 어떻게 죽음은 한순간에 오는 것인가? 지금도 아버지 죽음은 불가사이하다.

　엄마는 혼자 계시는 소장님을 자주 불러 식사대접을 했고 반찬까지 보건소로 날랐다. 소장님을 친동생처럼 챙기던 엄마가 아버지 죽음 앞에선 무섭게 무너졌다. 네가 깨어난 사람 탈수인지 무엇인지 무조건 링거를 잘못 놓았다고 멱살을 잡았다. 소장님의 귀를 어찌나 잡아당겼는지 귀가 찢어졌고 피가 났다. 엄마는 악을 쓰고 혼절했다. 엄마까지 죽는 줄 알고 밀려온 그때의 공포가 아직도 전율한다. 그는 아무 말도 못했고 어이없이 당했다. 아버지의 죽음은 눈앞에 놓여 있는 현실이었다. "선생님! 선생님!" 하며 친절하게 항상 미소로 대하셨던 엄마가 저런 모습이 속 깊이 숨어 있었나 싶었다.

　보건소장은 경찰을 불렀고, 링거를 국립과학수사연구소로 보냈다. 아버지의 사인이 링거에 불순물이 들어 있을 것이란 서준호 의사의 확신이 부검까지 했고 어머니는 아버지 부검을 애통해 했지만 아무 성과도 없었다. 소장님은 한편으론 제약회사를 고소했다. 모든 경비는 소장님이 지불했고 어머니와

서울을 수시로 다녀왔다. 달걀로 바위치기였다 거대한 제약회사와 벽촌의 초등학교 교감 아내의 송사는 약물에 아무런 이상이 없다는 판결로 끝났다. 고등법원 항소가 시작되기 며칠 전, 소장님은 과실치사로 경찰에 연행됐고, 다시는 벽촌에 나타나지 않았다. 동네에서는 의사 선생이 사람을 죽였고 징역살이를 한다는 소문만 자자했다. 다시는 선생님을 보지 못했다. 그 의사 '서준호'가 뉴욕에 와서 연락을 한 것이다.

그를 만나고 싶지 않다. '서준호'가 놓았던 링거가 아버지의 죽음을 불렀다는 불길했던 섬뜩함이 거부반응을 일으켰는지, 아니면 에이즈 보균자의 피를 뽑던 주사바늘에 찔린 것 때문인지, 확실치는 않지만 싫었다. 연락은 묵살됐다.

퇴근시간이 가까워 졌을 무렵, 화장실에서 손을 씻고 나와 커브를 돌아선 복도에서 이젠 중년이 다된 '서준호'와 마주쳤다.

"혹시 자네 영찬이 아닌가? 10여년이 흘러서 긴가민가했네만 '원영찬'이 맞지?"

첫눈에 나를 알아본 그는 그 옛날 나의 우상이었던 '서준호'였다. 그는 중년의 중후함과 아그리파처럼 잘생긴 이목구비는 여전하지만, 어딘지 모르게 핏기가 없는데다가 병치레 한 후의 모습이었다.

"여기 어떻게?"

"자네를 만나러 왔네. 이제는 어른이니 존댓말을 써야겠지?"

"예전처럼 편하게 말씀하세요. 무슨 존댓말은요."
"그래도 괜찮을까? 이젠 어엿한 의사 선생님인데."
"의사가 뭐 대순가요. 옛날처럼 '영찬아' 그렇게 말씀하세요."

만감이 교차한다. 만나고 싶지 않았는데 아버지가 돌아가셨던 모습이 떠올라 분노가 치받혀 올라온다. 내가 선택한 의사 직업이 언제 나도 과실로 곤욕을 치를지 모르는데, '우리 아버지 죽인 살인자야! 여기 무슨 낯을 들고 왔느냐!'고 소리치고 싶다. 참으려고 입술을 지그시 깨문다. 이 감정은 또 무엇이란 말인가! 오랫동안 만나지 못했던 삼촌을 본 듯 반갑기까지 하다. "선생님! 선생님!" 하며 부르던 내 유년의 그리움과 함께 애써 감정을 누르려 고개를 외면한다. 잠시 머뭇거린다. 마음을 다잡고 병원 응급실 옆 카페로 안내한다.

오후 다섯 시의 카페는 한가하다. 창가에 가서 마주 앉는다. 물을 마시겠다는 그에게 에비앙 두 병을 사서 그의 앞에 한 병을 놓는다. 병마개를 열고 한 모금 마신다. 그가 침묵을 깬다.

"옛날처럼 편하게 말하겠네. 내 변명하러 온 것은 아니네. 자네 아버님이 내가 놓은 링거 때문에 돌아가신 일로 과실치사 의사임은 분명한 사실이니까. 자네와 모친께 사죄드린들 어떻게 용서가 되겠나? 굳이 변명하자면 죄도 없이 거대한 조직에 굴복하는 꼴이 됐다는 생각은 지금도 변함이 없네. 그때는 나도 젊은 패기만 있었지, 부를 가진 자들의 보이지 않는 음모를 깨닫지 못했으니까. 이제 와서 돌이킬 수 없는 허망한 일이지만 옥살이를 했고 출소한 후 만성 림프구성백혈병(Chronic Lymphocytic Leukermia)에 걸렸다네. 통상적으로 줄여서 CLL이라 부르는 백혈구의 일종인 림프구가 암으로 변하는 병. 혈액이나 림프절, 비장, 및 골수에 다량의 비정상적인 림프구가 발견됐고 이런 림프구가 그 숫자는 정상보다 많지만 정상기능을 못하고 오히려 정상적인 적혈구나 혈소판의 생성에 지장을 초래해 면역력에 문제가 생기는 증세. 이 CLL은 대개의 경우 서서히 진행되는데 빠른 속도로 진행하는 일부 소수의 림프구성 백혈병이 내 경우였다네. 또 언제 재발할지 모르는 일이고 죽기 전에 자네 가족을 꼭 만나고 싶어 찾았지만 미국으로 이주한 후여서 지금에서야 찾아왔네. 나는 과실치사자인 것은 자명한 일이네. 용서하시게나."

나는 설움이 밀려와 그 울음을 참느라 들먹이는 어깨에 신경이 곤두섰다. 아버지가 그립고 또 그리웠다. 그리고 아무 대답도 할 수 없었다.

"자네가 대견하네. 의사가 부족해도 더 이상 의과대학 증설을 하지 않는 이 미국에서 의사가 되다니…. 꼭 만나고 싶었네. 그때, 어린 영찬이가 꼭 아버지 같은 환자 살리는 의사가 되겠다고 다짐하던 모습, 지금도 기억하고 있네. 여기 오기 전 자네 소식 알려고 자네 고향에 갔었지. 자네 숙부님이 아직 그 집에서 사시더군. 어머니께서 자네가 의사가 됐고 일하는 병원 이름까지 자세히 써 보낸 편지가 있어 자네를 찾는 일에 어려움이 없었네. 그동안 치료하느라 힘들었지만, 이젠 괜찮아졌네. 병치레 하고나니 이젠 덤으로 사는 인생, 에볼라가 창궐하는 서아프리카 주민을 위해 보탬이 되려고 그곳에 간다네. 떠나기 전 자네를 꼭 만나고 싶었고…."

"어떻게 서아프리카에 가실 생각을…?"

"처음 감옥에 들어갔을 때 미칠 것 같았어. 과실치사죄였지. 사고 당시의 일반적인 의학 수준과 의료 환경 및 조건, 의료행위의 특수성 등 과실치사죄 267조는 2년 이하 700만 원 이하의 벌금에 처한다는 판례와, 업무상 과실이나 중대한 과실로 인하여 사망케 하는 자는, 만 5년의 금고형 또는 2천만 원 이하의 벌금에 처한다는 268조 판례가 있는데도 괘씸죄가 더 해졌다는 이유로 벌금형은 적용이 되지 않았다네. 재판과정에서 교묘하게 내 과실이라는 죄목으로 얽어매는 분위기를 느꼈거든. 이따위 재판이 어디 있느냐! 제약회사와 짜깁기라도 한 것이냐! 판사답게 처신하라고 했던가! 분노가 자제력을 잃었었지. 도주 우려가 있다고 구속 수사로 시작해서 2년의 형으로 확정판결을 받았네. 어머니가 고3 때 돌아가셔서 아버지와 단둘이 살았었는데 그때 충격으로 아버지마저 뇌출혈로 돌아가시자 절망의 바닥으로 내팽개쳐진 상태였지. 나쁜 일이 일어나면 계속 나쁜 일만 생기는지 몰라. '왜 내가? 무엇 때문에?' 꼬리를 무는 의혹과 분노, 그때 지금 서아프리카에 계신 베드로 신부님을 만났네. 감옥에는 죄수들의 선도를 위해 종교단체의 방문이 있는데, 그분의 첫마디는 잔잔한 어조로 주님께 맡기라고 하시더군."

"신이 있다면 왜 나에게 이런 일이 일어나게 한단 말인가! 주님께 무엇을 맡기라고? 기막히다는 듯 코웃음을 쳤네. 처음에는 왜 내가 여기 있어야 되는가, 대들고 다시는 보고싶지 않다고 면담을 거절했네, 그분이 변함없이 매일 나를 찾아 오셨어. 하느님이 뜻이 있어 '닥터 서'를 그분의 도구로 쓰시려고 더 굳건한 반석을 만들려고 이런 시련을 주신 것이 아닐까! 확신한다는 말씀을 하시고 다독여주셨지만, 나는 더 비아냥 거렸지. 당신이 여기 감옥이 어떤 곳인지 아십니까? 내 대신 이 억울함을 당해 보시지 그러세요. 마음에도 없는 말로 행패를 부렸네. 신부님이 입을 꾹 다물고 묵묵부답일 때 더욱 더 소리쳤고, 화를 냈으며, 점점 제풀에 꺾여 잦아들곤 했지. 그분은 춘하추동 한결같았어. 가을이 오면 단풍잎을 가져와 계절의 변화를 확인시켜 주었고, 봄이면 개나리를 꺾어 들고 오시고…, 자연의 순리를 보여 주고 싶었는지 몰라. 그 꽃과 단풍잎들을 내동댕이치고 누구 약 올리느냐며 길길이 날뛰었지.

어느 날부터 신부님이 오시지 않았어. 첫날은 에이 잔소리 듣지 않겠군, 잘됐다. 둘째 날도 셋째 날까지 시원 했었거든. 일주일 동안이나 소식이 없자 궁금해지기 시작했고 점점 걱정이 돼서 혹시 나쁜 일이 생긴 것인가, 영영 안 오시면 어쩌나 초조해졌고 다시 만나면 어떤 말을 해도 다 참을 수 있겠더라고. 내가 이렇게 허약한 미물이었구나! 이제껏 내 자신 정의롭게 살았다고 확신하며 억울함만 생각 했던 울분이 서서히 지평선 넘어 사그라지는 저녁노을빛처럼 잦아들더군."

"그분이 보름쯤 후에 오셨는데 반가운 마음 내색하지 않으려고 왜 말도 없이 오시지 않았느냐, 볼멘소리로 화를 냈네. '혼자 사시는 어머님이 넘어져 머리를 크게 다치셨고 한적한 곳이라 발견이 늦어 돌아가셨네. 신부가 되려고 고민했을 때 내 걱정은 말거라. 누구보다 좋아하셨고 영광이고 축복한다. 말씀하신 어머니를 잘 모시지 못한 죄인인 내가 누구를 어떻게 선도하겠나?' 눈물을 머금은 신부님의 젖은 눈자위가 아렴풋하게 자꾸 어리더니, 그 때 마음이 열렸나봐. 내 진심을 그분께 처음으로 털어 놓았으니까.

지금도 신의 존재는 확신하진 않아, 신부님도 내 마음을 읽었는지, 그냥 일상 있었던 말씀만 할뿐, 종교에 대한 언급은 피하는 배려도 해주셨어. 그 와중에 출소했고 내가 백혈병인 것을 알게 되었네. 백혈병은 훨씬 전에 진행이 되고 있었는데 피로감, 무기력함이 증세인 것을, 감옥으로부터 자유를 얻었으니 긴장이 풀려 나른함이 온 것이라 생각했다네. 의학을 공부한 내가 만성 림프구성 백혈병에 걸렸다는 사실을 모르다니 아이러니한 일 아닌가!"

"내 모교 병원으로 돌아가지도 못했지. 많은 동료들 시선, 과실치사자라는 꼬리표도 견디기 굴욕적인데, 병까지 정말 살고 싶지 않았어. '너 언제 출소했어?' 지나가는 말처럼 한마디씩 던지며 스쳐가는 친구들이 야속하기도 하고 의과 대학생 때나 친구지 졸업하면 라이벌이 되는구나, 서글펐어."

서준호가 숨이 찬 듯 잠시 긴 숨을 몰아쉬고 물을 마신다.

그가 다시 말을 이어간다.

"그 사실을 알았을 때 죽음이 성큼 내 앞에 다가왔구나, 신부님 앞에서 원초의 고독 앞에 원죄의 아픔처럼 울고 또 울었네. 치료를 거부했지, 그냥 죽음을 받아들이기로 마음을 바꿨어. 그 때 처음으로 화내시는 그분을 보았네. '네가 그렇게 잘났어? 어떻게 치료를 거부할 수 있는가!' 무섭게 꾸중하시고 가버렸어. 며칠 오시지 않으니 불안증이 증폭되어 미칠 것 같았어. 일주일쯤 후에 오셨는데 돌 시인으로 불리는 환자의 불치병에 대해 조용히 말씀하시더라고, 자네 들어 보았나?"

"아니요."

"그분은 7세부터 부갑상선 기능 항진증에 의한 각피석회화증인 칼슘과다 분비로 몸이 돌처럼 굳어가는 희귀병을 앓고 있는데 9세부터 거의 누워 지냈으며 13세부터는 몸에 축적된 석회가 관절에 엉겨 붙어 체내 욕창으로 몸은 계속 부었고 잠에서 깨어나면 석회가 뚫고 나와 피부 곳곳이 터지며 생살이 빨간 젤리처럼 핏물로 범벅이 되었다는군. 25세 때 극심한 통증과 함께 폐와 심장까지 석회화가 진행되어 몸의 30%가 마네킹처럼 되었고 한 번은 그분 어머니가 몸 안 석회를 긁어내다가 쇠꼬챙이가 휘어진 일도 있었다네. 자네는 희망이 전혀 없는 절망만 보이나? 물으셨어. 시인은 희망의 끈을 절대로 놓지 않았고 자신에게 긍정적인 삶의 의미를 부여하고 노력한 결과 공부도 할 수 있었고 시도 쓸 수 있었다는 사연과 '절망은 희망의 다른 이름이다.' 제목의 책을 내게 되고 지금 삶이 힘들어 절망하신 분이 있다면 힘을 내십시오. 꿈꿀 수만 있어도 행복한 인생입니다. '눈물조차 혼자서 닦을 수없는 사람이 꿈을, 희망을 찾는데, 자네는 백혈병이 뭐 대수라고 치료를 거부해? 이대로 죽으면 넌 살인자야, 주님이 주신 생명 네 마음대로 못해 살인자 되고 싶어? 화난 음성이 갑자기 부드럽게 준호야! 제발, 내 이름을 간절히 부르셨어. 내심 살고 싶어 꿈에서 조차 발버둥 쳤는데. 고만 흐느껴 울고 말았네. 신부님은 나에게 아버님 같은 분이셔.

자네 아버님께 놓았던 수액은 누군가 바꿔치기 했거나 제약회사가 국과수 사람을 뇌물로 매수했거나 둘 중 하나라는 생각은 내 마음 저 깊은 곳에 침묵하고 있네. '일사부재리' 원칙이 돼버린 재판을 떠올리면 울컥 울화가…, 달걀로 바위를 쳐서 달걀만 산산조각이 난 꼴이 됐지 뭔가!"

우리는 서로 침묵 속에 말을 아꼈다.

"그 신부님이 서아프리카에 계신데 너무나 열악한 환경에 의사가 절실히 필요하다고 소외된 자들과 함께하자시네. 좀 전에 말했지만 덤으로 사는 인생 아닌가!"

병원식당에 앉아 있는 동안 갑자기 헛구역질이 난다. 약 때문이다. 서준호가 의아하게 나를 쳐다본다.

아버지를 억울하게 졸지에 잃었다는 상처, 재판에서의 패소, 서준호의 돌연 과실치사 혐의가 어머니가 미국행을 결정하는 계기가 됐다. 그때부터였을 것이다. 나는 복이 없는, 재수 없는 아이라는 생각이 내 맘속 깊이 자리잡은 것이다. 한국

친구의 죽음으로 경찰에 시달렸던 고등학교 시절, 바늘에 찔린 일, 운도 지지리 없는 내가 정신과 선생님 조언대로 올바르게 살고 훌륭한 의사가 되고 싶었는데…. 나는 의사가 되는 일만 생각했지 올바르게 사는 방법은 결여됐던 것인가!

죽음을 가까이한 환자에게 의사의 입장에서 '당신들을 병마에서 건져줄게.' 자선가가 베푸는 작은 선심처럼 대했던 것은 아니었던가! 좀 더 신중했어야 했다. 수석졸업이라는 자만심, 매사 방심하고 겉으로 드러나지 않는 오만이 이런 실수를 범했나 싶다.

모든 것들은 아무 일도 없는 듯 흘러가고 있다. 여전히 고통에 일그러진 사람들은 응급실로 실려 온다. HIV 예방 차원에서 받은 약이 속을 홀딱 뒤집는다. 내 몸을 조금씩 좀먹고 있다는 생각을 떨쳐 버릴 수 없다. 아무것도 손에 잡히지 않는다. 어머니에게 '나 HIV 바이러스에 걸릴지도 몰라….' 그 말을 어떻게…. 터벅거리며 숙소 쪽으로 걸어간다. 엊그제까지 병원과 숙소 사이 잔디밭에 활짝 피어 있던 민들레가 추위에 움츠러들었는지 바싹 오므리고 잔디는 푸름을 잃어가고 있다. 숙소 밖에서 들리는 빗소리가 두려움으로 다가든다.

맥이 빠지고 헛구역질이 난다. 포화 속의 전선을 달리듯 숨이 차다. 빗발치는 총탄이 내 몸을 뚫은 듯 창자는 뒤틀리고 해일이 덮친 듯 숨을 쉴 수 없이 뒤죽박죽으로 엉킨다. 내 자신이 역겹다. 누구에게나 HIV 바이러스가 찾아올 수 있고, 질병과 죽음이 가까이 도사릴 수 있다. 그러나 그 일이 나에게 찾아올 거라 예측하지 않았다.

　시도 때도 없이 울컥거리는 구역질, 이상야릇한 냄새가 입안 가득하다. 그동안 환자를 대할 때 어떻게 했던가! 그 고통스러움을 만분의 일이라도 느껴본 적이 있었던가! 가장 진지한 것처럼 근엄한 자세로 오만했다.

　에볼라가 창궐하는 서아프리카로 떠나는 나의 우상이었던 의사 서준호의 연락처가 적힌 쪽지를 만져본다. 화장실 바닥에 주저앉는다. 또 하나의 나를 찾기 위한 처절한 사투, 심장은 왜 이리 잔혹하게 갈기갈기 찢기는가! 엊그제만 해도 미래가 설레는 금빛별이었거늘, 이젠 어느 어둠 속 한덩이 차가운 운석처럼 내 존재가 묻히겠지. 애써 내 자신에게 위로해 본다. 베드로 신부님 말씀처럼 나도 하느님이 도구로 쓰시려고 이런 시련을 주셨을까! 한 번도 뵙지 못한 베드로 신부님과 닥터 서 생각이 머릿속에서 계속 맴돈다.

　먼동이 튼다. 병원 쪽으로 빠른 걸음을 옮긴다. 더 진지하게 열심히 일한다. 절망에 시달리는 사람들처럼 아픔을 느끼며 최선을 다한다. 바삐 돌다보니 점심도 아직이다. 벌써 2시다. 응급실 옆 카페 창가에 앉는다. 주문한 음식을 기다리며 창밖을 내다본다. 건너편 숲속의 나뭇잎 사이로 햇빛이 잠깐씩 보였다가 그늘 밖으로 밀려난다. 자작나무 사이로 파란빛을 띠고 있는 하늘에 바람에 풀려 퍼져나간 가냘픈 조각구름들이 한가롭다.

　바늘에 찔린 후 '앤'을 보지 못했다. "나 에이즈 환자 바늘에 찔렸어….” 어떻게 그녀에게 이 말을…. 소문을 들어서 알고 있을 것이다. 지금 그녀의 위로가 간절하다. 그러나 '앤'은 나에게 달려오지 않는다.

'앤'은 미국에서 태어난 한국 여자다. 그녀를 처음 본 것은 해부학을 공부하던 일학년 때였다. 밤 열두시 시체가 눕혀진 해부학 교실에서 낮에 배운 것을 복습하는 중이었다. 내 숨소리뿐 적막이 흐르는 공간에 삐거덕 문 여는 소리가 들렸다. 시체도 나무토막 보듯 한 내가 삐거덕 하는 소리가 왜 그리 모골이 송연했고 간이 오그라드는 것처럼 솔음이 돋았었는지. 지금 생각해도 모를 일이다.

문이 있는 쪽으로 돌아보았다. 까만 코트를 케이프처럼 걸치고 어깨 밑까지 흘러내린 긴 머리가 발자국을 뗄 때마다 이리저리 흔들리는 여자가 들어오고 있었다. 잠시 검은 망토를 두른 귀신이 생각났고 오싹 소름이 돋았던가! 놀란 모습을 들킨 일이 화가 났었는지, 아무튼 퉁명스럽게 “머리나 매고 오던가! 귀신인 줄 알았네.” 시선은 시체를 보면서 말했다.

“야, 너 혼자만 공부한다고 생각해? 별꼴이야.” 그녀가 한국말로 말했다. 나는 매끄럽지 못했던 말투를 얼버무리려는 듯 “너 한국 사람?” 억양이 놀랍다는 투로 과장되게 말했다.

“난 네가 동족인 줄 알고 있었는데, 넌 공부 이외는 관심이 없니?” 다소 비꼬는 어투였다. 나의 돌출구가 공부밖에 없다는 일종의 강박 관념이었을 것이다. 공부 이외에는 아무것도 돌아볼 여유가 없었다. '앤'의 눈에 그런 면이 보였다면 어쩔 수 없는 일 아닌가! 아무튼 한국 사람을 만난 일이 왜 그리 반가웠던지…. 그후 그녀와 나는 급속히 가까워졌고 연인으로 발전했다.

'저녁 미팅 시간에 만나면 나를 위로해 주겠지?' 미팅 룸 가까이 가자 '앤' 목소리가 들린다. 동료들과 내 이야기가 한창이다. 남의 불행을 보고 자신의 행복을 다지는 중인가! 내가 비극의 주인공이라도 된 것 같아 씁쓸하다.

"앤, 닥터 '원'이 에이즈 환자 피 뽑다가 그 바늘에 찔렸다는데, 너 알고 있니? HIV바이러스에 감염되면 너 어떻게 하니? 둘이 쌍둥이처럼 붙어 다녔는데, 닥터 '원' 어디가고 너 혼자야? 캠퍼스에서부터 지금까지 너희 둘 요란한 커플이잖아? 그래도 계속 커플?"

질문하는 동료는 '앤'을 좋아했던 내 라이벌이었던 '야마모도'다.

"결혼한 것도 아닌데, 뭐! 바이러스에 감염된다면 그냥 친구로 지내야지."

"너 너무 간단하게 말한다. 네 사랑의 무게가 깃털 같구나!"

"난 사랑이 전부는 아니야. 현실이 더 중요하지. 영찬에게 별일 없기를 바랄 뿐이야. '야마모도', 너 말투가 뭐 그러냐? '영찬'에게 무슨 일 일어나기 바라는 것처럼. '영찬'이와 헤어져도 너는 아니야. 인간성이 제로구나! 못됐어."

'우리는 동료인데 저런 대화를 하다니.' 하기는 '앤'과 '야마모도' 일은 아니지. 내게 일어난 일인데 그 생각을 못했네.

난 누구보다 '앤'이 먼저 뛰어올 줄 알았다. 뒤통수에 일격을 당한 것처럼 어찔하다. "괜찮을 거야, 힘내." 그 한마디, 따뜻한 정감 있는 위로의 한마디쯤 해주면 안 되는 거니? 이 계집애야, 네 사랑이 깃털처럼 가볍고 편의에 따라 변하는 그런 사랑이라면 나도 사절이다. 일어나지 않은 일로 단정지을 일 아니다. 사는 동안 어떻게 사는 것이 보람 있고 후회 없는 삶일까! 그것만 생각하자.

사형 일자를 열흘 남겨둔 '소크라테스'는 교도관이 부르는 '시테코러스' 그리스 가곡이 너무 아름다워 배우고 싶었다. 10일 후에 세상 떠날 사람이 노래는 배워 뭐하느냐는 교도관의 말에, "세상에 머무는 시간이 많은 사람이나 일주일 남은 사람이나 죽기는 마찬가지인데, 짧은 시간이라도 배울 수 있다는 것이 얼마나 큰 행운인가!"라고 대답했다. 내 삶이 '소크라테스'처럼 심오함이 아니더라도 살아 있는 동안 최선을 다하자. 죽음이 해일처럼 밀려온다고 돌아설 수 있는가! 숨 쉬고 있는 동안 삶을 멈출 수도 없지 않은가! 죽음이 일찍 나를 부른다면 어쩌겠는가! 아무도 거역할 수 없는 우주의 섭리인 것을…. 베드로 신부님은 어떤 분일까? 자신을 내려놓고 오로지 타인을 위해 봉사의 삶을 사시는 분이 자꾸만 오래전부터 알고 지냈던 분 같다. '서준호'가 아프리카로 떠나기 전 전화를 해야겠다.

분갈이

박병관 作
유화, 가로 38cm X 세로 45.5cm

　내 친구 정혜야!
　어떻게 무슨 말부터 시작해야 될까! 모르겠구나! 네가 나를 보내놓고 얼마나 궁금해 할까 싶었지만, 곧바로 연락 못해 미안하다. 바쁜 와중이지만 네 생각만 간절했다. 갑작스레 미국행이 결정되면서 쫓기듯 떠났고 여기 생활에 적응하려니 잘 있다는 몇 마디, '카카오 톡' 한 줄조차, 손가락이 부러졌는지…, 스마트폰을 열 수 있는 여유는 물론 엄두가 나지 않았다. 아침부터 시계바늘처럼 째깍째깍 움직여야 되는 하루를 지내다보니….
　인천 공항에서 너와 작별 후, '가서 잘 살아, 이것아,' 나를 꼭 안아주던 내 친구 정혜, 네 말이 내 귓전에서 떠나지 않았다. 비행기의 소음과 머리를 옥죄는 통증, 가까운 미래에 대한 두려움으로 마음이 영 안정되질 않았었다.
　착륙이 다가왔음을 알리는 안내 방송이 나오자 깊은 침묵에 빠져 있던 기내가 술렁거렸다. 쫓기듯 떠나온 탓인지 심장 박동이 쿵쿵거려 열 시간 내내 한숨도 잘 수 없었다.

조마조마한 마음으로 입국 수속을 마치고 나오자 이십대 후반쯤 되어 보이는 여자가 내 이름이 쓰인 피켓을 들고 서 있었다. 옆에 그녀의 어깨를 껴안고 서 있던 남자가 내 몸 구석구석 어떤 비밀이라도 찾는 듯 위아래로 훑었다. 날카로운 이빨을 숨긴 채 먹잇감을 놓고 순간을 포착하는 승냥이처럼 소름을 돋게 하던 사내는, 여자가 붙잡았지만 나와 대면하기 전에 출구가 있는 쪽으로 성큼성큼 걸어나갔다. 나는 여자와 가벼운 목례를 나눈 후 함께 주차장으로 향했다. 어쩐지 여자의 표정이 싸늘해서 말을 붙일 엄두가 나질 않았다.

네 6촌 오빠 집은 태평양이 내려다보이는 말리부 고급 주택가 끝자락에 있었다. 공항에서 오는 내내 한마디 없던 여자가 사무적인 몸짓으로 현관문을 열었다. 실내는 오랫동안 환기를 하지 않은 듯 공기가 탁하고 퀴퀴한 냄새까지 났다. 휑 할 정도로 넓은 거실과 창문에는 고리가 빠져 늘어진 커튼이 닫혀 있었다. 전등 스위치를 켜자 안개처럼 깔려 있던 칙칙한 어둠이 혼비백산 물러섰다. 나도 모르게 커튼부터 활짝 열어젖혔다. 뒤뜰에 있는 정원은 넓고 잘 가꿔진 관상수들과 꽃들, 유난히 싱그러운 소철 화분이 보였다. 저녁 이내가 깔리기 시작한 언덕 아래 골짜기가 눈에 들어왔다. 잿빛 골짜기와 나무숲이 바람에 흔들려 어쩐지 음습했다. 사방을 둘러봐도 온통 을씨년스런 분위기였다.

이층으로 올라간 여자는 좀처럼 내려오지 않았다. 실내가 엄청 넓었다. 간병인 겸 도우미라고 했으니 청소나 음식도 내

몫의 일일 것이다. 이층은 또 얼마나 넓을까…, 막상 저택 수준의 집 덩치를 실감하자 나도 모르게 한숨이 나왔다. 이층에선 아무 기척이 없고 적막만 감돌았다. 시계를 보니 겨우 오분이 지났다. 그녀가 혼자 내려왔다.

"아빠가 깊이 잠 드셨으니 인사는 나중에 하세요. 회사에 다시 가봐야 하니 시간이 없어요. 아줌마가 쓸 방은 저기니까 우선 가방 들여놓고 장을 봐오는 게 좋겠습니다."

뭐라 대꾸할 새도 없이 부리나케 그녀를 따라나섰다. 마켓에 가는 동안 운전하는 여자는 말이 없었다. 오자마자부터 눈치꾸러기로 전락한 셈인가. 네 말만 믿고 다른 아무 사전 정보도 없이 덜컥 나선 길이 새삼 후회됐다. 하긴 넌들 와보지 않은 이곳 사정을 어찌 알겠니? 한국에 방문했을 때만 잠깐잠깐 보았을 6촌 오빠에 대해 얼마나 알 수 있겠어, 너희들에게 친척이라고 맛있는 것과 선물 사준 만남이 즐거움이었겠지. 그녀, 네 6촌 오빠의 딸이 오랜 침묵 후 말문을 열었다.

"내 이름은 '미셀'입니다. 직업은 이민법 변호사에요. 아빠는 비록 암 투병 중이지만 운전도 하시고 아직은 건강합니다. 우리가 하루종일 곁에 있는 것도 아니고 한국에서 간병인을 구했다는데 자식들이 이의를 제기할 입장은 아닙니다."

"딸인 내가 이민법 변호사인데 의논 한마디 없이 독단으로 아빠 친구인 윤 변호사에게 부탁했어요. 아줌마에게 영주권과 월급 주는 조건으로 서류상 결혼해 초청했다고 엊그제서야 오빠와 내게 알렸어요. 당신과의 관계는 확실하게 해두었다고 했지만 행여 내 아빠가 돌아가신 후 법적인 아내라고 재산을 넘보는 일은 없길 바랍니다. 상황이 복잡하게 꼬이면 영주권 무효 소송도 불사할 테니 그리 아세요. 당신은 간병인이자 도우미이지, 그 이상 이하도 아닙니다."

공항에서 만날 때부터 내내 싸늘했던 속내를 그제야 알아차렸다. 내가 재산 넘볼까봐서 쐐기를 박고 처음부터 기죽일 작정인 것을…, 씁쓸했다.

"어떻게 제가 그런 맘을…." 너무 어이없어서 말끝을 흐렸었다. 그녀는 내 말은 개의치 않는 듯 아빠가 환자라서 신경이 예민하고 까다롭더라도 이해하라는 말을 덧붙이며 처음으로 희미하게 웃는 듯 마는 듯 입꼬리를 슬쩍 비틀었다.

*

정혜야!

아직 기울지 않은 햇살이 눈부시구나. 가끔 먼 곳에서 개 짖는 소리와 부엉이 울음소리가 들릴 뿐 모든 물체가 멈춘 듯 고요해. 이 동네는 부엉이가 밤에만 울지 않는다. 9월이 오면서 산타아나 계곡에서 일으키는 건조하고 뜨거운 날씨가 화씨 100도가 넘는다는 뉴스가 연일 보도됐었다. 오늘 평년기온이라는 뉴스가 반가우시죠? 앵커의 음성이 경쾌하다. 바다가 가까운 이곳은 여름에도 언제나 바람이 살랑거리는 초가을 날씨다. 네 오빠가 무릎담요까지 덮고 뒤뜰에 앉아 있다. 과일과

물 컵이 놓인 쟁반을 들고 뒤뜰로 나가려고 문을 열자 네 오빠가 요염한 보랏빛 꽃이 만개한 아프리카 프린세스 나무 옆에 놓여 있는 청색 화분의 소철을 보며 다급하게 나를 불렀다. 난 간병일에 지쳐서 시들어가는 상추 같다는 생각만 깊어 가는데 설상가상으로 미셸이 만날 때마다 내 자존심을 긁어 헤집어 놓는 통에 꽃과 나무를 즐길 여유가 어디에 있겠니?

야자수, 몬스테리아, 산세베리아가 미세하게 흔들렸다. 임패션, 로렐, 아프리카 데이지 꽃들과 붉고 흰 장미들은 정원사가 잘 가꾸어 놓았다. 오늘은 이곳에서 내려다보이는 골짜기 나무들도 생기가 있어 보이고 서녘 바다에서 불어오는 바람도 싱그럽다. 네 오빠가 다시 한 번 나를 불렀다.

"킴, 이리 빨리 와봐. 소철나무에 꽃이 피었어. 100년에 한 번 피는 꽃이래요. 꽃잎 사이사이에 매실만한 열매들이 달려 있네. 인터넷 검색 결과 8월에 피는 꽃인 것을, 방 안에만 있어서 보지 못했지 뭐야. 소철나무에 핀 꽃을 본 사람에게 행운이 깃든다는군, 내 정원에서 말이야. 꽃이 피었다고! 정말 믿어지지 않아!"

그가 휴대폰을 손에 든 채 흥분해서 하는 말은 들뜬 목소리였다. 정말 깃털같이 생긴 겨자색 꽃잎들 사이에 매실 같은 크기에 빨간색 열매들이 다다귀다다귀 달려있었다. 나도 처음 보는 꽃이라 신기했다. 무엇보다 그 꽃을 본 사람은 누구나 행운을 가질 수 있다는 꽃말이 너무 좋았다. 100년에 한 번 피고 행운을 가져다준다는 꽃, 다시 한 번 꼭 좋은 일이 있기를 빌었다. 그날 네 오빠가 처음으로 자신의 마음을 털어놓았다.

"킴, 처음 췌장암이란 진단을 받았을 때, 내 마음이 어땠겠어? 왜 하필이면 나야, 소리치고 화산 폭발로 흘러내리는 용암보다 더 분노가 끓어올랐지. 소리치고 물건들을 패대기쳤고 누군가 촬영을 했다면 광란의 정신병자가 따로 없었을 거야. 췌장암 5년 생존율이 7.8%라는 침묵의 살인자, 내 안에 종양이 자라다니 미칠 것 같았어. 나 쉰다섯 살이고 그동안 열심히 살았다고 소리쳤지. 메아리조차 돌아오지 않는 외침이 얼마나 공허하던지. 의사가 종양이 1cm이고 주변 림프절 전이가 되지 않아서 예후가 좋다고 했지만, 췌장암 특성은 원격 전이가 잘되는 암인지라 믿기지 않았어. 의사는 전이가 예상되는 곳까지 광범위하게 수술했으니 안심하라고 했지. 참 다행이다 싶었는데 CA19-9 피검사수치가 100-200이상 높게 상승되자 죽음의 공포와 외로움을 어떻게 말로 표현할 수 있겠어.

적혈구 감소로 항암치료 중단, 수혈, 수차례 힘겹게 고비를 넘기면서 수술 후 쉽게 정상수치 회복이 되지 않았어. 피검사할 때마다 입이 바짝바짝 타들어갔었지. 사실 수치가 떨어졌다 해도 암세포 기능이 정지되고 위축됐을 뿐 사멸했다고 볼 수 없다는 예후가 있는 암이라, 계속 항암주사를 투여받을 때마다 얼마나 힘들었는지…. 지난달 피검사 결과가 정상수치여서 처음으로 평온했지. 이달에는 수치가 더 떨어지겠지? 백년에 한 번 핀다는 소철 꽃이 우리 집 정원에 피어서 행운이 오나봐. 킴이 내 곁에 있기 때문이야. 너무 기분이 상쾌해. 당신이 정성껏 달여 준 상황버섯과 차가버섯을 아이처럼 안 먹는다고 그릇을 내동댕이치고, 심술부리고 당신을 무시하고 소리 지르고…. 당신은 말없이 얼마나 아프면 그럴까 위로하는 눈빛이었어. 전에 있던 간병인 중 한 사람은 병에 걸린 것이 벼슬이냐고 막 대들고 소리치니까 얼떨떨해서 그사람 눈치까지 보았는데 가버렸어. 당신은 자신이 환자처럼 고통스러워했지. 내 짜증을 다 받아줘서 고마워. '킴' 당신 때문에 더 살고 싶어."

그가 어린 소년처럼 수줍어하며 미소를 지었다. 나보고 고맙다고 말이야. 환자여서 그랬겠지만 네 오빠는 까칠 남에 도시남이야. 내가 별소리를 다한다. 그지? 처음으로 네 오빠는 나에게 미안해했고 그날은 편안해 보였어. 사람이 희망이 보이면 저렇게 돌변할 수 있구나! 즐거운 나의 집 노래가 허밍으로 흥얼거리는 모습도 처음이었어. 운동기구가 있는 방에서 아령까지 들고 나와 나를 당혹하게 했다.

"이제 근육을 만들어야지."

"운동하시는 것은 좋은데 천천히 시간을 늘려가세요."

갑자기 변한 그 사람의 모습이 감당이 되지 않아 조심스럽게 말했다.

"걱정 말아요. 잘할 수 있어."

며칠 동안 그는 죽음의 땅에서 살아나온 전사처럼 살아 있다는 것이 축복인 줄 전에는 몰랐다며 무엇을 먼저 할 것인가 계획을 세우고 나에게 의견을 묻고 소풍가기 전날 배낭에 쿠키와 캔디를 넣으며 행복해 하는 어린아이 같았어.

정혜야! 드디어 오늘이 정기검진 받는 날이다. 가슴에 악어로고가 붙은 핑크 티셔츠에 베이지색 면바지를 차려입은 그가 소철나무 꽃을 보고 있다. 꽃 속에서 기를 받아가려는 듯 숨을 들이마시며 코를 대고 고개를 약간 좌우로 흔들었어. 행운을 가져온다는 소철 꽃에 그의 운명이 좌우되는 듯 확인 도장을 찍는 행위같이 보였어. 생에 대한 애착이 애처롭고 그 모습이 섬뜩했다. 병원 다녀와서 또 연락할게.

정혜야!
병원에서 여러 가지 검사를 받은 이틀 후였어. 내가 네 6촌 오빠의 아내라고 알고 있는 의사로부터 만나자는 전화가 왔다. 의사의 말에 가슴이 철썩 내려앉았다. 불길한 느낌이 밀려왔다. 아들, 딸과 같이 의사와 마주앉았다. 의사는 무겁게 말문을 열었다.

"안타깝게도 다시 재발했습니다. 혈액검사 수치가 높게 나왔고 간과 폐에도 전이가 됐어요. 이젠 준비를 하시는 것이 좋을 것 같아 환자 본인에게 알리기 전 먼저 가족들을 오시게 했습니다."

요 며칠 동안 네 오빠의 평온했던 일상이 안타까워 가슴이 먹먹해졌다. 완쾌 됐다고 믿는 그가 소철나무에 핀 꽃에 희망을 걸기까지 했는데 무슨 말을 할 수 있겠니? 그동안 그의 옆에서 최선을 다했다. 연민의 정이 깊어서라기보다 생존 가능성이 전혀 없는 네 6촌 오빠가 너무 애련해 눈물이 자꾸 흘러내렸다. 한편 내 신분이 걱정됐다. 사람이 죽는다는데 어떻게 내 걱정이 앞설 수 있나, 부끄러운 내 양심 앞에 현실이 막아섰다. 결혼으로 영주권을 신청한 사람은 임시영주권을 받은 후 2년이 되면 정식 영주권을 받을 수 있는데, 여기 온 지 겨우 3개월 만에 저 사람이 죽으면 내 영주권은 어떻게 되는 것인가, 무슨 일이 있어도 여기서 버티고 정착해야 되는 내 처지가 숨이 막히도록 답답했다. 정혜야! 그가 지금 죽는다면 나 어떻게 하니? 이 답답한 노릇을⋯.

네가 처음 6촌 오빠 간병을 하면 어떻겠느냐고 의사 타진을 했을 때 '얘 금방 죽기야 하겠니? 몇 년은 살겠지.' 했었지. 나는 심각한데 너는 깔깔 웃기까지 했었던 일 기억나니? 엊그제 백 년 만에 핀 소철 꽃이 자신을 병마에서 꼭 구해줄 거야, 굳게 믿었던 사람인데⋯. 의사 말이 끝나자 딸이 하늘이 무너지는 듯 목 놓아 울기 시작하더구나.

"어떻게 해, 아빠. 우리 아빠, 불쌍해서⋯. 아빠."

아버지가 더이상 살 가망이 없으니 안타깝고 절망스러웠겠지. 측은했어. 부모 자식 관계는 끈끈한 정이구나 싶어 새삼 돌아가신 내 부모가 그리워 눈시울이 젖었다. 아들의 눈에 눈물이 글썽한 것이 보였다.

"완쾌됐다고 믿었는데 어떻게 이런 일이."

아들 '존'의 눈에서 눈물이 주르르 흘러내렸다. 의사 앞에서 애통해 하던 딸은 무슨 생각을 하는지 표정이 심각해 보였다.

분갈이

아들이 의사에게 매달리는 모습이 안타까워 마치 내가 죄인처럼 쩔쩔매며 두 손바닥을 비비적대기만 했다.

"온갖 방법 다 동원해서 치료를 해주셔야죠. 마음의 준비라니요. 지금 연구 중인 항암제나 무엇이든 다 해보세요, 선생님."

"의사는 환자를 위해 최선을 다합니다. 너무 많이 전이가 돼 있어요. 이렇게 가족에게 알려야 하는 상황이 안타깝습니다. 내일 환자분께 검사결과를 말씀드릴 예약이 돼 있습니다."

존이 의사에게 물에 빠진 사람이 지푸라기라도 붙잡는 것처럼 매달렸다. 절규하듯 울어대던 딸이 슬그머니 자리를 떴다. 나는 아들이 애처로워 조용히 밖으로 나왔다. 갑자기 화장실이 가고 싶었다. 물도 마시지 않았고 의사와 대면하기 전 이미 다녀왔는데 긴장을 하면 또 가고 싶은 신경성 증세는 언제 없어지려나 모르겠다. 진찰실에서 3미터 앞 우측 코너에 있는 화장실이 가까워지자 미셸 목소리가 들려왔다. 한국어로 통화하는 상대는 그녀의 남자친구였다. 난 걸음을 멈추었다.

"장 변호사! 아빠 주치의가 가족 모두 불러서 병원에 왔어. 아빠가 간, 폐까지 암이 전이됐대. 췌장암이 최악이지! 항암치료하시느라 얼마나 힘들었어. 다시 하는 항암 치료, 잘 듣지 않을 뿐더러 고통만 가중될 터인데 힘겹게 하는 투병 아빠는 물론 우리까지 생각만 해도 너무 끔찍해. 그 많은 간병인들 못견디고 나갔을 때 너도 알지만 오빠랑 나 너무 힘들었어. 오죽했으면 한국에서 사람을 구했겠어. 진통주사로 통증이나 다

스리고 떠나시는 것이 최선이라고 생각해. 간병인 킴 있지! 그 여자가 정식 영주권 받기 전에 아빠가 돌아가셔야 일이 수월해져. 자신이 아내라고 재산 분할 권리 주장해 봐. 그것 해결하려면 골치 아프지. 아빠가 써놓은 유서가 궁금해 미치겠어. 물어볼 수도 없고…. 다운타운에 있는 12층짜리 빌딩과 상가들 오빠보다는 내가 가져야지. 오빠는 회계사들이 백 명이 넘는 아빠의 회사를 운영하면 돼. 네가 상속법 변호사니까 잘 알아서 해 주겠지만 미국은 배우자의 사망 시 남은 자에게 모든 재산이 상속되잖아. 킴이 아빠가 짜증낼 때 다 받아주는 것 보면 순하고 착한 것은 분명한데 또 모르지, 속에 독사가 똬리 틀고 있다가 독을 품어댈지…. 신경 쓰이네. 너만 믿어, 장 변호사. 오빠는 정말 아빠 걱정 때문인지, 마음이 여려서 그런지 우는 모습이 너무 슬퍼보였어. 어떻게 무슨 다른 방법 없는가! 의사와 상의 중이야. 어떤 면에서 현실 직시하지 못하는 오빠가 답답해. 밖에 나와서 통화하는 거야."

더 들을 수 없어 소름이 돋은 채 뒷걸음쳤어. 딸인 미셸이 무서웠다. 아버지가 치료불가 판정을 받았는데 어떻게 남자 친구에게 간병인 때문에 재산이 조금이라도 축날까봐 통화부터 할까! 수발든 간병인을 자식들이 수고비 준다는 말은 들었다. 난 최선을 다하고 정해진 월급 받으면 고만이다. 아버지와 딸 사이가 어떻게 셈으로 계산될 수 있어. 어머니가 안 계셔서 더 가슴이 아리고 아플 것 같은데 미셸은 어떤 의식구조로 되어있는지, 황금만능주의에 젖어 이성은 마비된 것인가, 처음 미국에 도착했을 때 일들이 떠올랐다.

*

정혜야! 처음 도착했을 때 미셀이 바쁜 일 때문인지 시계를 자주 보았다. 그녀 때문에 서둘러 식품들을 이것저것 담았다. 장보기를 마치고 집에 돌아오자마자 그녀의 휴대폰이 울렸고 로펌에 급한 일이 있다며 바로 돌아섰다. 식료품을 식탁에 올려놓고 거실 베란다 문을 활짝 열었다. 태평양 바닷바람이 들어오자 한결 기분이 나아졌다. 어쩌면 그녀가 사라져서 홀가분한 탓인지도…. 우선 급한 대로 정리 정돈을 하려고 싱크대를 죄 여는 순간 계단 밟는 발소리가 들려왔다.

"아줌마 왔소?" "아, 네. 아 안녕하세요? 처음 뵙겠습니다." "시차 때문에 피곤하지 않소?" "괜찮습니다. 저녁을 준비해야 할 것 같아 장을 봐왔습니다. 처음이라 우선 한식으로 준비할까 합니다만…." "오랫만에 한국음식 맛보겠구려. 기대됩니다." 그가 한국음식이 먹고 싶었는지 기대된다고 말했다. 난 걱정이 됐다.

네 오빠의 이마에 깊이 팬 주름살이 50대 초반이라는 나이가 무색해 보였다. 암이란 병이 사람을 저렇게 만들었구나. 난 시선을 어디다 둬야 할지 몰라 당황해하자 그가 불쑥 허를 찔렀다.

"왜, 암 환자라 두렵소? 못해도 2년 이상은 간병해야 될 거요. 그래야 정식 영주권을 받을 수 있거든. 왜 굳이 한국에서 사람을 찾아 초청한 줄 아시오? 이곳 사람들은 며칠 만에 온 다간다 말도 없이 가버렸거든. 그동안 몇 명이나 줄행랑쳤을 것 같소? 아마 열 명은 족히 넘지? 각오 단단히 해야 할 거요. 하하하!"

고집이 세보이는 주먹코와 약간 큰 입, 날카로운 눈매가 한 성질 하게 생겨 시중들기가 쉽진 않겠구나 싶었다.

콩나물과 시금치나물, 연어구이와 된장찌개를 끓였다. 네 오빠는 십여 시간 비행 시차는 조금도 배려치 않았다. 시장하다며 재촉할수록 남의 부엌살림이라 더 서툴렀다. 막상 밥상을 차려내니 배고프다던 그는 반찬 타박을 했다.

"연어는 너무 싱겁고 된장은 너무 짜구만. 배는 고파 죽을 지경인데 먹을 것이 없어."

이 사람은 서류상 남편이며 월급을 주고 영주권을 받을 수 있게 해주는데 이정도 쯤이야 얼마든지 참아야 된다고 내 자신에게 다짐했다. "사장님, 잠시만 기다리셔요. 다시 해 올리겠습니다." "배가 고파 죽을 지경인데 언제 다시 한다는 거요? 환자는 약을 먹기 위해선 제때 식사를 해야 하는 건 상식 아니요? 이런 젠장!" "죄송합니다. 오늘만 잡수셔요. 내일부터는 입맛에 맞게 더 잘해 보겠습니다. 정말 죄송합니다."

그제야 그는 허겁지겁 먹기 시작했다. 잘 먹을 거면서 신참 내기 군기 잡는 것도 아니고…. 지나칠 정도로 비굴하게 사과했던 나는 어이없어 그를 유심히 살펴보았다. 안색이나 행동으로 봐선 어느 한구석 환자 같지 않았다. 나도 모르게 한숨이 나왔다.

저녁에 네 오빠의 아들과 딸, 그녀의 남자친구가 왔다. 아버지를 많이 닮은 아들은 젊고 건강한 청년이었다. "이름은 '존'이고 직업은 회계사이며 회사근처 다운타운에 삽니다." 아들이 자신을 소개했다. "저는 김 은혜입니다." 인사를 했다. "킴이라 부르지요. 아버지께 좋은 분이 계셔서 다행이고 안심이 됩니다." 그가 말했다. 자신의 아버지를 돌보아줄 사람이니 친절하구나 싶었다. 괴팍한 성격의 환자와 칼날세우는 딸과는 상반되는 성품을 지닌 아들이 있어서 다행이란 생각이 들었다. 다음에 공항에서 위아래로 나를 훑던 남자가 말했다. "장 변호사입니다." 처음 도착했을 때 나에게 무례했던 행동이 마음에 걸린 듯 표정은 계면쩍어 보였지만 인사는 정중했다.

주말이면 딸, 아들, 장 변호사까지 왔다. 환자 수발도 힘든데 그 세 사람 식사까지 준비는 최악이었다. 가끔 장 변호사와 아들이 도울 것 없겠느냐고 부엌에 들어오곤 했지만 무슨 도움이 되겠나 싶어 사양했다. 어느 날 존과 장변호사가 나를 의식한 듯 가정식에 대한 화두를 끄집어냈다.

"오늘 '삶과 문화' 난에 '부엌이 죽었다고?' 제목의 글이 실렸는데, 요즘에 집밥을 그리워한다는 것이 핵심이야. 배달음식은 왠지 남의 것 같다는 취지였고 방송의 요리 예능 프로그램에도 '집밥'이란 단어가 들어가야 시청률이 높아진다는군." 큰소리로 말한 사람은 장 변호사였다. 그가 계속 말을 이어갔어. "내 엄마 직업이 교수라서 밤낮 연구논문 써야 한다며 주로 배달 음식 시켜 먹었거든. 난 초등학교 2학년 때까지 할머니가 해주시던 밥을 먹었었는데 늘 집밥이 그리웠어. 요즘 킴 덕에 여기서 식사하면 너무 맛있고 할머니 생각이 더 난다. 미안하지만 자꾸 오게 되네. 미안, 킴." 장 변호사가 나를 쳐다보며 정말 미안한 표정을 지어보였어.

나는 속으로 그랬다. 비위도 좋다. 또 계속 주말마다 온다는 뜻인가? 공항에서 그가 나에게 보였던 그 모습이 떠오르자 너무 미워 국에다 소금을 한 국자 퍼넣고 싶었다.

시차 때문인지, 오후 네 시만 되면 하품이 나오고 졸음은 세포 속 깊숙이 스며들었다. 밤마다 악몽에 시달려 잠을 설치다 보니 무중력상태처럼 몸이 나른했고 병든 암탉처럼 깜박 졸다 누군가에게 쫓기는 꿈을 꾸곤 했다. 깜짝 놀라 눈을 뜨면 언제 나타났는지 네 오빠가 뚫어지게 나를 내려다보고 있어 기절초풍 한 일이 한두 번이 아니었다.

당장 마켓을 갈래도 운전면허를 따는 것이 시급했다. 꼴찌로 어렵사리 필기시험을 통과하고 나니 네 오빠가 직접 운전 연습을 시켜주겠다고 나섰다. 차선을 바꿀 때, 깜박이 신호를 일찍 껐다고 신경질, 스톱 싸인 앞에서 완전히 서지 않은 채 출발한다고 잔소리, 사이드 미러와 뒤를 자주 보지 않는다고 소리소리 질렀다. 손이 파르르 떨렸다. 마음도 무거웠다. 수시로 해대는 잔소리와 짜증에 머리가 터질 것 같았다.

"무슨 생각하는 거요? 운전 똑바로 하지 않고!"

버럭 소리 지르는 바람에 깜짝 놀라 운전대를 놓칠 뻔한 적도 여러 번이었다. 왜 이리 날을 세울까! 마음이 깊은 나락으로 떨어졌다. 평소 친절한 것 같다가도 느닷없이 소리를 지르거나 화를 낼 때면 도무지 종잡을 수 없어 불안하기 이를 데 없었다. 집안을 치우랴 매 끼니 식사 준비하랴 몸이 녹초가 됐다. 환자 간병이 주 업무인지 도우미가 본분인지 난 수시로 잊어먹고 지냈다. 그나마 네 오빠는 식사할 때 빼고는 주로 이층에서 지내 다행이었다.

*

아들 존과 딸이 식탁에 앉아서 아버지에게 암이 재발했음을 알려야 될까 의논 중이다. 부엌에 있던 나도 긴장이 돼서 귀 기울인다.

"오빠, 오빠가 말해. 난, 난, 말 못하겠어. 이젠 가망이 없다고 어떻게 말해."

"나는 철 심장을 가진 로봇이냐? 가슴이 찢어져. 겨우 50이 갓 넘은 젊고 패기가 넘치던 당당하셨던 분이셨어. 고칠 수 있다는 희망으로 그 힘든 치료 견디셨는데 다시 절망하실 생각을 하면 말 못해."

존이 설움이 복받쳐서 흐느끼는 소리가 들렸다.

"오빠가 못한다면 내일 검사결과 알려주는 날이니 의사가 알려주겠지 뭐."

"너는 마치 이웃 누군가의 일처럼 담담하게 말한다. 다른 사람이 아니라 우리 아버지야!"

"나는 뭐 가슴 안 아픈 것 같아? 이렇게 말하는 나도 힘들어."

갑자기 작게 속삭이는 소리, 내가 들을까봐 병원 화장실 앞에서 남자친구와 대화하던 나에 관한 문제인 것 같아 오돌토돌 소름이 돋았다.

존의 커지는 음성이 들려왔다.

"생각하는 것하고는…. 넌 왜 그 모양이냐? 열심히 아빠 위해 애쓰는 킴에게 그렇게 하고 싶어? 불평 한마디 없는 그 순하고 착한 여자에게 좀 따뜻하게 해줄 수 없니? 너 벌 받을라."

"이 예민한 반응은 뭐야! 현실 감각이 좀 결여됐어. 도무지 무슨 생각하고 사는 건지 원. 남자들이란 형광등이야. 그 머리로 공부는 어떻게 했는지 몰라."

미셀의 볼멘소리가 멀어져가고 존과 마주칠까봐 부엌에서 가까운 화장실로 들어갈 수밖에 없었다. 앞일이 까마득하다. 환자의 상태가 더 나빠질 것은 분명하다. 통증에 시달리는 환자를 어떻게 간병할 것이며 딸의 시선과 상처 주는 말들을 어떤 형태로 내 안에 수용할 것인가! 신은 감당할 만큼만 고통을 주신다 했는데 잘 견딜 수 있을까! 새삼 내 절박함의 선택을 후회했지만 어쩔 도리가 없는 일 아니겠니? 한국에서 떠나기 전 죽을 것 같았다. 앞 뒤 생각 없이 내가 택한 간병일이 쉽지 않을 것이란 각오는 했지만 가족이란 복병이 있을 줄은 몰랐다. 암담한 어둠이 빨리 찾아들 줄은 생각 못했다.

병원을 다녀온 후 아무것도 손에 잡히지 않고 별로 먹지도 않았는데 속이 더부룩했다. 바람이나 쐬면 좀 나아질까 싶어 뒤뜰로 나갔다. 겨자색의 꽃잎 사이로 앵두빛이 영롱한 소철 꽃이 다붓한 것이 보였다. 꽃 속에 있는 열매를 만져보았다.

"너를 보는 사람에게 행운을 안겨준다는 꽃말이 너무 좋았다. 이 집 주인과 내가 너를 처음 보았을 때 얼마나 좋아했는지 아니? 너 그때 우리 둘이 좋아하는 것 보았잖아? 사장님 좀 살려줘. 나도 잘 견디게 해주고. 부탁한다."

식물도 영이 있다고 들은 적이 있기에 내가 소철에게 부탁을 다했다.

내 볼에 눈물이 방울져서 흘러내렸다. 내가 지금 무엇하고 있는 거야. 누가 볼세라 얼른 눈물을 닦고 안으로 들어갔다. 초침이 째깍째깍 정적을 깬다. 하늘엔 먹구름이 몰려온다.

"시원하게 소나기가 한 줄금 쏟아 내려나?"

네 오빠가 창밖을 내다보며 혼자 말한다.

"킴, 준비해! 병원 같이 가야지. 비서가 뭐해, 채비 차려."

"아빠 저와 함께 가세요."

"존, 간밤에 여기서 잔 거야?"

"네, 아빠 모시고 병원에 가려고요."

"킴과 같이 가면 되는데…. 회사 출근해. 젊은 놈이 자기 일에 충실해야지! 아빠 끄떡없다. 운동 시작했더니 근육이 벌써 생겼어. 봐라."

"오늘은 아빠 모시고 가려고 월차까지 냈는데요?"

"그래? 효자아들, 같이 가자. 킴이랑 셋이 가지 뭐."

주인이 흐뭇한 표정으로 존을 바라보더구나, 의사로부터 더는 살 수 없다는 결과를 들어야 되는데 어떻게 감당할까! 내게 죽음이 찾아온 것처럼 통증이 가슴깊이 가로질러 지나갔다.

며칠 전 소철 꽃을 보며 집안 분위기를 바꾸고 싶다고 했었는데 거실 페인트에 대해 한 쪽 벽면을 짙푸른 하늘색으로 하면 어떨까, 실내 장식가에게 묻고 하는 것이 좋겠군, 새 커튼과 가구도 주방기구는 바이킹제품이 최고지, 말을 마친 그가 나를 쳐다보았다. 눈이 마주치자 과일 가져오는 것 깜박한 것처럼 일어섰다. 눈물이 볼을 타고 흘러내렸다. 밝은 빛이 어두움으로 바뀌어 죽음과의 거리가 점점 속도가 빨라질 것이고 속수무책으로 죽음만 기다릴 그 사람 옆에서 함께 해야 하는 내 처지가 아릿한 슬픔으로 눈자위가 젖어왔다. 오늘 그의 희망이 산산조각이 나서 부서질 것이기에 병원으로 향하는 내내 홈스위트 홈을 허밍으로 흥얼거리는 그를 어쩌면 좋을지 모르겠다. 말없이 핸들을 꽉 잡는 아들이 너무 안쓰러웠다.

*

미국에 도착 후 매일 악몽에 시달렸다. 비바람이 요동치며 문을 내리쳤고 세차게 문 두드리는 소리가 들렸다. "누구세요?" "물 마시러 내려 왔수다. 비 폭풍에 놀랐나? 악몽을 꾼 거요? 신음소리가 어떻게 크던지 원, 마실 물 가져다 놓는 일은 기본 아니오? 월급 받는 만큼 일해야지." 그가 퉁명스럽게 말했다. 죄송하다는 내 목소리가 기어들어갔다. "별일이네. 겨울철 우기에 비가 오는데 9월에 이런 레인 폭풍이 온 적이 있던가! 지구 온난화가 만들어낸 기상이변이군. 비바람이 거세니 내가 다시 한번 문단속 하지."

그의 신경질적인 말과 발짝 소리가 사라지고 쏟아지는 빗소리에 나는 내내 잠을 이루지 못했다. 꿈속에서 나는 여전히 그들에게 쫓기고 있었다. 청테이프에 두 손을 묶인 채 무릎 꿇고 앉아 사시나무 떨 듯 떠는 장면, 배를 가르고 쏟아져 나온 내장, 피, 간과 신장을 꺼내 들고 낄낄거리는 남자들…, 아, 아….

정혜야! 그때는 내 정신이 아니었고 너에게 다 말 못했었지, 부끄럽고 치욕적인 그일을 친구이지만 어떻게 다 말할 수 있었겠니! 오늘에서야 진실을 말한다. 왜 내가 쫓기듯이 이 선택을 했는지를….

착실하던 남자친구가 증권에 손을 대고 잃은 돈을 만회하려고 놀음과 사채까지 쓰는 악마로 변했던 일 자세히 너에게 말 못했다. 월급은 차압당하다시피 그에게로 고스란히 빠져나갔다. 헤어지자는 말만 하면 두드려 맞았다. 사람이 아닌 악마, 난 그의 연인도 아니고 오로지 돈줄이었다. 동사무소에서 주민등록증 발부하는 일자리마저 위태로웠다.

온몸은 멍투성이고 정신은 피폐해져 하루하루가 가시밭길이었다. 죽든 살든 그와 헤어져야겠다고 독하게 마음먹었을 즈음 퇴근길 옥탑방 가는 길로 올라가고 있었다. 놈이 기다렸다는 듯 튀어나왔다. "돈이 필요해. 이번이 정말 마지막이야." 며칠을 노름판에서 샜는지 퀭한 눈빛의 그가 우악스럽게 내 가방을 낚아챘다. 필사적인 저항이 손찌검을 불렀다. 입술사이로 터진 핏물이 찝찔했다. 실랑이 해보았자 결국은 뺐기고 말 것을 나는 번번이 저항하다 얻어터졌다. 돈을 움켜쥔 그가 가방을 내동댕이치고 사라지는 순간 이번엔 검은 옷의 남자들이 나를 가로막았다. 남자의 뒤를 밟았던 사채업자들이었다. "돈 갚을 때까지 네 여자 우리가 데려갈 테니 알아서 해! 당장 갚지 않으면 장기 밀매도 불사한다!" 큰소리로 외치자 어둠 속에서 멈칫 하던 남자가 그대로 줄행랑을 쳤다. 나도 피해자야, 제발 놓아 달라 살려 달라 애원했다. 눈을 가린 채 끌려간 곳은 어두운 지하실이었다.

손발이 묶인 채 바지가 벗겨졌다. "누가 먼저 할래?" 낄낄거리는 소리, 꼬챙이로 찔리는 듯 한 통증과 수치심, 사람 살리라는 비명은 메아리가 되어 내 안으로 스며들었다. "축 늘어졌는데 죽은 것 아닌가! 경찰에 알리기만 해! 동영상을 배포할 테다." 꿈처럼 아스라하던 수군거림, 나락에서 까만 악마들이 오글거리며 나를 물어뜯었다. 깊은 골짜기로 처박힌 채 아랫배가 벌려지고 꾸역꾸역 쏟아져 나온 피범벅인 내장이 너무 끔직했다. 다음은 아무것도 생각나지 않았다. 이 말을 어떻게 맨 정신으로 할 수 있었겠니? 벼랑 끝에 서있는 내가 왜 간병일을 택했는지를…, 시간이 약이라는데 난 매일 꿈속에서 그들을 만난다. '악몽이다. 잊어버리자,' 그 말을 소처럼 되새김질하고 또 하곤 해도 킬킬대던 검은 악마들이 내 창자를 꺼내 들던 그 순간들이 너무 또렷하다. 이 보다 더한 최악이 천지간에 또 있겠나 싶다.

*

병원은 여전히 붐볐다. 바삐 오가는 의사와 간호사들 휠체어에 앉은 환자와 직원들 사이를 걸어가는 네 오빠의 표정을 살폈다. 그는 자신과는 아무 상관도 없는 곳에 온 것처럼 마음이 가벼워 보였다. 몇 분후 아니 몇 초 후 예상치 못한 그가 받을 충격을 어떻게 대면할 것인가!
"저는 밖에 있을게요."
"무슨 소리, 같이 들어가요."
따뜻하고 인자한 눈빛이 내게 머물렀다. 완치됐다고 믿은 후 매사가 나긋나긋하고 따뜻했다. 의사 앞에 앉았다. 여러 가지 검사 결과에 대해 의사가 설명하는 동안 그가 나를 돌아보았다. 입술이 바르르 떨렸다. 죽음이 가까이 서성이면 인간은 절망스러움을 어떻게 받아들이는지를 보았다. 그의 표정은 노을빛이 사그라진 후 어둠의 재색빛이었다. 나는 마주볼 수 없어 시선을 아래로 떨어뜨렸다. 그가 얼마나 살고 싶어 했던가!

의사와 대면 전까지 평화스러운 모습이었는데…. 암이라 불리는 종양덩어리가 너무 참혹해 적개심이 치밀어올랐다. 겨우 떨리는 목소리가 입술 사이를 비집고 어렵사리 나온 말이 맥이 다 빠져 들리지도 않는다.

"어떻게 치료하겠다는 말씀을 해주세요." 격하게 흔들리는 감정을 추스르지 못한다. 죽음만을 기다려야 하는 그가 내 손을 잡는다. 아무 말이 없던 존의 눈은 빨갛게 충혈이 됐고 "아빠!" 한마디뿐 껴안고 흐느낀다. 네 오빠가 아들 등을 토닥인다.

"존, 누구나 다 죽어! 일찍 또는 늦게…. 아빠는 좀 일찍 떠나야 되는 운명인가 봐. 아들아! 진정하고 집에 가자."

"킴, 일어나지."

우리는 말없이 밖으로 나왔다. 집에 도착할 때까지 서로가 아무 말도 하지 않았다. 너무 조용해서 쓰나미가 몰려오기 전처럼 모든 물체가 멈춘 듯해 두려움이 엄습했다.

존이 부엌으로 들어오는 기척에 내가 돌아다보았다.

"킴이 힘들겠지만 아빠 잘 부탁해요. 환자 돌보는 일 쉽지 않은데 나까지 신경쓰게 하고 싶지 않아요. 집에서 회사가 멀기도 하고요."

"계시면 아버님께 힘이 되지요. 집 걱정은 마세요."

"좀 더 안 좋아지시면 오겠습니다."

네 6촌 오빠 정신상태가 변화무쌍하다.

"지금 나 컨디션이 최상인데 뭐, 암이 몸 전체에 전이됐다고? 어디 네가 이기나 내가 이기나 해보자."
그가 허공을 노려보며 소리쳤다가 곧 지친 듯 목소리가 잦아들더구나.
"지금 죽고 싶지 않아! 왜 내가 죽어야 해? 왜?"
그의 볼에 눈물이 흘러내린다. 이 안타까움을 보다 못해 내가 그의 머리를 내 가슴에 싸안았다. 미셸이 현관으로 들어오는 것이 보였다.
"아빠, 나 한 달 휴가 냈어. 아빠 곁에서 있고 싶어서…."
"괜찮아. 킴이 있는데, 나 때문에 너 신경 쓰는 것 싫다. 네가 있으면 킴이 더 힘들어."
"내가 아빠 딸이잖아? 남하고 같아? 킴은 아빠 시중드는 간병인이지 가족은 아니잖아?"
"너 킴을 그동안 격어보고도 그렇게 밖에 말 못하니? 인정머리라고는 찾아볼 수가 없구나! 아빠가 너를 잘못 키웠어, 엄마 일찍 여의어 응석받이로 키운 내 잘못이다. 아빠 떠난 후 어쩌누, 무엇이 네 마음을 그렇게 메마르게 만들었을까!"
"아빠는 나만 보면 야단이야! 몰라, 몰라."
부엌까지 쫓아 들어온 딸이 불평하기 시작했다.
"환자가 있는 집은 청결이 우선인데 가스레인지에 이 때 좀 봐! 더러워서 없는 병도 생기겠네! 여기 좀 치우고 저기도, 점심 안 먹었는데 색다른 것 뭐 없나? 밥, 나물, 생선, 한식 질색이야."
흙먼지처럼 품어대는 미셸의 말이 숨이 막힌다. 금방 치운 부엌 어디가 더럽다는 거야? 소리치고 싶다. 가진 것도 많고 똑똑한 미셀이 별 볼일 없는 간병인인 나를 굵은 가시로 찔러 대는지 대꾸하고 싶지도 않다. 매일 환자 돌보기도 죽을 지경인데 내 신경을 후벼 파는 미셀과 한 달이나 같은 공간에서 아~미칠 것 같다. 정혜야, 그냥 가방 싸가지고 나가고 싶어, 답답하면 뒤뜰로 나가서 소철나무 꽃 속의 열매나 만지며 하소연한다. 요즈음 소철꽃에 달린 앵두 빛 열매가 더 튼실해 보여서 얄미워 죽겠다.

"나 어떻게 하니? 딸이라도 없으면 좋겠다. 환자 돌보는 매일매일이 수렁 속으로 빨려 들어가는 것 같아. 100년에 한번 핀다는 꽃, 너를 본 사람에게 행운이 깃든다는 꽃말이 너무 좋아서 희망을 가졌던 사장님과 나에게 제발 행운을 다오." 간절히 울면서 소철 꽃에게 빌었다.

암이란 놈은 참 잔인하다. 처음 만났을 때 날카롭던 그 눈매는 사라지고 이젠 퀭한 눈동자만 허공에서 맴돈다. 그나마 나를 보면 늘 희미하게 미소를 짓는다. 이따금 악몽에 시달리는지 헛소리를 하거나 두 팔을 내 저으며 손사래를 친다.

그를 휠체어에 태워 뒤뜰로 나간다. 뜨거운 태양이 내리쬐는 한낮이지만 서해에서 불어오는 향긋한 바람과 산그늘 공기가 서늘하다.

"킴, 당신과 처음 부엌에서 만났을 때 내가 첫눈에 반했어. 메라비언 법칙에 의하면 첫인상은 8초 안에 결정된다는군. 당신이 흰 티셔츠를 입고 뒤를 돌아보는데 셔츠보다 당신 피부가 더 흰 것 같았어. 포니테일 머리가 단정해 보였고 눈빛은 더 없이 선해 보였어. 갸름한 얼굴에 코가 적당히 높았고 입술이 앵두 같았어. '이목구비가 반듯한 여자구나. 무슨 사연이 있어 여기까지 왔을까!' 생각이 잠깐 들었었지만 6촌 동생 친구니까 믿었지. 당신을 처음부터 단순히 간병인 취급하지 않았어. 첫 대면에 당신에게 반했는데 피검사 수치가 떨어지지 않으면 미칠 것 같아서 당신만 들들 볶았나봐. 킴 사랑해. 그리고 미안해. 개척자들이 그곳을 넘다가 더위에 목이타고 지쳐서 목숨을 버린 곳 데스밸리, 회오리바람이 여기저기 둠섬을 만드는 신기루도 보여주고 싶고, 유럽여행, 북극여행, 당신과 함께하고 싶은 일들이 많았는데…."

그는 죽음이 가까이 서성이는 것을 아는지 먼 하늘을 바라본다. 내게 기댄 채 팔로 내 허리를 감싸안는다. 종이인형처럼 팔이 가볍다. 우린 서로 흐르는 눈물을 닦아줄 뿐 할 수 있는 것이 아무것도 없다.

임종이 가까워지자 그가 힘겹게 숨을 몰아쉰다. 물조차 마시지 못한다. 이틀이 지났다. 네 오빠를 지켜보는 내 심장이 가랑잎처럼 오그라든다. 존과 미셸이 숨죽이며 운다. 나는 수시로 그를 흔들어 깨운다. 그의 종아리는 차가운 돌덩이다. 이미 죽음이 수족을 걷어 가고 있는 모양이다.

"여보, 정우 씨! 사랑해요."

한 번도 불러보지 못한 네 오빠 이름을 내가 불렀고 사랑한다고 말했다.

그의 눈가에 눈물이 주르르 흐르는 것이 보였다. 난 차마 울지도 못했다. 애써 울음을 삼킨 채 말했다. 네 오빠가 자신의 이름이 '정우'라며 이름을 불러 달라고 말했지만 난 그렇게 못했다.

"사랑해요. 정우 씨! 우리 꼭 다시 만나요."

내 가슴 속에 스며든 비통함 때문에 더 이상 목이 메어 말이 나오지 않았다.

그의 얼굴에 옅은 미소가 감돌더니 힘겹게 몰아쉬던 숨이 차츰 잦아들었다.

*

정혜야! 커튼 사이로 칼날 같은 빛이 흩어지는구나! 온 집 안에 그의 체취가 가득해. 그를 보내고 둥지 잃은 새처럼 내내 서성이며 갈피를 잡을 수 없다. 해가 지고 땅거미가 내리면 못 견디게 그가 그리워진다. 이 그리움이 사랑인가! 연민인가! 연민이래도 상관없다 연민도 사랑의 일종이라고 하지 않던가.

그가 떠나지 못하고 창밖에서 서성이는 것 같아 창문이란 창문은 죄다 열어놓았다. 램프 테이블 서랍 안에 넣어둔 편지를 다시 읽는다. 사랑하는 당신이 있어 행복했다며, 먹고 사는 데 걱정 없게 해 놓았으니 하고 싶은 공부 하고 씩씩하게 잘살아야 된다고, 끝으로 레테의 강가에서 만나자는 편지였다. 레테의 강은 망각의 강이라 그 강을 건너면 킴을 잊을까봐 강가에서 기다린다는구나! 눈물이 얼룩진 그의 편지에 부서진 내 영혼이 몸부림친다. 인생의 반을 훌쩍 넘도록 나는 이런 눈빛을 본적이 없는 것 같다. 너무 애절하고 간절한 눈빛, 잡고 싶은데 잡히지 않아 안타까운 눈빛, 급물살에 떠내려가며 살고 싶어 허우적대는 눈빛, 정우 씨 눈빛이 그랬다.

장례식 내내 미셀과 존에게 내 감정을 들키지 않기 위해 최대한 건조하고 메마르게 기계적으로 움직였다. 장례가 끝난 후, 네 오빠 친구인 윤 변호사가 유언장을 공개했다. 난 매달 월급을 분에 넘치게 받았었고 언감생심이지, 간병인 주제에 무엇을 더 바랐겠니? 또 네 오빠가 죽어가는 동안 나에게 의지한 것일 뿐 남녀의 절절한 사랑이라고는 생각지 않았다. 그런 그가 나에게 3개의 가게가 달려있는 건물을 유산으로 남긴 것을 들었을 때 놀라서 기절할 뻔했다. 아들이 변호사 말을 듣고 있는 동안 딸이 눈 꼬리를 치켜뜨고 입술을 바르르 떨며 소리소리 질렀다.

"말도 안 돼, 이건 무효야! 어떻게 이런 일이! 아빠가 미쳤어! 죽을병에 걸리더니 돌지 않고서는 이럴 수는 없어. 윤 변호사님, 이런 경우가 어디 있어요? 무효소송 해주세요. 저 여자는 간병인이에요. 아빠가 돌아가셔서 보험료 등 받는 혜택이 얼마나 많은데, 건물까지 주다니 그건 아니지. 장 변호사에게 무효소송 하라고 해야겠다."

미셀이 씩씩대며 간병일 하는 것들은 돈에 미쳐서 하는 거야, 벌레 보듯이 눈을 내리깔아보고 짓밟고 뭉갰다.

"2년도 안 되었으니 영주권 무효소송 할 거야. 두고 봐."

"제발 그러지마, 미셀. 나 사장님께 가게 달라고 한 적 없어요. 어떻게 2년이 되지 않았다고 영주권 무효소송을 한다는 거예요. 오죽했으면 미국까지 와서 환자 간병을 했겠어요. 가게 미셀 가져요. 보험혜택, 무엇이던지 다 당신이 가져요. 당신은 똑똑한 사람이고 직업도 이민자 위해 좋은 일하는 사람이잖아요? 왜 사람 취급도 하지 않는 나에게 이러는데…."

절규하며 울었다. 정혜야, 앞이 캄캄했다. 장 변호사가 도착했다. 그를 보자 미셀과 합세해서 얼마나 나를 몰아세울까, 몸의 근육이 경직이 되어갔다.

존과 미셀, 윤 변호사와 나, 장 변호사, 우리 다섯이 한자리에 앉았다. 자초지종을 듣던 장 변호사가 '이 소송 난 할 수 없어,' 그의 말은 단호했다.

"너 어떻게 나에게 이래? 너 나 사랑하는 거 맞아? 네가 이렇게 나올 줄 몰랐어." 미셀이 분에 못 이겨 악을 썼다. 존은 곤혹스런 표정으로 아무 말 없이 먼 하늘만 쳐다보았어. 미셀과 장 변호사는 결혼을 약속한 사이로 알고 있었는데, 그가 미셀의 부탁을 거절하다니! 나도 얼마나 놀랐는지 몰라. 장 변호사가 차분한 목소리로 진지하게 말하더라.

"미셀! 나 너 참 좋아했어. 우리 고등학교 때부터 친구잖아. 네 사고방식이 나와 같지 않았을 때도 엄마 없이 자라서 그런가, 내가 감싸고 이해하려고 무던히 애썼다. 점점 너는 돈밖에 모르는 돈 귀신처럼 변해 갔어. 네 아버지가 치료 불가 판정을 받았을 때 즉시 병실 밖으로 나와 나에게 전화했었지. 보통 정상적인 사람은 말이다, 아버지가 돌아가신다는데 너처럼 하지 않아. 슬픈 감정은 아예 없었어. 오로지 네 아버지 재산 어떻게 오빠보다 더 가질 수 있나, 간병인에게 조금이라도 뺏기면 어쩌나, 그 말만 했지. 그 전화가 충격적이었다. 그 순간 결심했다. 더 이상 너와는 안 되겠다고. 처음 킴이 공항에 도착했을 때 네가 원하는 대로 킴에게 야비하게 한 짓이 차츰차츰 부끄러웠다. 네 아빠를 진심으로 대하는 것을 보면서 나보다 약한 힘 없는 사람을 나까지 거들었다는 비열함이 자책이 됐다. 넌 인간애가 결여됐어. 돌아가신 네 아버지 유언이야. 고마움이던 사랑의 표시던 네 아버지 재산 킴에게 주신다는데 영주권 협박까지…. 넌 많은 유산 받았잖아. 킴에게 주는 가게 3개 그것까지 뺏어야겠니? 영주권 취소 소송? 내가 막을 거야.”

그의 말은 법정에서 하는 변론처럼 들렸어. 놀랍기도 하고 고마웠어.

“너 내가 영주권 무효소송하면 어쩔 건데?” 미셸이 장 변호사를 쳐다보며 입 꼬리를 비틀고 비웃었다.

“그래? 어디 해봐. 내가 킴과 진짜 결혼하는 수가 있지.”

“뭐? 이 미친 새끼야! 천하의 '장 준'이 간병인과 결혼한다고? 야, 개가 웃겠다.”

“왜 못할 것 같니? 첫째 반듯한 성품을 지녔고, 요리 잘하지, 미인이잖아? 너보다 백배 인간다운 사람 아닌가! 그러니 영주권 건드릴 생각 하지 마."

 장 변호사는 진지했다. 그의 이름이 '준'이란 것도 오늘 처음 알았다.

 나 부모님 돌아가시고 힘들었지만 남의 것 탐하지 않았어. 9급 공무원 시험도 합격해서 동회에서 일했고 반듯하게 살려고 애썼지. 영주권 무효소송하지 않는 조건이면 미셸 부탁 다 들어줘야지, 옛날 동화 '범벅 하나 주면 안 잡아먹지' 하면서 결국 야금야금 범벅 다 먹고 끝에 가서 엄마까지 잡아먹는 호랑이처럼 나를 해코지 하면 어쩌나 불안해, 장 변호사가 날 도와주려는 마음은 진심 같았어. 그가 나를 옹호한 말 때문에 미셸이 더 힘들게 하면 어쩌나 좌불안석이야.

 주말에 미셸과 같이 와서 식사하는 장 변호사와는 눈길 한 번 마주친 적 없어. 처음 공항에서 첫 대면했을 때 선입견이 끔찍해서 내가 의도적으로 피했는지 몰라. 나는 복이 없는 아이라서 부모님도 일찍 돌아가셨고 한국에서 남자들에게 당한 끔찍한 일로 이렇게 힘든 간병까지 했는데, 내 신분 문제가 벼랑 끝에 간신이 매달린 꼴이 되다니, 그가 내편이 돼 주니 의외야, 한편 왜 그랬을까! 알 수 없는 것들에 대한 불안이 밀려온다.

*

 흘깃 현관 옆의 소철 화분과 이별의 시간이 왔다. 말라죽어가던 녀석을 어제 정성스럽게 새 흙으로 분갈이를 해주었다. 평소 네 오빠가 아끼던 화분인데 주인 따라 시름시름 앓더니 아예 잎이 누렇게 변하는 것이 안타까웠다. 그리고 진심으로 소철이 풍성하게 이파리를 피워 올리고 뿌리가 튼실해지길 염원한다.

주인 잃은 정원은 아랑곳없이 시간에 맞춰 물줄기가 활기찼다. 나는 소철 화분을 스프링클러 가까이 옮겨놓았다.

'부디 새 영양분으로 건강하게 뿌리 내리렴.'

가방을 든 채 추억이 배어있는 집을 둘러본다. 이층 창가에서 그가 내려다보고 있을 것만 같아 아슴푸레한 시선으로 창가를 더듬는다. 골짜기가 내려다보이는 뒤뜰에 야생화들이 소녀처럼 수줍다. 네 6촌 오빠가 아웃도어 의자에 앉아 화초 가꾸는 나를 부르던 소리가 들리는 것 같아 뒤돌아본다. 텅 빈 의자가 쓸쓸하다. 미셸은 거실의자에 꼼작하지 않고 앉아있다. 내가 몰고 다니던 차는 가져도 좋다고 했지만 난 거절했다. 택시가 도착했다는 경적이 들린다.

멀리 한눈에 내려다보이는 태평양 물결이 오늘따라 잔잔하다. 하오의 기울어진 햇살을 뒤로 하고 택시 가까이 다가간다. 까만 벤츠가 미끄러지듯 서서히 움직이며 택시 뒤에 선다. 차에서 내린 사람은 뜻밖에 장 변호사였다. 나는 그의 차가 까만 벤츠인지도 몰랐다. 오늘 떠나는지 어찌 알았을까? 언제부터 기다린 것인가!

"킴, 별 뜻은 없어요. 당신은 간병만 했지, 미국에 대해 아무 것도 모르잖아요? 내가 당신이 미국 생활에 적응할 수 있도록 도와주고 싶어요. 내 차에 타요."

첫 인상이 8초안에 결정된다는 메라비안 법칙이 생각났다. 승냥이처럼 대했던 공항에서 첫 만남 때문인지 고마워요. 한마디는 하고 싶은데 입이 떨어지지 않았다. 그냥 무엇에 쫓기듯 택시에 급히 올라탔다. 언덕 양 옆으로 길게 늘어선 가로수에 어느새 푸릇푸릇 연두 빛 새싹이 하늘거리는 것이 보인다. 이곳은 성탄이 지나면 정월 초에 봄이 시작 되나봐.

정혜야! 나는 어디로 가는 것인가! 예측할 수 없지만 저 푸릇푸릇한 새싹처럼.

내일은 없다

〈인간과 문학〉 2019년 여름호 해외 작가란 수록

박병관 作
유화, 가로 60cm X 세로 45.5cm

자식을 떠나보낸 후 깊은 늪속에서 허우적거리는 동안, 아내는 미쳐가고 있었고 자살시도를 했다. 정신이 번쩍 들었다. 이미 병은 깊이, 회색 물안개처럼 스며들어 아내를 망쳐놓은 후였다. 정신병원에 입원시켰던 날, "빨리 나아서 집에 가자." 내가 말했을 때 초점 잃은 채 멍하니 쳐다보던 아내의 눈에는 아무것도 담고 있지 않았다.

아내만 남겨두고 차에 오르자 참았던 눈물이 시야를 가렸다. 자동차들이 경적을 울리며 피하든 말든 미친 듯이 엑셀러레이터를 밟으며 질주했다. 정신을 차리고 보니 아들이 입원했던 병원 앞이었다. 내 잠재의식 속에서도 이곳은 창자가 끊기는 고통의 장소인데 왜 내 차는 여기서 멈추었는지 알다가도 모를 일이었다.

때마침 병원장이 정문을 나오다가 나를 보았다. "무슨 말로 위로가 되겠습니까!" 그 한마디뿐, 내 손을 잡고 아무 말도 하지 않았다. "아내를 정신병원에 입원시킨 후, 미친 듯이 차를 몰았는데 여기에 제가 있습니다, 원장님." 내가 울먹이자 그가 조심스럽게 말했다.

"김도선 씨, 이곳에서 환자를 위해 일하시면 어떻겠습니까?"

원장의 제의는 내 운명인가 싶기도 했다. 아내와 둘이 하던 카페는 접은 지 오래됐다. 텅 빈 집에 혼자는 더 미칠 것 같았다. 다시 발길은 여기로 향했다. 아마도 불치병 환자들을 돌보면서 위로를 받고 싶었던 것인지도….

매일 환자를 위해 최선을 다한다는 신념으로 일하지만, 한 생명이 운명한 날은, 아들의 마지막 순간이 떠올라 칼로 가슴을 저미는 통증이 밀려왔다. 목젖 밑까지 설움이 차올라 물조차 넘어가지 않았다. 숟가락을 놓고 터벅터벅 무거운 걸음으로 병실로 돌아왔다. 오전에 죽은 환자 자리에 어느새 다른 환자가 누워 있다.

생년월일과 이름표를 본다. 이름 조영준, 나이 48세, 병명 '근위축성 측색경화증'. 내 아들이 걸렸던 일명 루게릭 병이다. 많이 야윈 얼굴과 앙상한 뼈만 남은 양팔이 이불 위에 나와 있고 손에는 화가 '이중섭'의 화첩을 들고 있다. 가까이 가서 들여다보았다. 성난 황소 그림이 펼쳐져 있다. 옆으로 밀쳐 있는 식탁 위에 랩 탑이 켜진 채로다. 대부분 환자들은 '왜 하필이면 나야. 왜, 왜!' 소리치며 행패를 부린다. 점점 거동이 불편하고 말을 할 수 없게 되면 급물살 소용돌이가 넓은 강으로 흘러들면서 잔잔해지듯이 차츰차츰 포기한다. 말을 못하고 꼼짝하지 못해 가만히 있는지도 모른다. 이 사람은 노트북까지 가지고 왔다. 그의 노트북 안에 어떤 글이 들었을까! 궁금하다.
 그는 깊은 잠에 빠져 있다. 글의 제목은 '내일은 없다'다. 스토리는 다음과 같이 시작되었다.

*

내일은 없다

 차츰차츰 팔을 들 수 없고 손가락의 움직임이 점점 석고처럼 굳어갈 것이다. 근육이 분초를 다투며 조금씩 사라지면 말이 어눌해서 무슨 말을 하는지 알아듣지 못하게 되겠지. 조금 움직인들 무엇이 달라질 수 있단 말인가! 루게릭 병은 근육 만드는 신경만 공격을 해 죽어가는 병이다. 근육의 힘으로 숨 쉬고, 음식을 씹을 수 있고, 말도 할 수 있다는 걸 이제야 알다니! 아니, 그런 것 생각할 필요가 있던가?
 점점 숨통이 옥죄어 버둥대는 내 모습이 보인다. 죽음의 문간에 서 있는 내가 한줌의 바람 같다. 삶이 영원할 수 없다는 건 알고 있지만, 왜 받아들이기가 버거웠을까! 그 많던 욕망, 다 어디로 갔단 말인가! 남자로서의 성취감에 매달려 달려왔던 지난날들이 물거품처럼 사라진다. 간절히 원하는 것 한 가지뿐이다. 아내와 딸을 꼭 한 번 보고 싶다. 어떻게 이렇게 빨리 무너져 버린단 말인가! 아침저녁으로 의학의 발달이 첨단을 걷는다는데, 왜 나는 불치의 병에….
 도움이 필요하다는 손짓과 버튼을 누를 힘조차 없어지면

차례가 올 때까지 기다려야 될 것이다. 몸을 움직이지 못하면 귀저기를 차야 되고 욕창이 생길까봐 2시간에 한 번 몸을 돌려 눕히게 되는 도움이 필요한 그 시간은 얼마나 남았을까!

갑자기 떠난 친구의 장례 절차가 끝나자, 허탈한 마음으로 지하철을 탔다. 이른 퇴근시간이라 그런가! 붐비지 않았다. 빈자리에 앉았다. 옆에 앉은 중년남자는 신문을 접었다가 폈다가 뒤집다가 또 접었다. 가만히 있으라고 소리치고 싶었다. 남자가 뒤집는 신문을 따라 내 눈동자도 바빴다. 어느 페이지인가 화가 '이중섭'이란 이름을 설핏 본 것 같았다. 또 뒤집었다. "여기 좀 잠깐 봅시다." 더 이상 참을 수 없어 내가 신문을 잡았다. 남자는 꼬깃꼬깃한 신문을 선심 쓰듯이 불쑥 내밀었다. '이중섭' 화가 특별전 광고가 오늘이 마감이었다. "다음은 안국역입니다." 안내 방송이 들렸다. 벌떡 일어났다. 아주 천천히 인사동 길로 접어들었다. 하늘을 쳐다보았다. 붉은 노을빛 아래로 가을색이 완연했다. 길가에 은행잎이 노랗고, 붉은 단풍이 화사했다. 화랑 안으로 들어섰다. 안내원이 관람시간이 30분밖에 남지 않았다고 말했지만 묵묵히 표를 샀다.

입구에 걸린 첫 그림은 담배갑 속 은박지에 그려진 성난 황소였다. 황소는 어떻게 분노를 표출할 수 없어 억울하고 또 억울해서 앞에 있는 무엇이라도 들이받으려 달려드는 중이었다. 소는 나고 나는 소라고 했던 이 화백이 처한 절박함, 성난 황소 얼굴에 화백이 어룽댄다. 사랑하는 두 아들과 아내와 함께

하고 싶은 화백의 마음이 그림 속 여기저기에 묻어났다. 아이들이 물놀이하는 그림, 누구보다 가족을 사랑했던 가난하고 고독했던 화가, 빈곤에 찌들어 가족과 살 수 없는 처지가 성난 황소처럼 울부짖고 싶었나보다. 현해탄을 사이에 두고 그리움과 사랑이 담긴 편지로만 위로를 받을 수밖에 없었던 이 화백이 안타까워 감정 이입이라도 된 듯 가슴이 싸했다.

　얼마전부터 엄지와 검지에 힘이 들어가지 않았다. 병원에서 'MRI'부터 근전도검사까지 모두 정상으로 나왔다. 혼자 걸으면서 생각했다. 현대인의 스트레스 때문일 것이다. 하긴 모르는 병이 또 얼마나 많은가! 그런데 요즘 들어 팔 다리가 서서히 힘이 빠지고 어눌하게 혀가 잘 돌아가지 않았다. 뇌경색 징조일까, 자가진단을 내렸고 매일 같은 일상이었다. 오늘 아침에 엄지와 검지뿐 아니라 다른 손가락 움직임이 유연하지 않고 뻑뻑했다. 일이 잘 풀리지 않아 신경을 쓴 탓이라 애써 이유를 댔다. 종합 피검사 때 만난 동네 김 내과 의사는 나이 들면서 퇴행성관절염증세와 뇌 모세혈관이 조금씩 막힌 경우가 있지만 크게 걱정할 일 아니라고 했다. 말할 때 혀 놀림이 어눌한 것이 신경이 쓰였다. 자기공명영상부터 근전도 검사결과는 괜찮다고 했는데…. 뇌 모세혈관뿐 아니라 큰 동맥이 막혔나 싶었지만 피검사가 별 이상이 없다는 의사 말을 믿어야지 하며 애써 무엇을 털어버리기라도 할 것처럼 머리를 흔들었다. 어떻게 해서든 아이에게 학비를 보내야 된다는 초조함과 강박관념이 먼저였다.

낙엽이 수북이 쌓였다. 나무는 젊은날 푸름을 잃고 나목으로 남아 겨울 삭풍을 견뎌낼 것이다. 오늘 서울에 첫눈이 내렸다. 아내는 눈이 오면 아이처럼 좋아해서 응석 섞인 콧소리에 몸을 비비꼬며 나를 깨우고 기어이 밖에 나갔다. 두 손을 펴서 눈송이를 받으며 조이스 킬머의 '나무'라는 시를 읊었다. "나는 이 대목이 좋아." 아내가 말했다. "'두 팔에 함박눈을 싸안고' 이 구절이 좋아. 그리고 저 숲에 서 있는 나무들 위에 쌓인 눈 좀 봐? 조이스 킬머는 어쩜 그렇게 아름다운 시를 썼을까!" 감탄하던 모습이 어른거렸다.

습관성이 돼버린 아내의 여러 번 유산은 자궁봉합을 했고 출산 때까지 병원 침상에서 누워 지냈다. 양수가 터져 달을 채우지 못한 아이는 32주 만에 태어났고 인큐베이터에서 한달을 견뎠다. 아이가 초등학교 5학년 때 미국 지사 주재원으로 부임했고, 고등학교 1학년 학기가 시작하자마자 다시 한국으로 발령이 났다. 아이는 막무가내로 미국에서 살기를 원했다.

"남자애도 아니고 딸아이를 혼자 살게 할 수 없잖아, '보희'가 대학에 들어가면 갈게. 그래봐야 고작 3년이잖아. 그렇게 하자. 한국 학교생활에 잘 적응할지도 미지수고, 이미 영어권이 더 익숙한 아이를 억지로 데리고 가서 힘들게 할게 뭐야. 일부러 조기유학 보내는 사람도 많다는데…."

친분이 있던 이 교수의 고집으로 가족이 다함께 귀국한 후, 학교생활에 적응 못한 아이가 아파트 옥상에서 추락한 사건이 신문에 실리자 아내의 의지는 강경해졌고, 더는 같이 귀국하자 우기지 못했다. 그렇게 우리 식구는 바다 멀리 떨어져 살고 말로만 듣던 기러기 가족이 돼 영상통화로 위안을 삼으며 지냈다. 시간이 지날수록 딸아이와 매일 하던 영상통화도 요즘 들어 뜸해졌다.

귀국하고 3개월쯤이었다. 그룹 회장이 회사에서 갑자기 쓰러졌고 은퇴했다. 아들이 새 회장이 되자 직원들의 물갈이가 시작되었다. 아버지 시대의 사람들을 권고사직 아니면 한직으로 보냈다. 본사로 돌아온 이유는 성실하게 잘했다는 자부심이었을까! 스스로 사표 내고 싶지 않아서인가! 20년 동안 최선을 다했던 일을 놓고 싶지 않아서? 당장 앞날이 막막해서? 숱한 고민과 망설임 속에 머뭇거리다가 더는 견디기 힘들어 사표를 썼다. 그 퇴직금을 친구 회사에 투자했었다. 친구의 죽음과 부도는 최악이었다. 아파트 입주 전 청소, 밤에 취객의 대리운전, 과음에 토해낸 음식물들과 바닥에 흘린 소변을 닦는 화장실 청소까지, 역겨움 때문에 꺽꺽거리며 닥치는 대로 무엇이나 했다. 아내에게 친구 회사에 담보 제공이 돼 있던 아파트가 남의 손에 넘어갔다는 말은 차마 하지 못했다. 새 주인에게 양해를 구하고 우리 가족이 살던 아파트 편지함에서 우편물 수거를 해왔다.

이유를 모르게 자꾸만 눕고 싶었다. 이번 주는 너무 피곤해서 운동을 하지 못했다. 그래서인가, 체중이 약간 감소했다. 식사할 때 가끔 사레가 들렸고 기침도 했다. 밤에 자주 잠을 깼다. 오늘 아침은 너무 피곤해서 침대에서 쉽게 나오지 못했다. 왜 이러지? 조금씩 늪으로 서서히 가라앉는 것 같았다. 아주 조금씩…. 피검사 했던 날이 언제였더라? 뭔가 석연치 않은 기분이 들었다. 김 내과는 내 증세를 듣고 종합병원 신경과에 가기를 권했다.

 신경과 앞이다. 내 순서를 기다리는 동안, 만 가지 상념에 젖었다. 신경과 진료실 앞에서 기다림은 지루했다. 내심 내 순서가 천천히 오기를 바라는 것은 아닌가! 무슨 몹쓸 병이라도 걸렸다고 하면…. 오싹 소름이 돋았다. 그리고 보니, 난 한 번도 죽고 싶다는 생각은 해본 적이 없다. 주먹을 쥐어보았다. 꽉 쥐어지지 않았다. 은근히 겁이 났다. 갑자기 내 차 앞으로 뛰어들던 차 때문에 급브레이크를 밟았을 때 오그라들던 심장처럼, 무엇인가 거대한 해일이 덮칠 것 같은 이 불안은? 몹쓸 병에 걸린 걸까? 마음이 스산한데 카톡 소리가 들렸다. 누군지 모르는 사람으로부터 전송된 영상이었다. 밑에 댓글이 눈에 띄었다. '보희 엄마의 골프장에서의 순간들입니다. 꼭 보세요.' 한국은 오전 8시, 미국은 밤 0시인데 잠잘 시간에 카톡이라니….

 카메라는 아내의 얼굴을 정면에서 보이도록 돌아가고 있었다. 상대방은 마주 서 있어 누구인지 보이지 않는 여자와 말싸움을 하는 영상이다. 각도를 틀어 상대방 여자가 보인다. L그룹에서 천사의 도시에 지사장으로 나와 있는 미스터 홍의 아내다. 우리는 몇 번 집에도 왕래한 사이였고 홍의 아내와 내 아내는 각별한 사이가 된 것 같았다. 통화할 때마다 그녀가 아내에게 신경 써 준다는 고마움을 전했다.

"미스터 홍이 본사에 들어갈 일이 있으면 당신에게 전화할 거야. 고맙다는 인사 꼭 해!"

아내가 친구가 생겼다고 좋아했는데 집에서도 아니고 골프장에서 무엇 때문에?

"아이가 아프면 꼭 나밖에 없니? 내가 한국에 갑자기 나갈 일이 있어서 부재중이면 다른 사람에게 부탁하던지 구급차를 불러야지, 왜 내 남편이야!" 그녀가 말했다.

"보희가 고열에 시달려서 무서웠고 너밖에 생각이 나지 않았어. 네가 한국 간 것도 몰랐어. 마침 네 남편이 전화를 받았고 급하게 병원에 데려다 주셨어. 고마워서 너도 없으니 집에서 밥 한 끼 대접했는데 무엇이 그렇게 네 심기를 거슬렸을까!" 아내가 말했다.

"밥은 무슨 의도니? 너 내 남편과 무슨 짓 했니? 왜 남편이 없으니 남의 남편이라도 어떻게 해 보고 싶었니? 기러기 가족이라고 내가 너희 모녀에게 얼마나 잘해주었는데 배신 때려!" 홍의 아내가 악을 썼다.

"내가 뭘 어쨌는데! 너무하는 것 아니니?" 아내가 소리쳤다.

"너 내 남편과 그날 밤 일 다 알고 있어! 내 남편이 다 말했어!" 그녀가 아내의 뺨을 때리고 소리소리 질렀다.

더 보고 있을 수 없었다. 처신을 어떻게 하고 다니기에 사람 많은 골프장에서 망신, 그런 망신이 없다. 내 얼굴에 모닥불을 들이댄 듯 열불이 났다. 그 영상을 아내에게 전송하고 싶은 것을 참으려니, 인내심이 필요했다. '설마 내 아내가 그럴 리가! 또 모르지, 배란기 때는 여자가 남자를 안고 싶은 호르몬 작용이 있다는데….' 아내가 아직 젊다. 미스터 홍은 이목이 수려한 편이고 키도 큰 편이었다. 홍의 아내가 의부증이 있나? 아내에게 그런 말 들은 적은 없다. 도대체 누가 그 영상을 찍었단 말인가! 보낸 사람은 누구인가! 모르는 전화번호였다. 순간 분노조절이 되지 않았다.

"당신 미국에 체류하는 동안 골프 치는 것 삼가하도록 해. 남자 유혹하려고 여자들이 몰려다닌다는 말, 들려오지 않게 해. 당신도 잘 알지? 한국에서 사업차 방문한 '오 사장'을 미국에 사는 여자 둘이 한국에까지 찾아가서 곤욕을 치른 일, 여자들끼리 골프장에 오면 그쪽으로는 눈길도 주지 말라는 남자들끼리 우스갯소리가 암암리에 골프장을 수놓은 풍문, 진실이 무엇이든 중요치 않아. 내가 오면 그때 같이 필드에 나가면 돼. 골프 치고 싶어도 참아."

내가 그렇게까지 당부하고 왔는데….

때마침 아내로부터 전화가 왔다.

"여보! 보희가 골프에 소질 있어. 골프치고 싶어 하는데, 프로골퍼 만들자."

아내가 말했다. 골프장에서 홍의 아내에게 그런 모욕을 받고 딸을 골프 시키고 싶다는 말을 하고 싶을까? 프로 골퍼 만들려면 돈은 또 얼마나 많이 드는데, 정신 감정해야 되는 것 아닌가 싶었다. 미국은 밤 12시가 넘었는데 미치지 않고서야 낮에 뺨까지 맞고 골프타령 하고 싶을까? 미친 것 아냐!

"야, 이 미친년아! 뭐 골프? 공부나 시켜." 매몰차게 화를 냈다.

"당신 왜 그래? 왜 욕까지…." 아내는 한 번도 들어보지 못한 욕설에 충격을 받은 것 같았다.

"이 철딱서니야, 동영상 찍힌 것도 모르는구나." 나는 화가 더 났다. 아내도 토라졌는지 전화가 끊어졌다.

젊은 수련의사와 눈이 마주치자 아내 생각에서 벗어났다. 좀전에 내 증세를 말했을 때 의사는 유심히 차트를 들여다보았다. 아내 일로 내 병명은 신경 쓰이지 않았다. 내가 지금 어떤 처지에 놓였는데 아내에게 배신감만 증폭되었다.

"김 내과에서 했던 검사를 다시 해야 되겠습니다." 젊은 의사가 말했다. "무슨 병입니까?" 내가 물었다. "검사 후 교수님을 뵙고 말씀 들으세요." 시원한 답을 듣지 못했다.

진찰실을 나왔다. 무슨 일이 일어난 것은 분명했다. 의사가 이유 없이 검사받으라고 하진 않았을 것이다. 수납 창구에서 보험증과 카드로 결제 후 검사실을 드나들며 오전 11시부터 4시까지 검사를 했다. 점심도 굶었다. 아내 때문에 제 정신이 아니었다.

신경외과 교수와 마주 앉았다.

"조영준 씨는 '근위축성 측색경화증'입니다. 전설적인 뉴욕

양키즈의 4번 타자였던 루게릭이 걸렸던 병이라 병명이 루게릭 병이라고 불리기도 합니다. 한마디로 이 병은 뇌와 척수에 있는 운동신경원이 손상되는 질환입니다. 운동 신경원은 호흡과 연하(삼키기)운동, 몸의 모든 자발적 움직임을 조절하는 신경계의 단위를 말합니다. 운동 신경원에는 뇌에서 척수로 명령을 전달하는 상부 운동 신경원이 있고, 척수에서 해당 근육으로 명령을 전달해 근육을 만드는 하부운동신경원이 있지요. 우리 몸의 모든 자발적 움직임은 이 둘의 협력에 의해 이루어집니다.

상부운동 신경원, 즉 뇌가 망가지면 척수로 명령을 전달치 못해 뇌의 통제에서 벗어난 척수는 자기 마음대로 근육에 명령을 보내고 근육은 긴장이 지나쳐 경직상태에 이르지요. 하부운동신경이 망가지면? 척수는 근육에 전혀 명령을 보내지 않게 되어, 근육은 아무 일도 하지 않습니다. 한마디로 근육신경만 공격을 받아 파괴되는 병입니다.

아직 치료약도 없고, 발병 원인도 모릅니다. 치료 불가하다는 말씀드려 마음이 무겁습니다. 치료약은 없지만 FDA 승인을 받은 '릴루졸'이 진행을 느리게 할 수 있는 약입니다. 갑작스런 기온 상승으로 신체를 보호하기 위하여 방축되는 자연단백질 HsP-70이란, 루게릭 병을 10% 더 지연시키는 약이 있을 뿐입니다."

그 말 끝에 의사는 더 이상 말이 없었다.

순간 의자 옆으로 고꾸라졌다. 하늘이 무너지고 땅이 꺼진다는 느낌이 이런 것일까! 영문을 모른 채, 억울하게, 사형대에서 목에 동아줄을 걸고 카운트다운을 기다리는 순간처럼 마음속에서 살고 싶어 발버둥을 쳤다. 육체의 감옥에 갇혀 내 자신의 몸이 죽어가는 것을 지켜봐야 하는 참혹한 병, 세상에서 가장 잔인한 병에 걸리다니….

어떻게 병원을 빠져 나왔는지, 일초, 일초, 내가 죽어가고 있다는데 어디로 가야 할지, 어떻게 할 수 있는 방법조차 없는데 나는 서성이며 울부짖었다.

'왜, 하필 나야! 내가 무엇을 그렇게 잘못했는데!' 48년 사는 동안 특별히 잘한 일도 없지만 잘못한 일도 없다. 청년이 될 때까지 열심히 공부했고 학생 신분을 벗어나지 않았다. 좋은 직장에서 일 잘하는 엘리트로 살았다. 그런 내가 왜, 서서히 죽어가는 병에 걸린단 말인가.

오른손에서 왼손으로 발가락으로 병의 진행속도에 쫓겨 움직이지 못하는 내 몰골이 보였다. 시각 청각이 죽는 순간까지 명료하게 남아 있는 반면, 두 눈 멀쩡히 뜨고 매일 근육 세포가 죽어서 근육은 사라지고 뼈만 남는 비극을 어떻게 하나! 신앙심이 깊어 착하게 살면 천국에 간다던 고모가 마지막 보인 모습은 벼랑 끝에서 한포기 풀을 잡고 필사적으로 기어오르는 모습이었다. 풀잎이 하나씩 떨어져 나가고 절벽으로 떨어지던 그 순간이 각인되어 지워지지 않았다. 이유도 모른 채 암흑 속으로 끌려가는 절망이 밀려왔다. 일 년이 훨씬 넘어 병명이 나오다니….

근육을 만드는 신경만 공격하는, 내 스스로 아무것도 못하고 마지막엔 숨을 못 쉬고 3~5년 안에 죽는 병. 나는 미친 듯이 가로등이 희미한 거리를, 다리 밑 개울을 지나 어딘지도 모르는 곳을 헤매고 다녔다. 통곡한들 해결이 되지 않는 병, 알 수 없는 죽음의 그림자에 쫓겨 억울해 하는 나를 극도의 공포가 덮쳐와 비명을 질렀다.

일주일 전이었다. "너 왜 말이 어눌하냐?" 엄마가 물었다. "사시는 곳이 시골이라 전화 감이 좋지 않아서 그렇지." 일부러 퉁명스레 대꾸했다. 벌써 내 혀가 무뎌진 것을 어머니까지 느낀단 말인가! 차라리 암이라면 수술이나 항암치료, 무엇이라도 해 보련만, 가족에게 나 암이라는군, 말할 수 있겠는데…. 희망은 때때로 삶을 기만한다던 로맹가리의 말처럼 누구도 극복할 수 없는 유혹이 희망인지 모르지만, 그 희망조차 가질 수 없구나!

투자한 자금을 다 날리고 어떻게 할 수도 없는 상황이라 딸아이 학비와 생활비 때문에 얼마나 노심초사 했던가! 엄청난 스트레스가 병의 원인이었나? 이 시대에 살면서 스트레스 받지 않는 사람 있던가! 발병 원인을 모른다는 병, 그 병이 왜 나에게 왔단 말인가!

피곤할 뿐, 감각이나 인지 능력에 이상은 없었다. 그리고 갑자기 팔, 다리에 힘이 없어졌다. 인도를 걷는데 누군가 나를 살짝 스쳤다. 힘없이 푹 쓰러졌다. 손에 힘이 풀려 가벼운 물건조차 들지 못했다. 왜 이러지? 무엇에 정신을 뺏기지 않았다면 이럴 수는 없는 것 아닌가! 단추가 끼워지지 않았다. 병이 깊어진 것인가! 오늘은 쓰레기 분리수거 하는 날이라 봉투를 묶으려고 하는데 묶을 수가 없었다. 손가락 힘이 다 빠져버려 뼈 없는 손 같았다.

아침에 눈을 떴는데 일어날 수 없었다. 도어 손잡이가 돌려지지 않았다. 두 손으로 간신히 열었다. 말이 어눌했다. 무엇인지 다 제멋대로였다. 치료방법이 절망적인가 물었다. 바보같이 묻고 또 물었다. 의사는 아무 대답을 하지 않았다. 미국에서 체류 중 만났던 상사 주재원들 모임이 매달 있었다. 언제부터인가 그 모임에 참석치 않았다. 미국에서 알고 지내던 사람들이 한국에 오면 만나자고 전화가 왔다. 난 전화조차 받지 않았다. 죽어가는 내가 그들을 만나서 무엇을 할 수 있단 말인가! 미스터 홍이 전화를 했다. 그가 한국 본사에 왔구나. 받지 않았다. 만나서 변명 듣고 싶지 않고 들을 이유도 없었다. 미스터 홍이 괘씸했다. 왜 아무 일도 없었다고 단호히 자신의 아내에게 말하지 않았을까! 용서가 되지 않았다.

하상욱 시인의 시 '내일'을 읽었다. 영원히 곁에 있어줄 것 같은 '내일', 이제부터 잘하면 되겠지 싶은 내일이, 어느 순간 사라져버릴 현실이 내게 닥치리라는 생각 못했다. 삶이란 유한하고 태어난 순간부터 정해진 죽음의 정점을 향해 하루하루 잃어간다는 것을 머리로는 알고 있었지만, 불치의 병에 걸리고 나서야 죽음이 의식의 언저리로 찾아들었다. 내일이 없는 내게 비로소 루게릭 병이 안개처럼 스며들었다. 누구에게나 따라다니는 죽음, 의식하기 싫어 의식 저편으로 밀쳐 두었던 것들이 스멀스멀 기어 나왔다. 죽음에 이르는 병이 성큼성큼 근육의 신경을 하나 둘씩 잡아먹으며 다가왔다.

'있어줘서 고마워. 이제부터 잘할게.' '시' 구절을 읊으며 '조금만 참아!' 아내와 딸에게 맘속으로 속삭였던 말이 허공에서 맴돌았다.

영원할 것 같던 내일이 쉰 살도 안 돼 사라지게 되다니. 노인이 오히려 다른 노인을 통해 자신을 보는 것이 싫어서 노인을 싫어한다 했던가? 정신분석학자들은 이것을 죽음에 대한 공포에서 생긴 무의식적 방어기제라고 설명했다. 다른 노인을 바라보면서 자신이 늙었다는 사실을 인정해야 하는 상황을 피하고 싶은 심리라는 것이다. 죽음이 한발 다가왔다는 상황을 피하고 싶은 내 마음처럼 노인들 마음과 일맥상통하는 것 같았다. 인간은 궁극적으로 철저히 혼자인 고독한 존재인가!

아내가 내 병을 알게 된다면 처음에는 불치병에 걸린 내가 불쌍해서 울 것이고 점점 속으로 경제적인 문제를 어떻게 할까 고민할 것이다. 숨이 멈추는 순간까지 인지능력은 또렷하다는데, 죽는 마당에 아내와 딸에게 상처받을 말들을 쏟아내고 싶지 않다. 추한 모습 보이기 싫다. 카프카의 소설 '변신'이 생각난다. 아들인 그레고리오가 벌레로 변했을 때 부모와 누이가 하늘이 무너지듯 걱정과 근심을 했었다. 그러나 시간이 지날수록 그들의 근심은 그레고리오가 벌레로 계속 산다면 어쩌나, 걱정으로 바뀌었다. 아들이 죽자, 그 부모의 얼굴에 피어났던 얄궂고도 미묘한 표정, 그 가족의 얼굴 위에 아내의 얼굴이 덧씌워졌다.

어제 미스터 홍이 문자를 보내왔다.

"조영준 씨! 통화가 되지 않아서 이렇게 실례합니다. 사실을 아셔야 합니다. 응급실 다녀온 따님이 어떤가 싶었고 서로 자별히 지낸 사이라 저녁 한 끼 대접 받을 수 있다 생각했습니다. 아내가 그렇게 심하게 망가진 줄 몰랐습니다. 내 아내는 자살시도를 했고 지금 정신병원에 입원중입니다. 아내가 아이를 갖지 못하자 6년 동안이나 3개월에 한 번씩 인공수정을 했지만 실패했습니다. 아이를 갖고 싶은 집착이 점점 심해졌고 의부증이 시작됐지요. 보희 엄마는 얼마나 황당했을까요. 아내가 입원하자 동영상 찍은 사람이 죄송하다며 왜 동영상을 찍어 '조영준' 씨에게 보냈는지 이유를 말하더군요. 그녀는 우리 지사 '최'의 아내였습니다. 미시즈 최는 젊고 상냥하며 아름다운 부인입니다. 처음에는 아내가 그녀와 저를 의심하기 시작했고 아내가 '최'에게 질책을 할 때 보희 어머니께서 말리지 않고 가만히 있었답니다. 그래서 한 번 당해 보라는 심정으로 동영상을 찍고 보희를 통해 당신 휴대폰 번호를 알아내고 보냈답니다. 아내의 의심이 오해를 만들었어요. 죄송합니다.'"

내 아내와 홍의 아내가 다투던 영상이 나에게 전송된 것을 지금 안 모양이다. 홍의 아내가 심리적으로 많이 허약했던 사람이었구나! 정신병 치료까지! 하지만 지금 나에게 그런 일들이 무슨 의미가 있단 말인가!

이젠 정말 위험 수준이라 대리운전은 하지 못했다. 술집 화장실 청소를 하는 것도 오늘로 끝났다. "조씨, 이젠 그만두세요. 잘하더니 요즘 들어 이게 뭡니까? 닦은 것인지 아닌지 분간이 되지 않네요. 왜 그리 힘을 못 씁니까?" 매니저의 음성은 딱하다는 뜻이 묻어났다. 요즘 들어 좀 더 빨리 진행되는 것 같았다. 서서히 죽어가는 내 자신을 관망할 수밖에 없다니, 참 잔인하다. 어제는 갑자기 근육이 툭툭 불거지고 쥐가 나듯이 양다리가 덜덜 떨렸다. 지속적으로 근육이 떨렸다. 급속도로 근육세포가 죽어가는 것인가! 오로지 죽음만이 절망에서 벗어날 수 있다니, 이젠 떠날 자리를 찾아 호스피스 병동으로 가야만 하는구나.

*

조영준 씨 글은 여기서 끝났다. 그가 말로만 듣던 기러기 아빠구나! 아들 생각이 밀려왔다.

아들은 촉망받는 축구선수였다. 어느날이었던가! "아빠, 내가 왼손잡이잖아? 왼발로 공을 차면 더 세게 찰 수 있는데, 왼발이 구멍 난 풍선처럼 힘이 안 들어가." "너무 연습 많이 한 것 아냐?" 애비라는 내가 무심코 뱉어낸 말이다. 아들은 조금씩 시들어갔다. 증세가 심해지자 여러 병원을 전전했다. 1년 반이나 지난 후 종합검사 결과는 '루게릭'이란 진단이 나왔다.

설상가상으로 아들은 아내 쪽 유전으로 걸린 병이었다. 말도 되지 않는 행패를 부렸다. "이년아, 그런 유전을 가지고 있으면 결혼하고 애를 낳으면 안 되지! 이 사기꾼아!" 나의 악담에 아내는 비통해 하며 울었다.

아들이 말을 하고 싶어도 할 수 없는 지경에 이르자, 이것저것 생각할 틈이 없었다. 무엇이든 해봐야 했다. 안구 마우스가 절실한 소통 도구였다. 값이 비싼 것 따위는 상관없었다. 거금을 주고 구입했다. 아들은 눈 깜빡임으로 소통을 했다. 아들이 숨을 거둘 때까지 사용했던 기구, 꼴도 보기 싫다고 내팽개친 안구 마우스가 궁금했다.

집으로 차를 몰았다. 아내가 없는 집은 적막하고 썰렁했다. 아직도 아들 냄새가 배어 있는 안구 마우스를 꺼내 가슴에 꼭 껴안았다. 눈물이 주르르 흘렀다. 정성껏 깨끗이 닦았다. '아빠 조영준 씨 도와주려고? 잘했어.' 아들이 내 귀에 대고 속삭이는 것 같았다. 조영준 씨가 써놓은 글을 읽는 동안 사무치게 아들이 그리웠다. 얼마나 공을 차면서 경기장에서 뛰고 싶었을까, 얼마나 살고 싶었을까! 아~! 내 아들, 아들아~ 나는 미친 듯이 울부짖었다. 그래도 울음 끝은 조금 마음이 가라앉았다.

집을 나섰다. 마지막 이승의 불꽃을 피우듯 저녁노을이 내 얼굴 위로 쏟아졌다. 노을빛이 이렇듯 찬란할 수가! 그 빛이 차속으로 빨려 들어왔다.

병실은 조용했다. 숨죽여 환자의 침상 옆으로 다가갔다. 그가 어떤 움직임을 감지한 듯 눈을 떴다. "조영준 씨!" 조용히 그의 이름을 불렀다. 그가 나를 응시했다. 안구 마우스를 그에게 내밀었다.

"이 안구 마우스로 당신이 쓰고 싶은 글 쓰십시오. 말을 못하게 되고 컴퓨터 키보드 누를 수 없어집니다. 내가 사용법을 가르쳐 주겠습니다. 당신과 같은 병으로 이 병실에서 떠난 내 아들을 떠올리는 일은 뼈를 깎는 고통이지만 당신을 돕고 싶습니다."

이미 무슨 말을 하는지 알아들을 수 없지만 다섯 마디 웅얼거림이 고맙다는 뜻인 것 같았다.

"조영준 씨, 눈동자의 움직임만으로 컴퓨터를 사용할 수 있습니다. 안구 마우스는 컴퓨터의 마우스 조작을 손 대신 눈동자로 할 수 있는 장치입니다. 당신은 눈동자의 움직임만으로 모니터 화면에 글을 쓰고 컴퓨터를 제어해 인터넷을 이용할 수 있습니다. 이 아이캔플러스를 모니터에 연결하고 사용자의 눈에 맞게 한 번만 설정하면 그 다음부터 모니터를 보면서 자유롭게 글을 쓸 수 있습니다. 눈동자의 움직임으로 마우스 포인터가 이동하고 특정 아이콘 폴더 링크를 1초 동안 바라보거나 눈을 깜박이는 것으로 클릭과 스크롤링 등을 실행할 수 있습니다."

안구 마우스로 조영준 씨가 소통할 수 있는데 아들이 사용했던 물건이라고 집에 처박아 둔다면 나라는 놈이 너무 이기적이란 생각이 들었다. 그의 글은 이제 눈 깜박임을 통해 써내려갔다. 그의 글은 계속 이어졌다.

*

매일 다르게 조금씩 죽음이 가까이 다가오는 것을 느낀다. 딱딱한 음식이 씹어지지 않는다. 점점 국물에 밥을 말아 마시듯 먹는다. 병 때문에 절망하지 말자. 할 수 있는 일을 찾아보자 마음을 바꿔보지만, 아무것도 할 수 없고 이 몰골을 보여주고 싶지 않다. 나날이 연하 장애가 심해진다. 발음은 더 어눌해져서 보고 싶다고 말했는데 말이 두루뭉술하다. 목이 마르다. 마실 수조차 없는 물, 자원봉사자 '김도선' 씨가 거즈에 물을 적셔 입술과 혀를 적셔준다. 등이 가려워 죽겠다. 안구 마우스로 등이 가렵고 다리가 쑤신다고 전했다. 등뼈가 아프다고 도와 달라 했다. 어쩌면 이토록 짧은 순간에 통증과 가려움이 밀려드는지 모르겠다. 몸부림을 치는데 마음만 몸부림친다. 몸은 미동도 하지 못한다. 안구 마우스로 그를 부른다.

고마운 사람이다. "힘내세요. 조영준 씨." 그는 언제나 엄지손가락을 치켜든다. 그 사람이 오늘은 무엇이 필요한지 묻는다. 그는 아들을 이 병으로 잃었고 나 같은 환자를 전문으로 돌보기에 죽음이 가까이 온 환자가 무엇을 원하는지 너무나 잘 안다.

떠날 시간이 가까워졌나보다. 그동안 죽음을 기다리는 시간이 납덩이처럼 너무 무거웠다. 얼마나 다행인가, 아직은 눈으로 표현할 수 있으니…. 더는 감출 수 없다. 그동안 자원봉사자 김도선 씨가 여러 번 가족에게 연락하기를 권했다. 이제 떠나는 시점에 아내와 딸에게 알리고 한 번은 보고 죽고 싶다. 안구 마우스로 영상통화를 하고 싶다고 말한다.

"영상통화 하시겠어요?" 그가 되묻는다.

나는 두 눈을 껌벅인다. 그가 아이패드 영상통화를 작동시킨다. 아내가 보인다. 아내는 미국에서 나 혼자 고국으로 돌아오던 날 그 모습 그대로다.

"여보, 보희 아빠, 왜 그리 말랐어요? 당신 어디야? 우리 집 아니잖아? 왜 말이 없어?"

그동안 아내와는 단절된 상태였다. 이제 떠날 시간이 가까워지는데 아낌없이 사랑한다고 말해야 된다. 내일이 없는 내게 용서와 사랑이 샘물처럼 솟아오르게 해야 된다. 그동안 아내를 얼마나 미워했던가. 덩달아 딸까지 외면했다. 내 몸이 무너져가는데 아내의 입장이나 철없는 딸 투정을 받아들일 틈이 없었다. 그러고보니 나라는 존재는 심술로 똘똘 뭉쳐 있었던 것 아닐까! 아내가 목이 메어 말을 못하는 모습이 보인다.

"당신 어디가 아픈 건데, 왜 그렇게 말랐어요? 암이야?"

나는 고개를 흔드는데 몸은 미동도 없는 모양이다. 컴퓨터에 이렇게 써내려간다.

"미안해." 내가 말했다. 김도선 씨가 내 노트북을 보고 통역을 한다.

"미안해, 보고 싶어." 안구 마우스를 작동시킨다. 많은 날들

조잘대던 아내가 귀찮았던 때를 떠올린다. 많이 아주 많이 미안하다. 아내의 음성이 더 다급하게 들린다. 뭐라고 분명히 말하라고 소리친다. 더는 숨기기가 힘들 것 같다. 어눌해도 말할 수 있을 때 그때 많이 사랑한다는 말했어야 됐는데…. E. E. 커밍스의 '사랑의 시'를 지금 아내에게 들려주고 싶다.

"나는 당신의 심장을 가지고 다닌답니다. 달콤한 당신이 나의 운명이니까요. 밤하늘의 별처럼 멀리 있어도 빛나는 이유는 서로의 심장을 가지고 다니기 때문입니다."

한시도 헤어져 있을 수 없는 서로를 그리워하는 '시' 중에서 너무 사랑의 절절함이 배어나는 구절이다. 내가 노트북에 사랑하고 미안하다고 쓴다. 김도선 씨가 아내에게 통역한다.

"왜 말을 하지 못하는데."

아내의 비통해 하는 목소리가 가슴을 더 먹먹하게 만든다.

김 씨에게 눈을 껌뻑인다. 그는 내가 원하는 것이 무엇인지 알고 있다. 얼마 전 그가 말했다.

"섭섭해 하지 마세요. 당신이 표현할 수 없는 상태일 경우를 대비해 약속하는 것이 현명한 일이니까요. 말하고 싶은 것 있으면 눈을 한 번 깜박이세요. 사랑한다는 말은 두 번, 용서는 세 번, 미안해는 네 번입니다."

그의 표정은 석고상처럼 굳어 있었다. 하긴 웃으면서 할 수 있는 일은 아닐 테니까, 웃으면서 이런 말을 한다면 너무 잔인하지.

*

"조 선생님! 이젠 가족에게 병명과 떠나실 시간이 임박했다는 것을 알려드려야 합니다."

조영준 씨 눈에서 눈물이 흘러내린다. 떠날 때 숨쉬기가 힘들어 괴로워하던 아들 생각이 난다. 나도 눈물이 범벅인 채로 그의 아내에게 설명을 한다. 조영준 씨는 루게릭 병이며 대부분 사람들이 3~5년 생존율인데 진행속도가 빠른 것과 가족과 이별시간이 다가왔다고 말한다. 아내와 딸의 울음소리, 절망의 끝에서 무너지는 애달픔, 왜 일찍 알려주지 않았느냐는 원망의 절규를 묵묵히 듣는다.

"미안해, 여보, 용서해요. 당신의 고통도 모르고 난 오해만 했군요."

그의 아내가 말한다. 그의 심장은 화살이 박힌 듯 갈기갈기 찢어질 것이다. 얼마나 말을 하고 싶을까! 꼭 감은 그의 눈에서 더운 눈물이 차오른다. 그는 지금 나도 사랑한다고 말하고 싶을 것이다. 그가 눈을 뜬다. 안구를 굴리며 '사랑해', '미안해'를 셀 수 없이 깜박인다.

"조영준 씨가 사랑하고 미안하답니다."

"보희와 밤 비행기로 갈게, 조금만 참아. 기다려, 기다려 줄 거지? 그것만은 해 줄 수 있지?"

그의 아내가 목젖까지 설움이 찬 음성으로 애원한다.

조영준 씨가 입원했던 첫날, "죽음을 담담하게 받아들이려고 합니다." 그가 말했었다. 지금 그의 눈에서 하염없이 눈물이 흐른다. 표현할 수도 없는 설움과 눈물만이 남았다. 호흡기가 힘겹게 들먹거린다. 그의 마지막 소원은 아내와 딸을 꼭 한 번 보고 싶고 만지고 싶다고 했다. 그들이 올 때까지 그때까지 살아 있기를 나도 간절히 바라고 빌어본다.

조영준 씨 아내가 도착했다. 여보라고 부른다. 까무룩 잠결인가! 그가 눈을 뜬다. 딸아이가 아빠, 아빠 부르며 우는 소리가 들렸나보다. 딸을 알아보는 것 같다. 얼마나 안아주고 싶고 사랑한다는 말해 주고 싶을까! 말도 할 수 없고 손가락 하나 움직이지 못하는 지금 만나게 된 것이 사무치게 후회될 것이다. 그의 아내와 딸의 울음소리, 호흡기에서 들려오는 서걱서걱 거친 숨소리, 나도 흐르는 눈물을 손등으로 훔치면서 정신 차리라는 말만 한다.

"여보! 당신이 왜 연락이 없었는지, 어제 영상통화 후 알았어. 당신을 오해하게 만든 동영상 보았어. 어떻게 그런 오해를…. 우리 사랑이 거품이었어? 어떻게 남편을 의심하는 여자 때문에 나를, 나에게 말했었어야지. 당신 어떻게 나에게 이래? 따뜻한 식사 한 번, 병수발 단 한 번도 못하게 하다니! 당신이 투자했던 회사 친구 부인이 얼마전 당신과 연락이 닿지 않는다고 나에게 전화했었어. 남편 죽어서 회사가 부도났고 당신에게 죄인이라며 얼마나 울던지, 남편이 죽었다는데 무슨 말을 할 수 있었겠어. 내 딴에는 당신에게 연락 올 때까지 버티어보자 하고 허드렛일까지 하며 살았는데, 그런 오해와 병 때문에 연락을 못한 것을, 귀중한 시간들을 서로 오해로 돌이킬 수 없게 되다니….”

그의 아내가 엉엉 울음을 터트린다.

"곁에 아무도 없이 이렇게 혼자, 어머니는?"

"죽어가는 아들 보이고 싶지 않다고 완강히 반대하셔서 연락을 드리지 못했습니다. 제가 좀 전에 연락드렸습니다."

"이분은 아무도 만나지 않았습니다. 삶을 포기했지요. 빨리 나빠진 원인이기도 하구요."

그는 아내와 딸이 아빠를 부르며 비통해 하는 울음소리를 듣고 있을 것이다. 보고 싶었던 가족을 만나서 다행이다. 그의 어머니에게 너무 늦게 연락한 것인가! 아직이다. 내가 화가 '이중섭'의 화첩을 그의 가슴에 올려놓는다. 항상 손에서 놓지 않았던 화첩이다. 지금 그는 무엇을 생각할까? 그림 속 이화백의 아내와 아이들을 보고 있을까? 그는 특히 '황소' '여자를 기다리는 남자' 그림을 좋아했다. 그는 나에게 화가가 되고 싶었다는 말을 했었다. 일 열심히 하는 온순한 황소이고 싶었다고. 왜 내가 벌써 도살장에 끌려가야 하는가! 주인 위해 더 일할 수 있는 황소라고 울부짖는 소리를 그가 듣고 있을까! 내가 조영준 씨를 부른다. 이젠 눈조차 뜨지 않는다.

아내, 보희, 어머님, 동생과 조카들, 친구들이 안녕 웃으면서 그에게 손을 흔들고 작별을 하는 중이라고 내가 또박또박 그에게 말한다. 그가 사랑했던 사람들과 이별을 하겠지. 그가 써

놓은 글 제목처럼 내일은 없지만 아내와 딸아이가 당신 곁에 있으니 안심하고 떠나시라고 조용히 말한다. 딸아이는 아빠, 만 부른다. 여보, 부르는 다급한 아내의 목소리를 그는 듣고 있을 것이다.

하오(下午)의 긴 터널

박병관 作
유화, 가로 60cm X 세로 45.5cm

*

몰아치는 강풍에 휩쓸려 방향 감각을 잃은 비가 유리창에 부서진다. 거대한 검은 망토를 두른 괴물이 장막을 친 듯 검은 비구름은 몇 달째 쉬지 않고 폭우를 내리 쏟아낸다. 겨울이 우기인 캘리포니아는 늦가을부터 봄까지 내리는 비로 산 위에 눈이 쌓이고 그 눈이 조금씩 녹아 물 공급을 돕는다. 예년과 달리 지금 내리는 비가 홍수가 날 지경이다. 내키지 않는 발걸음을 돌려 쫓겨가는 겨울의 마지막 몸부림인가! 하늘을 덮은 먹구름 때문에 낮 12시건만 어둑어둑한 저녁처럼 보인다. 비구름이 무게를 견디지 못해 곧 무너져 내릴 기세다. 세찬 바람과 억수처럼 쏟아지는 빗줄기가 피할 곳을 찾지 못한 짐승의 울부짖음처럼 들린다.

조금 쌀쌀할 뿐인 11월부터 올해 3월말까지 내린 비는 역사상 강수량이 가장 많은 해로 기록됐다. 이곳은 일월이면 보랏빛 목련꽃이 활짝 꽃잎을 열고 가로수 길에 이름 모를 흰 꽃이 눈부시게 만개하면서 사계절 내내 꽃이 핀다. 몇 년간 물 부족에 시달리던 캘리포니아의 저수지와 강은 물로 충분히 채워졌고 이제 넘칠까 우려된다는 뉴스가 연일 텔레비전과 신문지상을 장식했다. 그뿐인가. 엊그제 시에라네바다 산간마을에 내린 함박눈이 94인치나 쌓였고 강풍과 함께 봄꽃이 만발했다는 소식은 아이러니하지 않은가! 사막이 도시가 된 이곳은 계절을 잃어버린 듯 4계절 내내 핀 꽃들과 가뭄, 지금 쏟아지는 빗줄기 때문에 사람들은 비가 지겨워 하늘을 쳐다보았다.

"지구에 종말이 오려나?"

"내 평생 이런 일은 처음이야. 세상이 원, 어찌되려고."

어디를 가나 만나는 사람들마다 우산을 접으며 날씨 이야기다. 사람들의 우려가 남의 일 같지 않다. 이민 온 후로 무엇이든 하지 않으면 안 된다는 강박 관념에 밤낮 가리지 않고 일했다. 조금 목돈이 모이자 은행 융자금을 안고 빌딩 안 1층에 있는 편의점을 샀다. 많은 회사들이 15층까지 빈틈없이 차 있어 수입은 매달 월부금을 지불하고도 이익이 넉넉했다. 99퍼센트가 빌딩 안 사람들이라 비가 오거나 말거나 상관없었다. 가게를 처분한 후로는 날씨는 더더욱 개의치 않았다. 날씨에 무디었던 나지만 몇 달째 호우와 강풍이 계속되자 지구 종말의 전초전인가, 은근히 불안하다.

'이 폭우가 또 무슨 재앙을 몰고 올까. 겨우내 눈사태로 집이 파손되고 인명피해까지 냈는데….'

몇 해 동안 가뭄에 시달렸던 이곳은 이제 가늠할 수 없는 폭우로 몸살을 앓는 중이다. 가뭄일 때는 하늘을 바라보며 애타게 비를 기다렸건만 이젠 하늘에 구멍이 뚫린 듯 쏟아지는 폭우를 바라보며 반가움이 근심으로 변했다.

비가 오지 않았다면 파라솔이 펼쳐진 아웃도어 싯팅(out door sitting)에 앉아, 작렬하는 켈리포니아의 뜨거운 열기와 길가에 핀 잔잔한 들꽃들을 감상하며 한가롭게 오찬을 즐겼을 것이다. 작년에 파리 한복판, 노천카페에서 식사하며 누렸던 한가로움과 'Paris Je t'aime, Je t'aime, Je t'aime', 자끄린 프랑소아(JACQUELINE FRANCOIS)가 부르던 샹송의 감미로움에 젖어들고 싶어서였을까! 빠리 즈떼므, 가만히 불러본다. 참 불란서 사람들은 빠리를 사랑한다. 노천카페에 앉아서 사방에서 튀는 빗방울과 비 냄새를 맡으며 진한 에스프레소를 마시고 싶지만 지금 내리는 폭우는 그 낭만을 즐길 수 없다. 도로엔 미처 하수구로 빠져나가지 못한 빗물이 홍수를 이뤄 자동차들이 지나갈 때마다 흙탕물을 튀겨 테라스의 의자에 앉아 있는 사람은 아무도 없다. 아쉬운 듯 테라스의 빈 의자들과 접힌 파라솔을 바라보는 순간 거센 비바람이 유리창을 후려친다. 마치 내 얼굴에 바가지로 물세례를 받은 듯 화들짝 놀란다.

식당 안에는 많은 사람들이 붐비고 있다. 진한 오렌지색 페인트칠이 비구름으로 뒤덮인 하늘 때문에 더 우중충하게 보인다. 라티노들이 쓰는 넓은 차양이 달린 모자와 마리야치 검정 옷에 그들의 악기 기타로를 들고 있는 사진이 벽에 걸려 있다. 멕시코 벽화로 유명한 화가 디에고 리베라의 '꽃을 짊어진 남자'와 플라멩코 춤을 추는 빨간색 레이스 치마를 입은 무희들의 그림도 반대편 벽에 걸려 있다. 아치형의 창문들이 마치 프란치스코 성인이 살았던 '아씨씨' 성당에 와 있는 듯한 착각을 불러일으킨다. 천장에서 길게 드리워진 샹들리에의 심홍색 불빛이 그나마 실내에 아늑함을 안겨준다.

"맴, 주문하시겠습니까?"

상념에 빠져 있던 내가 화들짝 놀라 고개를 든다. '리오'가 옥수수알처럼 가지런한 흰 이를 드러내며 메뉴판을 내민다.

"메누도와 타코 부탁해요."

"그러실 줄 알았어요."

그가 힐끗 비 오는 유리창을 가리키며 웃는다.

"물론 따뜻한 물도 원하시고요?"

"어떻게 알았어요?"

"비 오는 날이면 손님은 늘 메누도를 주문하셨거든요. 비는 벌써 몇 달째 내리고 있으니 그만큼 자주 오셨고 늘 친절하신 동양분이라 기억합니다. 우선 따뜻한 물 한 잔으로 몸을 녹이시죠. 얼른 갖다 드리겠습니다."

나를 기억해 주는 그가 싫지 않다. 아니, 기분이 좋다. 라틴 아메리칸의 민족성이랄까 아니면 웨이터라는 직업의식 때문일까. 따뜻한 물 잔을 앞에 놓아주더니 그는 자신의 휴대폰을 꺼내 딸의 첫 돌에 아내와 함께 찍은 사진을 보여준다. 아기 천사처럼 예쁜 딸아이의 크고 동그란 눈이 인형 같다.

잠시 후 웨이터 '리오'가 '메누도'(Menudo beef soup) '국'과

'타코'를 가져와 테이블 위에 놓으며 말한다.

"맴, 즐거운 식사가 되시기 바랍니다. 필요한 게 있으면 언제든지 말씀해 주십시오."

그가 싱긋 웃으며 양 어깨를 으쓱 한 번 들먹인다. 나는 입가에 엷은 미소를 띠고 "감사해요." 답한다. 메누도 스프는 비가 오고 바람 부는 날이면 생각나는 음식이다. '엘 초로' 멕시코 식당의 명물인 이 메누도는 쇠고기와 식초, 마늘, 크로브, 양파를 넣고 끓여 크로브 향이 잘 어우러지고 빨간 고추소스가 매콤한 맛을 더해 준다. 타코는 옥수수 가루로 만든 '토르띠야' 속에 채를 썬 닭고기나 쇠고기를 볶아 넣고, 잭 치즈와 야채를 함께 말아 먹는 멕시코 대표 음식이다.

리오가 돌아서고 내가 스프 한 스푼을 떠먹으며 맛을 음미하는 순간이다. 타다탁탁, 다급한 발소리에 이어 그릇들이 떨어지고 유리잔이 쨍그랑 깨지는 소리와 함께 주방에서 비명이 들려왔다.

"오, 노! 노!"

"오 마이 갓!"

"예스 써!"

치명적인 상처를 입은 어린 사슴이, 맹수에 쫓겨 절벽 끝에서 뛰어내릴 때 내는 단말마처럼 절규가 들려온다. 본능적으로 죽음의 냄새를 감지한 것인가. 주방과 홀은 순식간에 아수라장이 됐고 리오의 얼굴이 백지장처럼 하얗게 질리더니 급기야 핏기가 가신 얼굴로 뒷걸음질 치는 게 보인다.

크고 넓은 식당은 순식간에 지옥으로 변했고, 이미 모든 출입구는 이민국 직원들에 의해 폐쇄됐다.

"모두 양 손 들고 제자리에서 꼼짝하지 말아요!"

마치 불심검문하듯 이민국 직원이 소리치면서 일사불란하게 식당 안의 남미 사람들을 몰아세운다.

"모두 신분증을 제시해요! 손님들도 마찬가집니다."

그들의 말에 식당 내 모든 사람들이 얼어붙은 듯 동작을 멈췄다. 나 역시 선 채로 핸드백을 뒤진다. 요즘 들어 어수선해서 영주권을 핸드백에 넣고 다녔는데 아니나 다를까, 드디어 올 것이 오고야 말았다. 주방과 홀에 있던 남미사람들이 한 줄로 선 채 잔뜩 긴장한 얼굴로 두 손을 머리 위로 올린 채 벽을 보고 있다.

폭우가 더욱 기승을 부리며 바람을 등에 업고 안고 유리창을 때린다. 손목시계를 들여다보니 정오가 좀 지났다. 나의 신분증을 꼼꼼히 살펴본 이민국 직원이 위아래를 훑어보더니 앉으라는 턱짓을 한다. 당연한 일이건만 나는 가슴을 쓸어내리며 엉거주춤 자리에 앉는다. 신분증 검사를 마친 다른 손님들도 한 명씩 차례로 자리에 앉는다. 대부분 멕시코 음식을 즐겨 먹는 백인이나 동양계 혹은 남미계 사람들이다.

두 손을 든 리오가 백짓장처럼 창백한 얼굴로 주위를 둘러본다. 혹시라도 누군가 자신을 도와줄 사람이 없을까 하는 간절한 눈빛과 마주친 나는 황급히 시선을 떨어뜨린다. 조금 전 사진으로 봤던 리오 딸아이의 인형처럼 크고 맑은 눈동자가 눈앞에 어른거린다. 영주권이 없는 사람들에게 수갑이 채워졌다. 밑바닥에서 온갖 궂은일을 도맡아 살얼음판을 건너던 그들이 투박하고 굳은살 박힌 자신의 손에 채워진 수갑을 내려다보며 낭패한 기색이 역력하다. 이민국 직원들의 손짓에 따라 한 명씩 식당 앞에 대기하고 있던 차에 탄다. 마치 도살장에 끌려가듯 느릿느릿 걸음을 옮기는 그들은 앞으로 어떻게 될 것인가!

*

돌풍을 동반한 비가 미친 듯이 유리창을 후려친다. 마치 그들의 앞날을 예고하듯…. 이민국 직원들은 먹이를 포획하고도 성에 차지 않아 으르렁거리는 맹수처럼, 한 명이라도 더 색출해내야만 승승장구 앞날이 열릴 것처럼 거칠게 나머지 사람들의 신분증을 조사한다. 드디어 올 것이 왔다는 듯 체념한 채 고개를 푹 숙이고 선 사람들 사이로 기세등등한 이민국 직원들의 오만한 태도를 보며 내 가슴속 저 밑바닥에서 분노가 치밀어 오른다. 머뭇거리며 줄 끝에서 주머니를 뒤적이는 한 명의 남미 사람을 향해 직원이 소리친다.

"벽보고 돌아서, 너! 너 못 알아들었어? 영어 못해?"
"영어도 못하는 주제에 불법 신분으로 미합중국에서 살겠다고? 어림도 없지! 대통령이 '고 백 투 유어 컨트리' 하잖아? 그냥 네 나라로 가버려."

가운데 손가락을 뻗어 그의 면상에 들이대며 낄낄대는 백인을 보며 나는 소리치고 싶었다.

'야, 너무하잖아? 오죽하면 궂은일을 마다않고 맘 졸이며 살까! 그들에게 비웃기까지 할 것 없잖아?'

그러나 소리는 입 밖으로 나오지 못했다. 미국에 살 수 있는 합법적인 영주권을 가졌지만 나조차 주눅이 들고 위축되는 까닭을 알 수 없었다. 아무 말도 하지 못하고 돌아가는 상황을 지켜보는 내가 정말 싫다. 두 손을 머리 위로 올린 채 벽을 향해 돌아선 검은 머리의 남미계 사람들이나 나 무엇이 다른가?

'우리는 다 똑같은 인간 아닌가?'

"이번 기회에 너희 같은 어중이떠중이가 사는 나라가 아니라는 본때를 보여주겠어!"

'미국은 이민으로 이루어진 나라야. 백인만 이민 와야 되는 나라냐? 너희 백인들이 남미 사람들이 하는 허드렛일 하는 것 보았니?'

큰소리 친 것 같은데 목소리가 입안에서 맴돌고 목구멍 속으로 숨어버린다.

가슴이 답답하다. 그나저나 불법체류자들이 이렇게 많은 줄 몰랐다. 주방장부터 서빙 담당은 물론 손님들조차 상당수 수갑을 찬 채 한 명씩 차에 실리고 있다. 어림짐작으로 스무 명은 넘을 것 같은데 이들이 다 추방당하면 이 식당은? 또 다른 곳에서는 얼마나 많은 불법체류자들이 잡혔을까? 미국에서 사는 것이 무엇이기에….

지금 내가 분노하는 것은 왜일까. 그저 비오는 날의 고즈넉한 정취를 느끼지 못해서? 그도 아니면 오고 싶으면 언제나 즐겨 찾는 멕시코풍의 고풍스런 식당 분위기를 망쳐놓아서? 왜 왜 내가 심사가 뒤틀리는 것인가? 나는 다 식어버린 메누도 스프를 양손으로 감싼 채 그들이 끌려 나가는 모습을 안타깝게 지켜보는 수밖에…. 그때 리오가 흘깃 고개를 돌려 내 쪽을 바라본 것도 같다.

어느 식당을 가도 종업원들은 대부분 남미계 사람들이다. 그들은 식당일뿐만 아니라 잔디 깎기, 페인트칠, 도로공사, 쏟아지는 햇빛 아래서 농작물 거두는 일, 보모 등 허드렛일을 적은 임금을 마다하지 않고 닥치는 대로 한다. 하루 벌어 하루 살 정도로 적은 금액도 남들이 기피하는 일을 도맡아 밑바닥 일을 해내건만, 불법체류라는 이유로 늘 불안에 떨며 살아간다. 그들에게 과연 미합중국은 자신의 꿈을 실현할 수 있는 기회의 땅인가? 정부 혜택을 받은 적이 있는 사람은 영주권 받을 자격 거부안이 통과됐다.

요즘 들어 음주운전 조사받다 불법체류자인 게 발각돼 그 길로 연행되거나 집에서 자다 불시에 들이닥친 경찰에 의해 불법체류자 신분이 발각돼 추방됐다는 뉴스, 한인 가정이 심야에 급습당해 추방됐다는 기사가 나오면서 추방에 대한 공포는 더욱 확산되는 중이다. 얼마 전에는 출입국 심사가 강화된 공항에서 미국 영주권자인 무슬림이 입국 거부되자 인종차별이라는 이유로 대규모 사람들이 자국 정부의 강경 방침에 반대하고 비난하는 시위를 벌였다. 황인종과 남미계, 무슬림 사람들은 영주권자라도 마음을 놓을 수 없는 지경이다. 유수한 제약회사의 대표는 자회사의 의학 박사들에게 영주권자는 타국으로 여행을 자제하라는 지시를 내렸다고 했다. 최대한 몸을 낮춘 채 거주지를 벗어나지 않는 것만이 불행한 이 시기를 건너는 유일한 방법인가!

탕탕 총소리에 상념에서 벗어난 나는 어찌된 영문인지 밖을 내다본다. 잡혀 있던 누군가가 도망치다가 총에 맞았다는 소리가 들렸다.

"'리오'가 총에 맞았어." 누군가 소리친다. 사람이 총에 맞았다는 신고를 해야 된다는 생각뿐, 전화기를 꺼냈지만 숫자는커녕 아무것도 보이지 않는다. 무섭고 두려움에 턱이 덜덜 떨리고 손발까지 벌벌 떨려서 의자에 주저앉았다. '리오'를 붙잡았던 이민국 직원이 동료와 대화하는 틈새에 도망치다 총에 맞았다는 말이 들린다. 아, '리오'! 나는 목이 메일뿐 아무런 말도 할 수 없었다. 총까지 맞으면서 이곳에서 살고 싶었니? 아내와 딸 때문에? 미친 듯이 소리치고 싶다.

인간이 파리 목숨보다 못하구나! 나는 무엇 하는 사람인가! 허수아비인가! 울분을 안으로 새겨야 하는 처지가, 긴 한숨으로 새어나온다. 차마 밖을 내다보지 못한다.

어느덧 내 시선은 고개를 들어 창밖을 본다. 구급차가 왔고 총상을 입은 리오가 침대에 눕혀진다. 영혼이 빠져나간 듯 수갑이 채워진 채 축 늘어진 리오의 육신 위로 눈물인지 핏물인지 폭우가 뒤섞여 아래로 흘러내린다. "리오', 왜 도망칠 생각을? 죽으면 아무것도 할 수 없는 것을….'

지난번 한국 대학생이 운전 중 경찰의 정지 명령을 어기고 계속 질주하다가 경찰이 뒤에서 아홉 발이나 쏜 총격에 죽은 사건이 있었다. 그 학생은 마약이나 아무런 범법도 없는 평범한 열아홉살 학생이었다. 순간적으로 도망치고 싶었던 것인가! 경찰의 과잉방어가 논란이 됐지만 우야무야 되버렸다. 리오는 영주권이 무엇이기에 위험을 무릅쓰고 도주하려고 했을까! 리오가 목숨을 잃은들 경찰이나 이민국 직원은 정당방위로 몰아갈 것이다. 난 이 나라가 무섭다는 생각에 온몸이 석고처럼 굳어지는 것 같았다.

이민국 직원들과 불법체류자들을 태운 버스가 떠나자 식당은 수마가 할퀴고 지나간 폐허처럼 난장판이다. 식사하던 손님들도 떠났고, 무엇보다 식당 주인은 넋을 잃은 채 주저앉아 허공만 바라보고 있다. 그 모습을 지켜보는 게 민망해 씁쓸한 마음으로 일어선다. 카운터에서 식사비용을 지불하려 하자 주인이 억지로 미소지으며 손을 내젓는다.

"맴, 대단히 죄송합니다."

나는 마땅히 대답할 말을 찾지 못해 굳어진 표정으로 황급히 식당 밖으로 나선다. 여전히 하늘은 미간을 잔뜩 찌푸린 채 비를 쏟아낼 기세다.

'오늘은 너무 엄청난 일들이 일어났다. 지금 시민권 취득을 위해 공부하는 교실에 가고 싶지 않다. 그러나 더욱 시민권 취득이 절실하다는 마음이 굳어진다. 어서 서둘러야지.'

매주 월요일부터 금요일까지 꼬박 진행되는 수업의 내용은 꿰뚫고 있다. 시민권 테스트에 통과하기 전까진 안심할 수 없어 매일 출석한다. 낼 모레 칠순을 앞둔 나이에 시험 대비 공부가 적잖이 스트레스다. 물론 모의고사 100문항을 보면 거의 다 아는 문제라 자신 있지만 시험관이 어떤 사람이냐에 따라, 또 미처 예상하지 못했던 질문을 받을지도 몰라 긴장감을 늦출 수가 없다. 더구나 트럼프가 대통령이 되면서 불법체류자들에 대해 강경 노선으로 돌아선 요즘엔 영주권만으로 안심할 수 없다.

'올해는 꼭 시민권을 따야 할 텐데….'

영주권을 취득한 이후로 시민권은 신경을 쓰지 않았다. 시민권은 영주권을 취득한 후 해외여행 날짜를 제외하고 만5년이 되면 신청자격이 주어진다. 외국에 오래 거주하면 인터뷰할 때 왜 오래 체류했는지 꼬치꼬치 묻고 정확한 사유를 대지 못해 어설픈 답변을 하면, 서류를 보강하라며 불합격 판정을 받을 수 있으니 3개월 전에 입국해야 된다고 선생은 강조했다. 어느날이던가? 남편이 불현듯 "조만간 우리도 시민권 취득하는 거 서둘자고!" 했을 때 "영주권이 있는데…. 천천히 해요. 당장 불이익을 받는 것도 아니고 살아가는 데 불편한 것도 없잖아요."라고 했다. 그러자 남편은 "그래도 그게 아냐! 언제 어떻게 될지 모르니까 이참에 서둘자고!" 하며 유독 재촉했다.

남편이 폐암 진단 받고 3개월 만에 떠날 줄 누가 알았으랴. 투병하느라 시민권 문제는 유야무야 됐고 급작스럽게 남편이 떠난 후 나는 하늘이 캄캄해지고 절망 속에서 몸부림치는 동안 또 성탄이 두 번 지났다. 그야말로 타국 땅에 돌멩이처럼 던져진 나는 시민권이 다 무슨 소용이랴, 자식도 없이 오직 서로 의지했던 터라 그를 따라가고 싶은 마음뿐이었다. 하늘이 무너지는 것 같은 암흑 속에서 허우적거리던 게 바로 엊그제처럼 선명하다.

*

비는 계속 세찬 바람과 더불어 미친 듯이 쏟아진다. 주차해 둔 자동차까지 걸어가는 동안 방수 트렌치코트에 스며든 빗물로 상의는 물론 스커트도 젖어서 착 달라붙었다 코트에 달린 모자를 더 깊이 눌러 쓴다. 비바람이 얼굴을 때린다. 점심을 먹지 못했지만 배가 고픈 줄도 모르겠다. 좀 전 식당에서 벌어졌던 일이 뇌리에서 떠나지 않는다. 총 맞은 '리오'가 살아야 될 터인데…. 어떻게든 살아만 있으면 길이 있겠지. '리오' 힘내라. 큰 소리로 소리친 것 같은데 목소리가 입안에서 뭉개진다.

'이번엔 반드시 시민권을 따야 돼! 이 땅에서 살아 남으려면….'

시민권 취득 준비반 강의실 중간쯤에 앉는다. 백 명은 족히

앉을 수 있을 정도로 넓은 강의실에 간간이 빈자리가 있지만 곧 꽉 찰 것이다. 이민자들에 대한 정부의 정책이 강경해지면서 시민권을 따려는 사람들이 부쩍 늘었다. 거의 다 한국 사람들이다. 수강생들은 한국 사람답게 큰 소리로 인사를 건네거나 안부를 묻느라 어수선하다. 내가 수강신청하기 전부터 이 강의실에서 공부한 사람들인 모양이다. 이른바 재수생 삼수생들이라 안면이 익었는지 꽤나 친근해 보인다.

시민권 시험 취득 반에 수업 받으러 가면 여자들은 공부는 뒷전이고 수다 떠느라 아까운 시간 허비하기 십상이다. 그들의 표적이 되면 여지없이 까발려지는 기분이라 가능하면 수업 시작 시간에 딱 맞춰가서 수업 끝나기 무섭게 뒤도 안 돌아보고 나온다. 그러나 브레이크 타임은 피할 수 없다. 오십대 후반쯤 된 여자가 오늘 처음 왔다며 내 빈 옆자리에 앉아도 되는 가! 묻는다. 내가 자리를 오른쪽으로 조금 비켜 앉는다. 그녀가 "'오진주'입니다." 인사와 함께 조심스럽게 웃으며 왼쪽 빈자리에 앉는다. 오뚝한 코, 서글서글한 눈매, 야무져보이는 입술, 작은 얼굴과 잡티 하나 없는 하얀 피부가 한층 더 돋보이는 용모다. 어제까지 표적이 되 있던 내 대신, 먼저 온 여자들의 관심은 새로 온 '오진주'에게 쏠린다. 이것저것 묻는다. 신병에게 기압 주는 군대의 상사처럼 틈만 나면 악착같이 새로 온 '오진주'를 물고 흔든다. 그럴수록 그녀는 절대로 곁을 주지 않는다. 내가 그녀를 쳐다보면 미소로 답할 뿐이다.

시민권을 얻으려면 헌법, 역사, 개인적인 문제 등에 대해서 묻는 이민국 직원의 질문에 올바르게 답해야 한다. 단돈 십 불만 내면 일 년 간 영어를 공부할 수 있던 성인학교는 연방정부의 예산 부족으로 문을 닫은 지 오래다. 수강생들은 대부분 연세 드신 분들이 많은데 한두 명 빼고 모두 한국 사람이다. 특히 할머니들이 많다. 그들은 반복해서 외우고 또 외운다.

"What is the constitution? The supreme law of the land. What is the communism? No freedom."

오직 시민권에 매달리는 사람 중에는 초등학교 문턱도 가지 못했던 노인도 있다. 지난주 수업 때는 옆자리에 앉아 있는 노인이 귓속말로 내게 속삭였다.

"나 좀 도와줘요. 난 초등학교도 못 다녔다우. 한글은 간신히 읽을 줄 아는데 영어는 너무 어려워요. 발음을 한글로 써주면 한결 수월하겠는데…."

한글을 겨우 깨친 사람이 생소한 영어, 미국의 역사, 헌법 등등을 배우려니 어려움이 많을 것이다. 6.25 전쟁 당시 열 살 안팎에 간신히 살아 남았어도 초근목피로 연명하던 시절에 학교 문턱에나 가봤겠나 싶은 세대들.

이민 온 노인들의 생계 문제는 생각보다 심각하다. 자식을 따라 미국까지 왔지만 젊은이들이조차 직장을 구하지 못해 알바로 내몰려 하루 벌어 하루 살기도 빠듯한데 어찌 부모가 자식들에게 손을 내밀겠는가! 극빈자에게 주는 정부 보조금을 타면 최소 생계를 꾸릴 수 있다. 65세 넘은 시민권자만이 그 혜택을 받을 수 있기에 남은 생의 최대 목표는 시민권 취득 시험일 수밖에 없다. 영주권자라도 자국과 미국에서 범법 사실이 발각되면 시민권 신청할 자격마저 상실된다. 음주운전은 물론이고 사소한 말다툼으로 경찰에 연행되거나 출두를 거부하고 자국으로 출국한 일이 있으면 가차 없이 입국 시 공항에서 체포되거나 추방이다.

맨 앞자리에 앉아 있던 육십 대 후반으로 보이는 '최 여사'가 돌아앉아 누구랄 것도 없이 수강생들에게 큰 소리로 자랑이 한창이다.

"난 모든 재산을 이미 다 자식들에게 나눠줘서 내 명의의 재산이 아무것도 없어요. 차 한 대 정도는 문제가 되지 않는대서 최근에 차만 벤츠로 바꿨다오. 역시 차는 벤츠거든! 튼튼해서 사고 나도 사람이 별로 안 다친답니다. 시민권 받으면 웰페어 타서 살 수 있고 미국이 얼마나 좋은 나라입니까? 정부에서 공짜로 노인들을 먹여 살리니…"

그러자 사십 대 중반인 '방 여사'가 입을 연다. 그녀의 용모는 까무잡잡한 얼굴에, 쌍꺼풀이 없는 대신 약간 위로 올라간 눈 꼬리가 더욱 비틀어진다.

"창피하지 않아요? 그런 말을 아무렇지 않게 하시다니요. 나이 들면 부끄러움도 모른다더니…. '최 여사' 돈으로 살아야지요. 당신이 미국을 위해 무슨 일을 했다고, 재산이 없으면 몰라도 아무 거리낌없이 자식들에게 다 물려주었다고 말한담? 그게 무슨 자랑이라고…. 당신 같은 사람은 시민권 받으면 안 돼요. 내가 다 부끄럽네."

"별꼴이야! 왜 남의 일에 감 놓아라, 배 놓아라 참견이래?"

"참견이 아니라 크게 자랑할 일이 아니란 뜻입니다."

무안해진 '최 여사'가 말꼬리를 감춘다. 내 또래건만 고생을 많이 했는지 얼굴에 주름이 자글자글하다.

"누가 당신 말 알아듣고 이민국에 알리기라도 하면 당신에게 시민권 주겠어요?"

'방 여사'의 한 마디에 순간 강의실엔 침묵이 감돈다. 그러자 어색한 침묵을 깨려는 듯 칠십대 후반인 '김간난' 할머니가 나선다.

"요즘 열무김치가 제철인데 맛있고 쉽게 담그는 법을 알려줄까요? 매일 일터에 나가느라 김치 사먹는 분들이 태반인데, 내가 알려줄 테니 한 번 직접 담가 보시우."

"김치 담글 새가 어디 있어요? 일 끝내고 집에 들어가면 몸이 파김치인데. 차라리 파김치를 먹는 게 더 빠르지."

그 말에 모두 웃음을 터트린다. 그래도 아랑곳하지 않고 '김간난' 할머니는 김치 담그는 법을 설명한다.

"빨간 피망이랑 멕시칸 고추, 흰 밥과 양파와 할라피뇨를 믹서에 갈아서 절인 열무에 비벼 넣으면 칼칼한 게 한국의 태양초 고추로 담근 김치 못잖다우!"

"어머, 그래요? 그럼 믹서에 밥은 얼마나 넣어요?"

"한 컵 넣으면 충분해! 내가 조리법 적은 것 내일 갖다줄게요. 한국인은 뭐니 뭐니 해도 김치지. 김치 없으면 밥이 넘어가질 않잖우."

"아, 햇고추로 담근 한국 김치 먹어본 게 언제람?"

그러자 여기저기서 반찬 이야기로 열을 올린다.

북어무침, 콩장 연하게 만드는 방법, '비트'가 고혈압에 좋고 만병통치라고 뻥을 치는 이도 있다. 빨갛고 작은 무처럼 생긴 비트는 7분간 찜통에 쪄서 샐러드 만들 때 넣으면 은근한 단맛이 나는 게 상큼하고 별미다. 나도 자랑하고 싶은 음식 몇 가지가 있지만 그들 속에 섞였다가 말꼬리 잡힐까 두려워 그저 듣기만 한다.

"그나저나 '오진주' 여사라고 하셨죠? 오 여사는 도무지 연세를 가늠할 수가 없군요."

앞자리에 앉아 있는 팔십대 노인이 상체를 돌려 그녀에게 묻는다.

"그러게요. 뒤에서 보면 40대로 보일 정도로 늘씬한 키에 군살 하나 없는 몸매며 샤넬라인 주름스커트 아래로 보이는 종아리가 탄력 있는 게 고생을 하나도 안 한 것 같아요. 아무래도 40대쯤은 된 것 같은데?"

'최 여사'에게 재산을 자녀들에게 다 넘긴 것이 무슨 자랑이냐며 통박을 주던, 눈꼬리가 올라간 '방 여사'가 이번엔 '오진주'를 향해 비아냥거리듯 묻는다.

"여성에게 나이를 묻는 건 큰 실례지요?"

편치 않은 '오진주'의 기색을 읽은 듯 대각선으로 앉아 있던 체격이 좋은 남자가 대신 나선다.

"아, 늙으면 나이밖에 자랑할 게 없다고. 나야 이미 팔십 고개를 넘었으니 그렇다치고 '오 여사'는 모진 이민생활을 비껴 간 것 같아 묻는데 그게 뭐 잘못됐소?"

팔십대 노인도 지지 않고 대꾸한다.

"나이 밖에 자랑할 게 없다니 그거야말로 참 부끄러운 인생이군요. 허허."

"허어, 무슨 말버릇이 그래? 보아하니 내가 먹어도 한참을 더 먹은 것 같은데. 요즘 젊은이들은 도무지 버릇이 없어요."

"아니, 어르신, 나이 몇 살 더 잡순 게 대숩니까? 나 원 참, 나이 드셨으면 점잖게 처신하세요."

"어라? 보자보자 하니 정말 봐줄 수가 없구만."

"아유, 두 분 다 참으세요!"

나서기 좋아하는 눈꼬리 올라간 방 여사가 중재를 하자 남자가 제자리에 앉으며 정중하게 한마디 한다.

"여러분, 소란 피워서 죄송합니다. 다 제가 부족해서 일어난 일이니 널리 양해해 주십시오."

그러자 강의실은 언제 무슨 일이 있었냐는 듯 삼삼오오 수다로 다시 평상시로 돌아간다.

*

누군가에겐 폭풍과 비바람이, 고뇌와 상실이, 마음을 뿌리 채 흔들고 가버린 시간이 있을 것이다. 이민자들은 고국의 대학에서 공부한 전공을 살리고 싶지만 유창하지 못한 영어가

걸림돌이다. 전문직을 구하기는 하늘의 별따기다. 몸으로 때우는 노동으로 받는 주급은 아파트 월세를 내고 나면 세일 품목으로 겨우 식생활을 해결하니 의료보험 가입은 꿈도 못 꾼다. 마음대로 아플 수도 없는 처지다. 몸뚱이가 재산인데 아프기라도 하면 목돈 날아가는 건 순식간이다.

 내게 남은 시간이 얼마나 될지 몰라도 남은 인생을 보람되게 사는 방법이 무엇일까. 돈도 명예도 아니고 매 순간 내가 행복을 느낄 수 있는 일에 최선을 다하는 것만이 현명한 선택임을 지금에서야 깨닫다니…. 미친 듯이 일에 매달렸던 지난 날들이 무슨 소용이 있던가! 이제 가능한 한 나를 필요로 하는 곳에서 봉사하고 마음의 평화를 추구해야지. 나만의 상념에 빠져 있는 사이 선생이 강의실로 들어온다. 출석을 부른다.

 "자, 어제 수업한 걸 복습하는 의미에서 받아쓰기 하겠습니다. 준비됐나요?"

 "네에."

 선생의 말에 모두 초등학교 시절로 돌아간 듯 대답을 길게 늘인다. 선생이 수강생들의 책상 통로 사이를 오가며 단어를 한 개씩 불렀고, 수강생들의 노트를 유심히 살핀다. 고개를 살짝 젓거나 알 듯 모를 듯한 미소가 스쳐간다.

 받아쓰기가 끝나자 미국에 처음 이민 온 청교도들의 생활상을 담은 역사 스토리가 인쇄된 종이를 나눠주며 해석할 수 있는지 묻는다.

 "노오!"

수강생들은 약속이라도 한 듯 일제히 "노!"를 외친다. 선생이 휘 둘러보다가 내 옆에 앉은 '오진주'를 지명하더니 해석해 줄 수 있겠냐고 묻는다. 대부분이 한국인이라 한국말을 못하는 선생이 영어로 설명해봤자 이해하기 어렵다는 것을 알기에 선생은 '오 여사'를 지명한 것이다. 그녀는 잠시 당황스러워한다. 나이 많은 수강생들을 도와주는 것도 보람이라는 내 제의에 그녀가 순순히 교단으로 나간다.

프린트의 내용은 첫 이민자들이 May flower호를 타고 Plymouth에 도착해서 절반 이상이 혹독한 추위와 양식 부족, 질병으로 죽은 이야기다. 대체로 단어가 쉽고 문장도 간결하다. 그녀는 그때 당시의 생활상을 실감나게 살을 붙여 알아듣기 쉽게 설명한다. 수강생들은 '오진주'의 말에 푹 빠져들은 듯 귀를 쫑긋 세우고 열중한다. 창가에 서서 흐뭇한 듯 지켜보던 선생이 그녀의 좌석 옆으로 와서 한마디 한다.

"'미세스 오'는 여러 가지 면에서 앞으로 나를, 아니, 동포인 코리언들을 위해 통역을 도와줄 수 있겠소?"

수줍음이 많아 보이는 그녀가 영어가 젬병인 노인들이 시민권을 딸 수 있게 돕는 일이야말로 의미 있겠다 싶었는지 순순히 고개를 끄덕인다.

"매우 고맙습니다. 미세스 오! 그럼 2교시는 '미세스 오'가 좀 맡아주겠소? 문법시간인데 3주째 제자리걸음이에요. 내 대신 '미세스 오'가 한국어로 알아듣기 쉽게 설명 좀 부탁합니다!"

가장 기초적인 문법조차 3주째 제자리걸음이라 나 역시 답답하던 터라 '오진주'에게 좋은 일 한 번 더 하라고 거든다.
"여러분, 오늘 문법시간에는 부디 행운이 함께하기를!"
선생이 기대 섞인 표정으로 '오진주'를 향해 눈을 찡긋하고 어깨를 으쓱해 보이더니 홀가분하게 복도 저편으로 사라진다.
그녀는 한국에서 고등학교 영어 선생님이었다고 소개하고 그때로 돌아간 듯, 상기된 얼굴로 영어의 기초와 조동사, 일인칭 I 와 You , 현재는 Do, 삼인칭인 He, She, It은 Does, 과거는 Did…. 칠판에 쓴 다음 설명을 시작한다.
"여러분, 두더지 아시죠? 땅속에서 사는 두더지? 그 두더지를 상기하세요. 두는 일인칭 나와 너고, 더지는 삼인칭 이렇게 생각하면 쉽죠?"
할머니들이 재미있다는 듯 박장대소한다.
"자, 이번에는 김수희의 남행열차 다들 아시죠? 가사가 비 내리는 호남선으로 시작되는 노래…. 요즘 계속 비까지 내리니, 그 리듬에 맞춰 외우시는 겁니다. 자아, 제가 먼저 해볼게요. I am soon hee. you are chul soo. He is gab doll…. '순희' 대신 여러분 각자 이름을 넣으셔요. 자아 시작해볼까요?"
"I am kyeung Hee. you are Man Suk. She is Lee Na…."
열차 타고 수학여행 떠나는 소녀들인 양 손뼉을 치고 어깨춤을 추며 서로의 이름을 부르는 수강생들을 보며 그녀의 어깨가 유연하게 리듬을 탄다. 그녀는 '많은 사람들 앞에 서서 이렇게 적극적이고 열정적으로 가르쳐본 적이 있던가?' 생각할지도 모른다. 그녀의 표정이 미래를 꿈꾸는 사춘기 소녀의 얼굴처럼 상기되어 있다. 나도 늘 마음 한구석을 짓누르고 있던 묵지근한 무언가가 씻겨나가는 기분이다.

수업 끝무렵에 돌아온 선생은 활기 넘치는 반 분위기를 보더니 눈이 둥그레져서 외친다.

"엑설런트! 그레잇! '미즈 오' 그리고 여러분 모두 원더풀!"

"댕큐!"

오케이, 댕큐, 예스, 노, 쏘리 밖에 모르는 대다수의 노인 수강생들이 상기된 얼굴로 댕큐를 힘차게 외친다.

브레이크 타임이 되자 저마다 싸온 간식을 풀어놓는다. 직접 구운 고구마, 쿠키와 케이크, 샌드위치, 커피, 한국 전통차….

그때 팔순이 넘었다고 나이 자랑하던 노인이 일어난다. 아까 '오진주'에게 나이를 묻던 바로 그 사람이다.

"에, 저는 한국에 있을 때 중학교에서 교편생활을 했었소. 역사를 가르쳤지요. 아내와는 삼 년 전 사별했고요. 오늘은 아내 생각도 간절하고 해서 노래 한 곡 부를까 합니다."

흠흠 목청을 가다듬더니 그는 체구에 비해 체법 우렁찬 목소리로 베사메(Besame mucho)무초를 열창한다.

"베사메 베싸메 무초 언제든 당신에게 입맞춤 할 때마다 아주 멋진 음악이 들려요. 좀 더, 좀 더 입맞춤을 하며 나를 꼭 안아 줘요. 그리고 그대는 영원히 나의 것이라고 말해 줘요…."

그의 18번인 듯 제스처까지 써가며 애절한 표정으로 불러

젖히는 그를 보며 생각한다.

'남자 나이 80 넘으면 집에 있으나 산에 있으나 똑같다는 우스갯소리가 있건만 남자는 나이를 아무리 많이 먹어도 남자인 모양이지? 저 나이에도 사랑을 갈구하며 열창하다니….'

마치 구애하는 수컷의 몸부림 같아서 민망해진 나는 일부러 옆에 앉은 '오진주'에게 건성으로 말을 건넨다.

"비가 좀 그쳤나요?"

그때 노래를 마친 노인이 금세 잔뜩 풀죽은 모습으로 말을 시작한다.

"이민 오면서 한국의 전 재산 처분해 가져온 목돈을 글쎄, 하나뿐인 아들 녀석이 은행 이자보다 더 쳐줄 테니 일 년만 쓰겠다지 뭡니까? 월급쟁이 일을 잡기도 힘드니까 카센터를 해보겠다나 뭐라나. 아들 녀석이 통사정을 하니 어쩌겠소? 믿고 통째로 건네줬지요. 그땐 저도 처음 왔고 안 하던 노동, 빌딩 밤 청소 자리 얻어서 새벽에나 끝나는 낮 밤이 바뀐 생활 때문에 피곤했던 차라, 아들 녀석 카센터 사업 안정되면 부모 모른 체하진 않겠지 싶었지요. 이자도 서너달 꼬박꼬박 줍디다. 그래서 믿었죠. 믿다마다. 천지간에 설마 아들놈이 부모한테 사기치랴 싶어서요. 근데 이게 웬 청천벽력이래요? 이자도 끊기고 전화도 안 받고 이상해서 카센터라는데 찾아가보니 진즉에 말아먹었고, 몰래 타주 어디로 이사 갔다는데 알 수가 있나. 허어 참, 하늘이 무너지는 것 같습디다."

"그러게, 살아서 절대 자식한테 재산 물려주면 안 된다니까요. 부모 자식 천륜이란 말도 이젠 옛말이에요. 너는 너, 나는 나! 계산은 정확히 해야 한다니까! 젊은 애들이 계산 속이 더 빨라요.”

"어머, 그럼 난 어쩐대요? 벤츠 한 대 남기고 다 나눠줬는데? 시민권마저 못 받으면 굶어죽게 생겼네? 어떡해, 어떡해!"

"아내도 화병으로 명 재촉했다오. 지금은 딸이 쥐어주는 용돈으로 겨우 입에 풀칠하는 터라 시민권 시험 꼭 붙어야 돼요. 암만, 정부 보조금이 내 명줄을 쥐고 있다니까."

붉으락푸르락 했다가 눈물을 보였다가 시민권 취득 문제에 이르자 비장함마저 보인다.

"자, 여러분, 이제 다시 수업 시작하겠습니다. 여러분이 가장 기다려지면서도 또 두려운 게 시민권 인터뷰겠죠? 그래서 오늘은 가상으로 모의시험을 볼까 합니다. 주로 어떤 문제들이 출제되고 어떤 질문을 받을지 등등 여러 가지를 다 섞어서 100문항을 만들었으니 여러분들에게 큰 도움이 되길 바랍니다."

'오진주'가 선생의 말을 보충해서 한국어로 설명한다. 100문제에서 6개의 정답을 맞히면 통과, 다음은 신상문제, 받아쓰기, 질문에 답하기 등등 이민관의 재량에 달렸다는 말 끝에 운(運)도 따라야 한다는 선생의 말은 그녀는 통역하지 않는다.

선생이 강의실을 한 바퀴 돌며 수강생들이 작성하고 있는 답안지를 살펴보다가 베싸메 무초 노인 옆에 섰다. 노인이 답을 거의 쓰지 못한 채 끙끙대자 '오진주'에게 말한다.

하오(下午)의 긴 터널

"'미즈 오', 문제 다 풀었으면 이분을 좀 도와줄 수 있겠소?"

선생의 말이 끝나기 무섭게 노인이 후다닥 시험지를 들고 그녀의 옆자리로 와 앉는다. '오진주'는 흠칫해서 옆으로 조금 비켜 앉는다. 노인네 특유의 체취가 역한지 내 쪽으로 고개를 돌린다. 그런 그녀의 속내는 전혀 짐작하지 못한 듯 그는 그녀의 시험 답안을 베끼는 척 머리를 더 바짝 들이민다. 선생이 각자 채점을 하라며 문항마다 ○, X 표시를 할 때마다 한숨과 탄식이 터져 나온다. 나 역시 채점을 하다 이상한 느낌이 들어 옆을 보니 노인이 답안지를 베끼는 대신 오진주의 옆모습만 뚫어지게 보고 있는 게 아닌가.

"난 한 40대 중반 쯤 되는 줄 알았더니 가까이서 보니 오십 넘어 보이는구먼,"

그녀가 기가 막힌지 대답이 없자 그는 한술 더 뜬다.

"육십도 넘은 거 아냐? 주름이 제법 많네. 여자는 화장발이라더니, 허, 참!"

그녀가 순간 자리를 박차고 일어서려는지 의자에서 움직이자 다가온 선생과 눈이 마주쳐 멈칫한다. 그 와중에도 노인은 상황 파악 못하고 주책을 부린다.

"주름은 있어도 예쁘긴 하구먼. 뽀얀 피부가 더 예뻐. 끝나고 나랑 차 한 잔 할란가?"

그 순간 대각선 좌석에 앉아 있던 내 또래의 남자가 소리친다.

"거참, 시끄러워 선생님 말이 안 들리잖소. 모르면 곁에서 정답 보여줄 때 제대로 베껴서 달달 외울 생각은 안 하고 그게 무슨 행동입니까?"

"뭐, 이 새끼야? 썩은 밤 쭉정이 같은 새끼가 지랄하고 있네."

"뭐 썩은 밤 쭉정이? 늙어도 곱게 늙으쇼. '오진주' 씨가 당신 같은 늙은 주책바가지하고 차 마실 분 같아?"

"어라? 이게 어디서 반말짓거리야? 어쭈? 칠래? 어디 쳐봐라, 쳐봐! 오늘 누가 개 값 치르나 보자!"

베싸메 무초가 먼저 선방을 날렸지만 헛방이다. 체격으로 봐도 육십대 장년을 이기기 힘들 텐데 오기만 남은 노인은 남자의 멱살을 잡는다. 잡았다지만 체구가 왜소해 남자에게 매달린 꼴이다. 두 사람은 서로 밀고 밀리다 책걸상이 우르르 넘어지면서 남자가 벽에 뒷머리를 세게 부딪친다.

"억…."

그의 두 손이 축 늘어지는 것과 동시에 서서히 벽을 타고 자리에 주저앉는다. 벌겋게 상기됐던 얼굴은 흙빛으로 변했고 눈은 흰자위가 드러났다. 힘에 부쳐 멱살 잡은 채 함께 바닥에 쓰러졌던 노인네가 벌떡 일어나더니 두 손을 털며 뒤로 물러선다.

"난, 난 아냐. 내가 안 그랬다고! 저 혼자 뒷걸음질치더니…. 지랄 육갑을 허고 자빠졌네. 나 참 재수가 없을라니…. 다들 봤지? 저 놈이 먼저 쳤고, 지가 뒷걸음질치다 벽에 부딪혔다니까?"

순식간에 일어난 일이다. 불길한 사이렌을 울리며 달려온 911 대원들은 일사불란하게 남자의 바이탈을 체크하고 동공을 확인한 후 이동침대에 싣는다. 선생은 매우 굳은 표정으로 수강생들을 자리에 앉도록 했다. 특히 노인은 경찰이 올 때까지 자신이 신변을 확보해야 한다며 '오진주'에게도 양해를 구한다.

"'미즈 오'! 학과 수업을 위해 저를 돕다가 대단히 유감스러운 일이 벌어져 안타깝습니다. 미안한 마음을 전합니다. 그렇지만 경찰이 출동하면 임의동행에 응해 주셔야 할 겁니다. 아마도…."

그는 진심으로 안타깝고 미안한 표정으로 '오진주'에게 동의를 구한다.

"아마도라고요…?"

"그렇습니다. 아마도…."

진주는 두려움에 떨고 있다.

"저 어떻게 해요?"

"괜찮아. 왜 '미세스 오'가 책임질 일이야? 저 주책 노인네가 수컷이라고 육갑한 탓이지."

경찰들이 들이닥쳐 선생과 몇 마디 대화를 나누는 동안 수강생 여자들의 웅성거림도 잠깐, 경찰은 곧장 노인에게 수갑을 채우고, '오진주'와 내게도, 주위에 앉아 있던 수강생 여섯 명도 참고인 조사차임의 동행이 불가피하다고 말한다. 그러자 수강생들은 한꺼번에 말문이 터진 듯 저마다 한마디씩 한다.

"'오 여사'는 아무 잘못 없어요!"

"그럼, 그럼. 아무렴. 하여튼 늙으나 젊으나 사내놈들 수작이라니…."

"그나저나 저분 크게 다쳤으면 어쩌지? 점잖으신 분이었는데…."

강의실에선 늘 조용하고 과묵하던 남자, 어쩌다 눈이라도 마주치면 목례만 하던 가무잡잡하고 다부진 체격의 그 남자는 지금 어떤 상태일까. 그의 의식은 돌아왔을까. 눈에 흰자위만 보이던 게 마음에 걸린다. 거구의 미국 경찰이 노인을 앞세우고 또 한 명은 '오진주'와 나를 에스코트인지 체포인지 아리송한 태도로 복도로 내몬다. '엘초로' 식당에서 이민국 직원이 합법적인 영주권자들에게 불손하게 대했듯이, 경찰들도 마찬가지구나. 가슴이 먹먹하다.

나는 강의실 밖으로 나서기 전 한 번 더 강의실을 휘 둘러본다.

'내일도 이 강의실에는 많은 한국인 영주권자들이 빼곡히 들어앉아 미합중국의 헌법과 짧은 기간에 세계 정상에 우뚝 선 아메리카의 우수성과 역사, 종교의 자유에 대해 배우겠지. 오직 미국의 합법적 국민이라는 보장을 위하여….'

경광등이 돌아가는 경찰 세단 앞에서 멈칫한다. 이국땅에서 경찰차를 타게 될 줄은 정말 몰랐다. 거센 빗줄기가 방수 트렌치코트 자락을 휘감는다. 서쪽 하늘에서 바람에 떠밀려 시커먼 비구름이 몰려오는 게, 당분간 비는 그치지 않을 것 같다.

경찰이 다소 거칠게 '오진주'와 내 머리를 숙여 차 안으로 밀어 넣는다. '오진주'가 내 손을 꼭 붙잡는다. 어린아이가 엄마 손을 놓치면 어쩌나 불안에 떨듯이, 오늘 오후가 너무 무섭고 길다. 이제 우리는 또 하나의 길고 긴 터널 앞에 서 있는가.

꽃과 그늘

박병관 作
유화, 가로 61cm X 세로 45.5cm

1

 3일전, 플로리다 고교에서 있었던 무차별 총격 사건 후, 생사고비를 넘긴 학생들이 주도한 '이제 그만' 슬로건은 전국 캠페인으로 번졌다. 총기에 희생된 17명에게 1분씩 17분간 묵념 시위로 시작된 데모는 뉴욕과 워싱턴의 주지사도 합류했고, 우리 학교도 아침부터 운동장에 모이기 시작했다. 운동장쪽으로 걷던 발걸음을 깜짝 놀라 되돌린다. 우리 식구 생계를 책임져야 하는 내가 언감생심 데모에 가담하려 하다니, 돌아선 나는 뒷길로 빠져나온다. 대통령도, 그 누구도 총기 규제에 대한 언급은 없었다. 참사에 사용된 AR-15 총소리와 아이들의 공포에 질려 두려움에 떠는 모습이 빌딩 벽 광고판 화면에 클로즈업 됐다.
 "우리는 아이들입니다. 당신들은 어른인데 어른이라면 무엇인가 조치를 취해야 하는 것 아닙니까? 정치는 뒤로하고, 제발 뭔가를 하십시오. 이제 누군가 대신 해주기 전에 스스로 우리 생명 우리가 지킵시다. 총기 없는 세상이 돼야 합니다."

12학년 학생이 절규하는 모습이 다시 화면을 가득 채운다.

학교 안에서까지 총소리가, 우리는 불안에 떨면서 공부한다. 어떻게 인간은 어른이 되면서 용광로에서 갓 꺼낸 쇠붙이가 굳어지듯, 욕망과 비정함으로 바뀌면 되돌릴 생각조차 하지 않는 것인가! 여러 가지 생각이 가슴속 깊은 곳에서부터 부글부글 끓어오른다. 오늘은 단 몇 시간이라도 더 일할 수 있으니 수입이 조금 넉넉해지면 동생이 좋아하는 아이스크림을 사 줄 수 있다. 서둘러 식당으로 향한다.

식당 근처에 도착했을 때, 사람들이 웅성거리고 술렁이는 것이 보인다. 여러 대의 경찰차 경광등이 쉼 없이 돌아가며 번쩍거린다. 줄줄이 이민국 직원에게 붙잡힌 식당 종업원들이 차에 우격다짐으로 실린다. 여기까지 오면서 본능적인 어떤 불길한 초조함에 내내 불안했었다. 내 불안이 적중한 듯 최악의 상태가 벌어졌다. 이 식당 종업원들은 주로 불법체류자들이다. 나는 뒷걸음을 쳤다. 그곳을 어떻게 빠져 나왔는지 등줄기가 비 맞은 것처럼 젖었고 위 아랫니가 딱딱 맞추며 덜덜 떨고 있었다.

'조금 늦게 이민국 직원들이 도착했다면 나도 잡혔겠구나!' 싶어 모골이 송연하고 머리카락이 불밤송이처럼 일어났다. 그동안 식당에서 일하는 동안 강화된 이민 정책 때문에 마음이 조마조마했었다. 내 눈 앞에서 벌어진 현실에 아연실색했다. 실낱 같은 희망조차 흩어져 날아간다. 아! 새로운 일자리를 어떻게 찾아야 하나! 무엇인가 해야 살 수 있다는 강박관념이 짓누른다.

　나의 분노가 내 몸속 모든 장기들과 함께 뒤틀려서 부풀어 오른다. 용암처럼 지글거리며 치고 올라오는 이 분노는 누구를 향한 것인가! 천식은 폐로 연결된 통로인 기관지에 만성염증이 생겨서 좁아지며 심한 기침과 가래가 많아지고 수축하기 때문에 호흡곤란이 발생하는 질환이다.

　어제처럼 엄마가 급성발작으로 기관지가 막혀 입술이 검푸르게 변하면 내 곁을 떠날까봐 왼 몸이 사시나무 떨리듯 덜덜 떤다. 그 순간의 공포를 어떻게 설명할 수 있겠는가, 흡입형 스테로이드와 증상 완화제에 매달린 엄마가 나에게 돌덩이를 가득채운 배낭을 메고 필사적으로 언덕을 오르게 만들었다.

　나는 스마트폰을 열고 '방탄소년단'의 노래를 클릭한다. 이어폰을 끼고 급히 버스 정류장으로 향한다. 쉽게 일자리를 구할 수 있는 담배 밭에서 노동을 하기로 결심이 서자 마음이 모지락스럽게 굳어진다.

2

　담배 밭에 도착하자 시계바늘이 정오를 막 지나고 있었다. 칠월 초에 피는 담배 꽃들이 고국의 봄 산등성이에 펼쳐진 진달래꽃처럼 분홍빛으로 물들었다. 담배 꽃들은 바람에 실려 허공에 떠 있는 것처럼 보이고 그 꽃잎을 바람이 쓸고 지나면서 쏴쏴 소리가 났다. 트럼펫처럼 흰색 부분이 길고 차츰차츰 분홍빛을 띠면서 진분홍색인 나팔모양 꽃잎이 다섯 개가 달려 있고 한 꽃대에 스무 개도 더 되는 꽃송이들이 다다귀다다귀 붙어 있었다.

미국에서 합법적으로 살기 위해서는 영주권이나 노동허가서가 꼭 필요하다. 담배 밭엔 여러 나라에서 온 많은 이민자들이 일하고 있다. 불법체류자를 단속하는 이민국 직원의 눈을 피할 수 있고 맘 졸이지 않고 하루를 견딜 수 있다. 한 그루가 1미터 50에서 2미터나 되는 담배 잎으로 우거진 수만평을 뒤져 불법체류자를 찾기란 쉽지 않다. 미국의 노동법은 12세부터 학업시간을 제외한 이후는 농장에서 일할 수 있지만, 담배 밭에서는 18세 이상만이 노동을 하게 돼 있다.

나는 조잘대는 소리가 들리는 곳으로 가까이 갔다. 검은 쓰레기봉투로 몸을 감고 꽃을 꺾는 중이라 검은 동물이 꿈틀대는 것처럼 보였는지 모르겠다. 열두어살쯤 된 것 같은 아이들이 꽃을 꺾으며 서로 재잘대고 있었다.

"인도에서는 굶는 날이 많았고, 미국은 별천지인 줄 알았는데, 지금 내 꼴이 뭐냐?"

"일할 수 있어서 식구들이 먹고 살잖아. 난 꼭 대학에서 건축학을 공부하고 아름답고 튼실한 집을 짓는 건축기사가 될 거야."

"넌 꿈도 야무지다. 내일을 모르는 암울한 시점에서 미래의 희망을 가질 수 있으니….

"그래도 꿈을 크게 가져야지. 선생님이 작은 일에 성실하지 못한 사람은 큰일을 할 수 없다고 했어."

"네 말이 옳다." 아이들 말소리가 들렸다.

담배 꽃은 감자알이 튼실하게 자라도록 꽃을 따버리듯, 담배 잎도 무성하게 커지도록 꽃은 물론이고 꽃대 맨 위 옆 순들까지 잘라내야 한다. 꽃이 피기 전에 꽃순에 제초제를 바르고 밭골에도 제초제를 뿌려 풀들을 죽인다. 이곳은 많은 일손이 필요하다. 버스 타고 오는 동안 내내 인터넷으로 담배 밭일을 훑어보았다. 좀 전에 식당 앞에서 있었던 일이 어룽댄다. 잡혀 간 종업원들과 가족과의 이별이 나를 더 뒤숭숭하고 산란하게 만드는 것인가! 명치 끝이 망치로 일격을 당한 듯 통증이 요동을 친다.

그날, 나는 그곳에서 담배 꽃대를 꺾고 있는 한국인 같은 소녀를 보았다. 열두어살쯤 됐을까! 발육상태로 보아 열살 정도인 것 같기도 했다. 깡마른 어린 소녀는 까무잡잡한 작은 얼굴에 작은 입, 도톰한 입술이 더욱 눈만 커다랗게 보였고, 콧구멍이 약간 들린 들창코였는데 그 약간 들린 코가 내 눈에는 매력적으로 보였다. 그 소녀도 검은 봉투를 입었다. 반가운 마음에 아는 체를 했다.

"난 '서진형(徐進炯)'이야. 코리아에서 왔고 17살이야. 너도 한국 사람 같은데 네 이름은?"

소녀는 좀 놀란 듯 그 큰 눈을 크게 뜨고, 주위를 두릿두릿 둘러보다가 몸을 송그린다. 나를 보는 것 같기도 하고 어딘가

꽃과 그늘

먼 곳을 헤매는 것처럼 보인다. 눈물을 머금은 듯 젖은 눈동자 속에 안타까이 지난 기억을 더듬는 것 같았다. 소녀의 시선은 아무것도 담고 있지 않았다. 초점을 잃은 눈빛으로 바라볼 뿐 말이 없다. 기침만 심하게 한다. 담배 꽃대를 꺾는 손놀림이 기계처럼 움직인다. 왜 낯을 가리는 것일까! 고개만 갸우뚱했다. 나도 일에 열중하느라 더 이상 묻지 않았다.

강렬한 태양 빛에 땀이 물처럼 등줄기를 타고 흘러내린다. 살인적인 더위가 오후 2시를 지나고 있다. 누군가 나를 힐끗거리며 본다는 느낌에 휙 돌아본다. 한국 아이냐고 내가 물었던 소녀가 더 강렬하게 내 심장을 관통이라도 할 것처럼 쏘아본다. 여전히 말은 없었고 기침이 심상치 않다. 많은 어린이들은 힘든 일이지만 서로 재잘대며 까르르 웃기도 한다. 오직 그 소녀만 말이 없다.

"저 아이는 왜 말 하지 않니?" 옆에 있는 아이에게 내가 물었다.

"주인이 입양한 딸인데 이름이 '마리안'이야. 하루 종일 말이 없지만 듣기는 하는 것 같아. 이름을 부르면 돌아다봐."

'마리안'은 갑자기 여자의 딸이 아니라는 거부감 같은 눈빛으로 짙고 어두운 피곤함을 떨쳐내지 못한 채 나를 바라본다. 나는 그녀를 스치고 지나가는 불안함과 초조한 그늘을 보았다. 절망의 끝자락에서 안간힘을 쓰는 한 마리의 작은 새 같았다. 아이는 곧 누진 기운의 시선을 접었다. 저 아이가 듣든 말든, 구멍 뚫린 나무에 대고 '임금의 귀는 당나귀 귀' 소리쳤던

동화 속 이발사처럼, 이 답답한 심사를 토해 내지 않으면 가까스로 지탱한 마음의 버팀목이 와르르 무너질 것 같다. 나는 한국말로 말하기 시작한다.

"내 아빠는 G그룹 지사장이셨어. 본국으로 보직 없이 발령이 나자, 미국에서 정착하려고 투자이민 신청을 했지. 투자이민 변호사는 사기꾼이었어. 사기를 당해 투자이민은 물거품이 됐고, 투자금을 회수하기 위해 애쓰던 아빠가 역주행하는 음주 운전자 차와 정면충돌 교통사고로 돌아가셨어. 비자 기한이 지나자 나는 영주권은 없지만 내쫓기지 않는 추방유예(DACA) 청소년이 돼 버렸다. 그런데 새 대통령이 우리를 추방하려는 쪽으로 몰고 있어. 자세히 말하자면 너무 길어. 아빠가 안 계시니 하루아침에 나락으로 떨어졌지 뭐냐. 우리 할머니가 유명한 작명소에서 거금을 주고 내 이름을 나아갈 '進' 빛날 '炯' 진형이라 지었다는데 지금 내 앞날이 빛날 일이 있기는커녕 내 처지가 풍전등화처럼 돼 버렸단다."

나를 돌아보던 '마리안'이 나를 동정어린 눈빛으로 바라보는 것 같았다. 내 느낌이었을까! 아니면 그냥 그렇게 바라보았을까! 무엇인가 감추고 싶다는 음울한 냄새가 풍긴다. 왠지 아이는 내 안에 하오의 햇살처럼 깊숙이 비집고 들어왔다. 아마도 동족일지 모른다는 느낌이었을까! 나는 방탄소년단의 '왜 내 맘을 흔드는 건데' 노래를 스마트폰에서 흘러나오는 대로 따라 부르기 시작한다. 아이들이 아는 체를 한다.

"나 그 노래 알아. 요즘 빌보드 차트에 올라온 두 번이나 1

위를 한 '방탄소년단' 노래 맞지?"

 나는 고개를 끄덕이며 더 큰 목소리로 "왜 내 맘을 흔드는 건데" 몸까지 흔들며 춤까지 춘다.

3

 '마리안'은 본능적으로 자신을 보호하기 위해 빨간 비상등을 빠르게 작동시키는 지혜가 몸에 밴 듯, 어두운 그늘에서 재빨리 카멜레온처럼 평온을 되찾는다.

 소녀와 나는 말없이 담배 꽃가지 끝에 뾰족이 내민 여러 갈래의 꽃순을 빠른 손놀림으로 꺾어 버린다. 꽃순을 꺾던 내가 설핏 소녀를 보았는데 꽃대를 꺾을 때마다 다양한 표정을 보였다. 금방이라도 꽃대처럼 꺾여 송두리째 무너져 내릴 것처럼 절망스러움이라던가, 징그러운 벌레를 본 것처럼 진저리를 친다던가. 몸 어딘가를 칼로 베인 듯 강력한 통증을 견디느라 필사적인 안간힘이 소녀를 훑고 지나간다.

 가끔 아이는 감시하는 눈초리에서 벗어나고 싶은 것처럼 휘 둘러본다. 밭고랑 그 넘어 왼쪽에 잠시 고정된 시선을 접고는 움찔 공포에 질린 듯 파리한 얼굴로 고개를 떨어뜨린다. 나는 고개를 갸웃거리다가 아이가 둘러보던 담배 밭 골 저편을 바라본다. 많은 일꾼들이 꽃을 꺾고 있었고 별다른 이상한 일은 없다. 꽃을 꺾는 일과 간혹 들리는 기침소리, 아이들이 재잘대며 웃는 소리가 담배 꽃 사이로 너울너울 바람을 타고 날아간다.

　아이는 꽃을 꺾다가 불안한 시선을 좌우로 살짝 곁눈질한다. 무엇을 찾는 것처럼 뒤를 돌아보고 두려움에 떨고 있다. 나는 잽싸게 뒤를 돌아본다. 멀리 밭고랑 사이를 체구가 큰 사람이 걸어오는 것이 보인다. 아이는 절망의 늪에서 더 이상 허우적거릴 힘을 잃은 채 깊은 늪 속으로 가라앉아 가는 것 같다. 휘 둘러보면서 무엇을 보고 절망하는지, 알 수가 없다. 아이가 하늘을 한 번 쳐다보고 담배 밭 뒤를 돌아본다. 재빨리 나도 돌아본다. 좀 전에 본 체구가 큰 거구의 중년남자가 십 미터 뒤에서 일하는 것이 보인다.

　그는 우연히 옆 담배 밭을 본 것처럼 고개를 돌리고 꽃을 꺾는다. 좀 떨어져 있어서 자세히 보이지 않았지만 밭고랑으로 걸어가던 사람이 분명하다. 저 사람 때문에? 아이가 자지러지듯 진저리를 치는 이유는? 왜? 나는 고개를 갸우뚱하고 어깨를 으쓱한다. '마리안'이 말을 하지 않아 소통도 되지 않고 돈벌이가 급급한 내가 누구를 참견할 처지도 아니라는 생각이 앞선다. 바퀴 달린 수레에 버려진 꽃대들을 차곡차곡 실어 놓아야 했기 때문에 마음이 조급했다.

　'노스캐롤라이나'는 한국과 비슷한 기후다. 장마가 없고 담배 건조 시기인 7-8월에 강우량이 적어 담배 재배에 좋은 조건이다. 인류 최고의 기호품과 '마약' 사이를 오가고 있는 담배, 그 담배 때문에 여기서 일하는 일꾼들은 생계를 유지하지만, 진득진득한 담뱃진액이 묻은 손은 까맣게 변하고, 착착 붙는 촉감은 소름이 돋고, 니코틴과 화학성분이 일꾼들을 조금씩 갉아먹는다. '마리안'에 대해서 아무것도 모르지만 시간이 지날수록 소녀의 얼굴에 피어 있던 적대감이 담배 꽃처럼 분홍빛으로 햇빛을 하얗게 튕겨내며 입가에 미소를 매달고 다가오는 듯하다. 아마도 같은 동양인이라는 친근감이었을까!

소녀가 내 옆에서 담배 꽃순을 꺾고 있다. 아무리 제초제를 바르고 또 발라도 꽃대들은 꽃을 피우려고 기를 쓰고 올라온다. 바람도 없고 후끈거리는 태양열에 짜증나는 오후다. 갑자기 옆에서 한국말로 푸념하는 소리가 작게 들린다.

"정말 징그러워 죽겠네. 그렇게 살고 싶니? 그냥 죽어, 죽어, 죽어."

아이는 울먹이며 흐느낀다. '마리안'은 오직 꽃과 단 둘이 있는 듯, 꽃을 내려다보며 울음 끝에 물려 딸꾹질까지 한다. 이제껏 말이 없던 '마리안'이 벙어리가 아니라는 충격에 입을 딱 벌리고 아이를 쳐다보았다. 잠시 그렇게 있었다. '마리안' 하고 내가 불렀다. 아이는 꽃에 증오의 시선과 욕설을 퍼붓고 있어서 내가 불러도 대꾸가 없다. '마리안' 하고 크게 목소리 톤을 높이자, 아이가 몹시 놀랐는지 몸을 움츠려서 더 작아 보인다. 천천히 돌아선 그 얼굴엔 팽창할 대로 팽창한 동공이 놀란 토끼 눈처럼 빨갛게 충혈 되어 있다.

"너 나와 같은 한국 사람이구나. 아까는 왜 말하지 않았니? 하긴 하루 종일 꽃만 꺾으니 얼마나 힘들면…. 나도 담배 꽃이 너무 밉다."

아이를 돌아본다. 아이는 웃음인지 울음인지 분간할 수 없는 표정으로 마치 자신의 내면을 침해당한 듯 비 맞은 작은 새처럼 떤다. 무슨 말을 하고 싶은데 나를 믿어도 될까, 의심이 드는 모양이다. 잠시 침묵이 흐른다. 침을 꿀꺽 삼키는 소리가 들린다.

아이는 휘 둘러보다가 건너편에 누구를 찾는다.

"누구 찾아? 그 덩치 큰 사람? 왜?"

"아무것도 아니야."

아이는 머리를 살래살래 흔든다. 내가 뒤를 휘 둘러본다. 거인이 보이지 않는다. 어디로 갔을까!

'마리안'은 간절한 눈빛으로 나를 바라본다. 앙상한 나뭇가지처럼 뼈만 남은 소녀의 야윈 손을 힘껏 잡았다.

"할 말 있으면 해. 우린 동족이잖아? 한국 사람은 너와 나뿐인데 믿어."

아이는 조금 안심이 되는지, 담배 잎 그늘에 숨어서 보다 엷은 빛의 미소를 지었다.

하지만 그 엷은 미소 속에 숨겨진 외로운 눈빛을 보았다. '마리안'은 담배 밭 너머를 뚫어지도록 쏘아보다가, 무슨 대단한 결심이라도 한 것처럼 우울하게 말하기 시작했다.

"꽃을 꺾을 때, 담배진액이 묻으면 어지럽고 토할 것 같아. 끈적거리는 진액은 징그러운 거미가 실을 뽑아내며 벌룩벌룩 기는 것 같아. 아~, 아~, 나 어떻게 해."

아이가 길게 숨을 토해내듯 창자 속에서 끌어낸 비명소리가 아득히 부서지며 흩어진다.

'마리안'이 비틀 중심을 잃는다. 내가 '마리안'을 붙잡는다. 눈물 자국이 말라붙은 채 멈추지 않는 기침과 끊어지려는 호흡을 잡기라도 하려는 듯 허우적거린다.

"어린 네가 매일 똑같은 일만 하고 니코틴에 중독돼서 어지러운가보구나! 가엾은 것. 정신 차려! 네가 하루 종일 담배 꽃을 따버리니, 그런 생각을 하게 됐나봐."

"너 한국 이름 없어? 부모님은? 나이는? 어떻게 입양됐어?"

묵묵부답이던 '마리안'이 무슨 결심을 한 듯 했지만, 곧 불안한 시선으로 나를 유심히 뚫어져라 쳐다본다. 그리고 다시 휘둘러본다. 어디선가 감시의 눈초리가 없나 살피는 것 같다. 그 표정은 무의식 깊은 곳에 자리잡은 자기방어 태세로 보인다. 잠시 뜸을 들이던 아이가 말하기 시작한다. 애절하고 절절함이 배어 있는 목소리다.

오후 3시의 태양은 모든 물체를 태우려는 듯 지글지글 끓고 있다. 바람 한 점 없다. 담배 잎 사이로 뜨거운 열기가 화살처럼 쏟아진다. 내리꽂히는 햇볕은 담배 꽃과 잎사귀를 느적거리게 만든다. 어지럽고 메스껍다. 옆에 있는 물통의 물을 벌컥벌컥 마시고 머리에 쏟아붓는다. 통증보다 더 참기 어려운 것이 메스꺼움이다. 꽃을 꺾고 또 꺾는다. '마리안'의 기침소리가 높낮음의 불협화음을 내고 힙합 뮤직 선율은 말벌들이 왕왕거리는 소리 같기도 하다.

"'마리안', 너 휴식 시간에 꼭 쉬도록 해. 계속 일만 하지 말고….”

"형, 뭐 비밀도 아니니까, 어지러워도 계속 일해야만 해. 이름도, 나이도, 내가 왜 길에서 울고 있었는지 몰라. 길에서 차를 멈춘 주인 아줌마를 만났어. 얼마나 친절하고 따뜻했는지 몰라. 너무 춥고, 배고프고, 두려웠었어. 배고픈 것은 생각만 해도 무서워. 며칠이나 굶었는지 몰라. 배고픔의 공포 때문에 아줌마가 아닌 누구라도 따라갔을 거야."

"입양된 양녀라며? 딸이라면 이렇게 일을 시키는 것은 아니라고 봐. 학교는 가니? '마리안'이란 이름은 누가 지어주었니? 저 남자는 누구야?"

"주인 여자가…. 죽은 자기 딸 이름이 '마리안'이래. 납치됐고, 성폭행 후 살해됐다고 했어. 너는 다시 찾은 내 딸이니 '마리안'이라고 불렀어. 기억이 돌아오면 부모님을 만나 학교도 갈 수 있댔어. 난 아직 아무것도 기억이 나지 않아. 답답해 죽겠어. 주인 아줌마는 밤에 죽은 딸 이름을 부르며 비통하게 울어. 담배 연기를 허공에 뿜어대고, 헤죽헤죽 웃었다가, 미친 듯이 깔깔대며 '마리안, 어디 있니?' 불안정한 발걸음으로 온 집안을 돌아다녀. 그리고 극도의 공포에 휩싸인 듯 심하게 떨리는 목소리로 애절하게 딸을 찾아. 그 순간들이 난 너무 무섭고 소름끼쳐서 구석에서 벌벌 떨어. '고릴라처럼 생긴 남자에게 너 때문에 내 딸이 죽었다. 너도 죽어.' 소리 지르면 그놈은 죄인처럼 구석에서 웅크리고 있어. 죽은 딸을 찾을 때는 똑같은 말을 할뿐이야. 둘 사이가 무슨 관계인지는 몰라. 이름 같은 것 아무려면 어때. 아줌마 만났을 때 이미 기억을 잃어버린 후였는데….”

'정식으로 입양된 딸도 아니었구나.'

나도 담배 꽃을 따 버리는 일과 추방 위기란 최악의 상태까지 감수해야 되는 위험 속에 있다. 매 순간이 뒷목덜미를 찍어 누르는 초조함으로 견디는 중이다. 추방의 공포가 뾰족이 고개를 든다. 저벅저벅 내 뒤를 밟는 소리가 들려, 있는 힘을 다해 도망치는데 제자리다. 새우처럼 꼬부린 채로 잠든 탓인가! 시시각각 조여 오는 불법체류자와 추방유예 청소년들에게 가해지는 빨간 신호등 앞에서 조바심을 친다.

4

점심시간에 온두라스에서 온 '헨리'가 말했다.

"공부나 할 나이에 오죽하면 여기를 왔겠나! 묻지 않으마."

점심 준비도 없이 온 나에게 그는 샌드위치 한 개를 주었다. 다른 일꾼들도 음식을 나누어주었다. 헨리는 본국에서 공과대학을 졸업했지만 자신의 전문직을 찾기가 어려워 여기에서 일한다고 했다.

"'헨리', 미국의 노동법은 담배 밭에서 일하려면 나이가 18세 이상만이 가능한데 왜 저 많은 어린 아이들이 여기서 일하나요?" 내가 물었다.

"몇 년 전 당시 노동부 장관이 담배 재배 농장과 트랙터 사용 농장 일이 어린 아이들에게 위험한 일로 규정하는 안을 제안했는데, 담배 농가 단체들과 공화당 의원들이 거세게 반발해, 연방 행정부가 그 규제안을 철회했다는구나. 그러니 여기서 일하는 아이들이 니코틴에 중독되어 발육 중인 아이들 신경 시스템과 생식기에 문제가 생기거나 말거나, 방관하는 이유는 선거에 영향을 받을까봐 정치적인 노림수가 있는 거야. 그뿐인 줄 아니? 연방정부가 어린이 노동을 규제할 가능성이 보이지 않자, 미국 소아과협회, 전국 소비자연맹, 여러 단체들이 18세 미만 아이들을 고용하지 못하도록 대외적으로 알렸지만, 여기서 일하는 저 많은 어린이들을 보면 탁상공론일 뿐이지."

그의 말을 받아 다른 일꾼들이 다 아는 사실이라고 덧붙였다.

정치적인 문제가 개입되어, 총기에 스러져가는 사람들과 이곳에서 일하는 아이들만 보이지 않는 뒷골목에 어질러진 오물 같다. 어린이들을 갉아먹는 음산한 기운이 감싸고 있는 것은 분명하다. 하지만 허기진 우리 식구의 생계를 짊어진 내가 할 수 있는 일은 무엇일까! 아침마다 엄마의 다짐이 왕왕거린다. "지금 너에게 무슨 일이 생기면 우린 굶어 죽어! 끝장이야!" 절박한 엄마의 목소리…. 학교에서도 투명인간처럼 지낸다. 적막은 두려움을 더 가중시킨다. 휴대전화에서 흘러나오는 '방탄소년단'의 노래만 따라 흥얼거린다. 지금 내 맘을 흔드는 것은 과연 무엇인가!

니코틴 성분이 함유된 이슬이 피부에 닿지 않도록 일꾼들이 마스크와 모자를 쓴다. 니코틴은 담배 피울 때만이 아니다. 숨을 쉴 때와 피부에 닿을 때, 그 성분이 폐속으로 흡수되어 어지럽고 구토가 난다. '마리안'에게 스마트폰 사용법을 알려주면 나에게 좀 더 마음을 열지 않을까! 폰을 열고 방탄소년단 노래를 클릭한다.

"'마리안' 내가 '엑소'에서 '방탄소년단'으로 갈아탔다. 방탄소년단의 '왜 내 마음을 흔드는 건데' 노래 들어 볼래? 스마트폰 사용법도 알려줄게, 해봐."

나는 아이에게 폰을 내민다.

"해봐도 될까? 그런데 갈아타는 것은 뭐야?" '마리안'이 호기심이 가득한 어조로 묻는다.

"그 말은 좋아하는 가수를 바꿨다는 말이야. 우리 젊은 아이들이 쓰는 '신조어'라고나 할까!"

'마리안'이 계속해서 스마트폰의 앱 들을 터치한다. 쉬운 것부터 가르쳐줄게, 말했지만 키보드만 여기저기 누른다.

"한 번도 스마트폰 본 적 없어?"

"못 보았어. 그런데 이런 노래 들어 본 것 같아."

"잘 기억해봐. 전에 아빠 엄마 본 기억이 날지도 모르잖아?"

"난 아무것도 생각이 나지 않아."

'네가 진짜로 원하는 게 뭐야?' 노래는 계속 흐른다. 아이가 갑자기 내가 원하는 건, 목이 메어 입을 다문다. 아이의 이지러진 얼굴 위로 햇살이 쏟아진다.

무엇인가 섬뜩한 느낌, 감시자의 눈초리가 스멀거리는 이 촉감은? 나는 돌아보지 않고 잽싸게 전화기를 끄고 주머니에 넣는다. 거인이 다가오고 있었다. 그를 보자 너무 놀라 입이 딱 벌어졌다. 구척 장신에 떡 벌어진 어깨, 레슬링 선수처럼 굵은 목, 탐욕으로 생긴 눈언저리의 굵은 주름, 우뚝 솟은 코, 움푹 팬 양볼, 유난히 긴 인중에 콧구멍 속이 훤히 들여다보였다. 그는 '나의 청춘 마리안' 영화에서 보았던 주인공 남자로 착각할 정도였다. 그는 인간이 아닌 고릴라 같았다.

아이는 안절부절 못하고 불안에 떨고 있었다. 저 남자가 누구인데 아이가 저리 얼굴이 창백하게 질리는 것일까! 의아스러워 고개를 갸웃댄다. 빨리 '마리안'과 가까워져서 기억을 찾게 해주고 싶다. 거인은 어떤 시위가 끝난 것처럼 슬그머니 사라졌다.

"'마리안', 잘 생각해봐. 부모님을 찾아야지. 여기서 벗어나야 된다."

"나는 거대한 고래 속에 빨려 들어갔다가 고래가 숨을 토해낼 때 빠져 나온 꿈만 꿔. 많은 사람들이 있었어. 비명소리가 파도소리에 섞여서 괴물이 품어대는 소리처럼 들렸어."

"너 지난번 플로리다 주를 강타한 허리케인 때문에 바다에 빠졌다가 파도가 육지를 덮칠 때 그때 살아나왔나봐. 꿈은 현실의 연속일 수 있어. 요즘은 5, 6월에도 허리케인이 일어난다. 지구 온난화 때문이지."

"그럼 엄마와 아빠는?"

"네가 기억을 잃어서 두 분이 널 찾고 있을지도 몰라."
'마리안'의 부모는 죽었을지도….
"이것저것 말해봐. 실마리를 찾아서 네 기억을 되찾고 여기를 벗어나야지."
'마리안'은 또 깜박 졸다가 사다리에서 휘청 비틀거렸다. 내가 붙잡았다. 정신을 가다듬고 기억을 찾도록 노력해보라고 했지만, 길게 하품만 한다. 잠이나 실컷 자봤으면 그 목소리가 간절하다. 수면 부족이 사고 능력을 떨어트려 기억을 찾고자 하는 의지조차 없어 보인다.
"난 담배 꽃만 꺾어버리고 밤새 시달리고…."
'마리안'이 웅크렸다. 하지 말아야 할 말을 한 것처럼, 눈동자가 떨고 있었다. 또 나를 믿어도 될까, 망설임이 분명하다. 기침이 심상치 않다. 병원에 가야 될 것 같은데….
"아줌마가 병원에 데리고 가지 않아?"
아이는 아무 말이 없다. 기침이 계속 멈추지 않는다. 피지 못하고 꺾이는 담배 꽃이 허공에 날린다.
"나는 유령인 셈이야. 아줌마는 내가 기억이 돌아올 때까지 기다려야 된다고만 해. 처음 형이 한국말로 나에게 말을 걸었을 때 얼마나 반가웠는지 몰라. 죽을 것 같은 이곳에서 벗어날 수 있을 것 같아서…. 형, 나 좀 도와줘. 살고 싶어. 여기서 도망칠 수 있게 해줘."
'마리안'은 맹수에 쫓기는 어린 사슴처럼 필사적인 모습이었다.

5

 6시가 막 지났다. 자주빛 색조를 띤 저녁노을이 구슬프게 아름답다. 담배 나무는 검은 녹갈색으로 빛나고, 연보라빛이 청회색 구름들 사이에 길게 놓여 있다. 구름조각들이 퍼즐을 맞추듯 이리저리 떠돈다. 누렇게 익어가는 담배 잎을 따는 일이 끝나면 이 일도 끝이다. 그때는 철새가 계절을 따라 떠나듯 또 다른 일자리를 찾아야 한다. 내일이 없는 암담함을 걱정만 할 수는 없다. 지금 한 푼이라도 더 돈을 벌어야 한다. '마리안'이 아이돌 음악을 들려준 후로 마음을 많이 열었다.
 "부끄럽지만 그래도 말할게. 말을 하지 않으면 죽을 것 같아."
 "무슨 말이건 다 해봐."
 '마리안'의 기침은 숨이 멈출 것처럼 심하다. 내게로 돌아선 아이의 얼굴은 퇴색된 옛날 벽화 같다. 눈에는 졸음이 가득하다.
 "처음 도착했을 때, 며칠을 굶었으니 위를 달래야 된다며 따뜻한 우유와 고기국물을 주었어. 허겁지겁 먹는 나를 천천히 먹으라며 냅킨으로 입술에 묻은 우유도 닦아주었어. 정겹게 엄마처럼, 정말 엄마처럼, 부드러운 눈빛으로 바라보았어. 얼마나 친절했는지 몰라. 정말 딸처럼 다정하게 대했었는데…. 굶었다가 먹은 포만감인지, 졸음이 쏟아졌어. 늪속으로 빠져들어가듯 깊은 잠속으로 빨려들었어."

"무엇인가 답답하다는 느낌에 깼어. 내 옷이 벗겨져 있고 알몸인 채로 나를 꼭 끌어안은 주인 여자의 씩씩대는 숨소리와 물컹한 그녀의 유방이 나를 짓눌러서 답답했던 거야. 그녀가 얼굴을 쳐들었는데 그녀의 파란 눈에서 '스타워즈 무비'에 나오는 레이더 총처럼 파란빛 같은 것이 뿜어져 나왔어. 내 가슴을 손아귀에 쥐고 빨고 개처럼 핥고, 그녀의 젖꼭지를 내 입에 넣으려고 하자, 입을 꼭 다물었어. 두 손가락으로 코를 막았어. 숨을 쉴 수가 없어서 발을 버둥거렸지. 아~ 더는 말 못하겠어. 징그럽고 충격적인 밤이었어. 죽을힘을 다해 반항했지만 나의 거부가 칼날처럼 예리한 통증으로 돌아왔어. 그녀가 나가고 저 놈이 채찍을 가지고 들어왔어. 벌거벗은 몸을 보이는 것이 더 치욕이었어. 살이 찢겨지는 통증, '형' 한 번 볼래? 내 등에 채찍으로 맞은 자국들, 채찍을 휘두른 자가 형이 고릴라처럼 생겼다는 그 남자야. 난 아줌마보다 작고 약해서 결국엔 굴복하고 말아. 거부할 때마다 채찍질을 당했고 굶겼고…. 내 방문 손잡이가 밖에서 잠금 장치를 해놓아 안에서는 열 수가 없어. 굶는 것과 통증, 쏟아지는 졸음, 얼마나 고통스러운지 몰라. 그래도 채찍질과 굶는 것보다 이곳을 빠져 나가고 싶었어. 아직 일이 끝나지 않았을 때 담배 나무 사이 틈새로 걸어서 거의 다 벗어났었어. 언제 내 뒤를 밟았을까! 저 고릴라에게 등덜미를 잡혀서 그의 손아귀에 대롱대롱 매달렸어. 방에 질질 끌려 들어와 얼마나 채찍으로 맞았는지, 살이 찢어지고 피 범벅이었어. 일주일은 침대에서 나오지 못했어. 아! 더는 도망가는 것 포기했어. 하라는 대로 하는 수밖에….”

 어떻게 이런 일이, 그런 위악을 떨 수가! 망치로 뒤통수를 일격당한 듯 아득하고 어지러워 사다리에서 떨어질 뻔했다. 비정함과 도덕이 마비된 짐승 같은 것들에게 나는 이를 부드득 갈았다. 낮에 일을 시켜 혹사시키는 것도 부족해 밤에 더러운 짓까지, 분노가 폭발한다고 해결책은 없다. 마음을 가라앉힌다. 잠시 침묵이 흐른다.

 “마리안, 네가 이곳을 벗어날 수 있도록 학교 선생님께 부탁해야겠다. 선생님이 SNS나, 페이스북에 네 사진과 네 사연을 올리면, 부모와 친척들이 인터넷을 보고 달려올 거야. 곧 여기서 나갈 수 있어. 자, 네 얼굴 잘 보이도록 사진 찍자.”

 그것밖에 해줄 수 있는 일이 없는 나라는 존재가 비굴해서 견딜 수가 없다. 우리 가족은 어디로 향하고 있는가! 엄마와 동생은, 정의롭게 사는 것이 내 인생의 '모토'라고 자신 있게 말할 수 있니! 나는 내 자신에게 묻는다. 당당하게 어깨를 뒤로 젖히고 싶은데, 자꾸만 고개가 숙여지고 주눅이 드는 것은 왜인가?

 “난 왜 기억이 하나도 나지 않을까? 고래 뱃속에서 나온 꿈만 꾸고….”

 '마리안'이 탈진한 목소리로 말한다. '마리안'이란 이름 때문인가! 영화 스토리가 떠오른다.

 '나의 청춘 마리안' 영화는, 호반에 위치한 남자 기숙학교로 전학 온 '뱅상'이 친구들 장난으로 고성에 갇힌 후, 그곳에서 소녀 '마리안'을 만났고 사랑에 빠졌다. 고릴라처럼 생긴 성주에게 갇힌 채 살던 '마리안'이 까만 승용차 뒤 차창에 두 손을 대고 애절한 눈빛으로 밖을 내다보던 그녀의 사랑과 자유가 세상으로부터 단절되어 이별의 아픔을 주었었다. 안개 낀 성과 호수가 저녁노을에 반사되어, 슬픈 눈빛이 더 슬프게 아름답던 주인공을 어찌 잊겠는가! 할머니가 미국 방문 중에 같이 보았던 불란서 영화였는데 화면 밑에 영어 자막을 이해를 잘 못하시면 내가 통역을 했었다. 아이가 형, 형, 절박하게 나를 부르며 내게로 무너진다. 나는 벌벌 떨리는 두 팔로 아이를 안았다. 눈물이 범벅인 '마리안'은 호르르 긴 한숨을 뿜어냈다.

햇빛이 사위어 가고 지평선의 붉은 노을도 파스텔톤으로 점점이 무채색으로 저물어간다.

"내일 학교에 가서 꼭 선생님께 상의할 거야. 좋은 해결책을 기대하자. 내일 아니면 모레쯤 네 부모님이 인터넷에 올라온 네 사진을 보고 여기로 달려오실 거야. 담배 밭 입구에서부터 큰 소리로 네 진짜 이름을 부르면서 너는 그때 기억을 되찾고 엄마를 알아볼 거야. 너와 엄마가 서로에게 달려가는 모습을 그려봐."

"정말?" 아이는 피곤에 젖은 눈을 비빈다.

"정말 그렇다니까! 내 말 믿어." 내가 단호히 말한다.

'마리안'이 학교생활에 대해 묻는다.

"나 학교 다닐 때 친구가 많았을까? 남자친구도 있었을까? 내 반에 짝꿍이 있었겠지? 궁금한 것이 너무 많아." 아이가 몸시 수줍어한다.
 이 아이가 양친을 만나는 기적이 일어났으면….

6

 오전에 식당에서 잡혀가던 불법체류자들 때문에 경직돼서 인가! 점심 때 이것저것 일꾼들이 준 음식을 넙죽넙죽 받아먹은 탓인지, 배가 사르르 아파왔다. 이럴 때는 이동식 화장실을 사용하고 싶지 않다. 일의 능률을 돕고 편리하게 여기저기 간이 화장실이 있지만, 더러운 파리 때문에 정말 싫다. 수세식 화장실이 있는 건물은 이십 미터쯤에 있다. 왠지 '마리안'에게 화장실 간다는 말을 하고 싶지 않다. 빠른 걸음으로 걷는다. 화장실에 앉았다. 배가 뒤틀리고 통증이 심하다. 진땀이 송골송골 맺힌다. 멀리서 앰뷸런스 소리가 점점 가까이 들린다. 응급차 소리만 들리면 내 심장 박동이 요동을 친다. 아빠가 앰뷸런스에 실렸던 그때가 떠올라 두렵고 또 두렵다. 누군가의 절박한 목소리가 화장실까지 들린다.
 "'마리안'이 사다리에서 떨어졌어. 정신을 잃었나봐."
 마음이 급한데 배는 계속 뒤틀리고 설사가 멈추지 않는다. '마리안'이? 많이 피곤해 했는데, 많이 다치지는 않았을 거야.
 "죽으면 안 돼. '마리안' 내일이면 선생님이 SNS에 네 사진과 사연을 올릴 것인데, 이 안타까움을 어떻게 하라고…."
 아! 내 긴 절규가 담배 꽃 넘어 길게 애절하게 흘러간다.

내가 화장실 밖으로 나왔을 때는 벌써 앰뷸런스 뒷문이 닫치고 바퀴가 굴러가기 시작했다.
"'마리안' 들리니? 형이 도와줄게."
무섭게 달리는 앰뷸런스를 향해 소리치면서 있는 힘을 다해 쫓아간다. 점점 멀어지는 응급차가 야속하다. 일꾼들이 모여 있는 곳으로 터벅터벅 돌아온다.
"아이가 차에 실리기 전, 잠깐 눈을 뜨고 누구를 찾는 것 같았는데, 그 촉촉이 젖은 눈이 얼마나 애절해 보이던지…."
헨리가 돌아서서 어깨를 들먹이며 눈물을 훔친다. 모두가 침울하다.
"에이, 더러워서 정말! 꾹꾹 참아야 되나?"
"인권단체에 고발해야 되는 것 아닙니까?"
"누가 몰라서 하지 않나? 고발하면 너부터 잡혀가!"
그 말이 끝나기 무섭게 애꿎은 발길질, 욕설이 쏟아진다.
주인 여자와 고릴라는 어디로 숨었는지 보이지 않는다. 응급실에 가면 살 수 있겠지. 나는 내 자신을 위로한다. 죽지 마, 살아서 꼭 부모님 만나야 돼, 다음은 경찰이 올 것이고 조사를 하겠지만 일꾼들이 진실을 말할까! 제발, 아이가 가족의 품으로 돌아가기를 간절히 빈다. '나의청춘 마리안' 영화 마지막 장면처럼, 고릴라 남자의 검은 차 뒤 창밖을, 서글픈 눈으로 내다보던 그 모습과 앰뷸런스에 실려 간 '마리안'이 오버랩 되어 가물가물 멀어진다.

대피령

2019년 미주 한국일보 소설부문 당선작

박병관 作
유화, 가로 61cm X 세로 45.5cm

1

 아침이다. 불길 속에서 허우적거리는 꿈, 한동안 그 꿈에서 자유로웠었는데…. 일상 리듬이 망그러진 기분이다. 뒤숭숭한 꿈 때문에 매일 하던 운동을 빼먹을 순 없다. 있는 힘을 다해 스트레칭을 한다. 침대에서 내려올 때 허리가 뻐근하다. 정형외과 의사는 내 허리디스크가 수술할 정도는 아니고 골다공증도 없다고 했다. 다만 골반 뼈가 약해졌으니, 넘어지지 않도록 각별히 조심하고 허리운동을 꼭 하도록 권했다. 의사 조언에 따라 침대 매트리스까지 제일 딱딱한 것으로 바꿨다. 허리디스크를 위한 강화운동과 요가를 끝낸 후 바지와 티셔츠로 갈아입는다.
 '벨 에어' 산속은 새벽부터 새들의 아침인사가 시끌짝하다. 부엉이는 밤에만 우는 습성을 버렸는지 시도 때도 없이 부엉거린다. 시끄러운 새 소리도, 배고파 보채는 아이처럼 칭얼대는 코요테의 울음조차 이젠 무디어졌다. 가끔은 사슴이 짝을 지어 내려온다. 뛰는 소리가 텅 하고 지축을 흔든다. 집 앞 정원의 장미 새싹에 맛들린 사슴은 꽃순을 남겨두지 않는다. 운이 좋은 꽃송이들만 핀다.

오늘 오후 아들이 유럽 출장에서 돌아온다. 떠나기 전 아들의 여자친구 문제로 몹시 심기가 불편했었다. 그 때문인가! 출장 중일 때도 하루에 몇 번씩 전화를 해서 내 안부를 묻던 아들이 도착시간을 문자로 알려왔다. 이런 일은 처음이다. 왠지 마음 한구석이 언짢다.

알람장치가 돼 있지만 창문마다 막대기까지 끼워 놓았다. 막대를 치우고 새로 바꾼 '허니콤' 커튼을 리모트 컨트롤로 연다. 골짜기 전망이 보인다. 언제나 열린 문을 통해 아침 햇살과 싱그러운 공기가 실내를 신선하게 해주었다. 오늘은 아니다. '일식'이나 '월식' 하는 날처럼 날빛은 어디에 숨었는지 보이지 않는다. 평일 같은 흐린 날씨가 아니다. 무슨 일이 일어날 것 같다. 골짜기를 가로질러 건너편 산등성이 넘어, 아니, 온통 하늘이 괴이한 어둠으로 덮여 있다. 고개를 한 번 갸웃하고 부엌으로 들어간다. 내가 애용하는 '코스타리카' 커피를 꺼낸다. 진한 커피 향이 온 집안에 퍼진다.

장이 튼튼해진다는 블루베리 반컵에 딸기와 토마토를 씻어 놓고 스낵으로 먹는 작은 빵에 스위스치즈를 올리고 토스트 오븐에 잠깐 굽는다. 치즈가 녹아서 따끈따끈한 빵과 달걀 프라이가 준비되면 커피 메이커에서는 삐삐 소리가 난다.

체코 여행 때 장만한 8인조 홈세트 접시에 아침식사를 담는다. 이 접시는 흰 바탕에 블루칼라의 고풍스러운 꽃과 넝쿨무늬가 새겨졌고 특히 수프 그릇과 차 잔 손잡이에 두 개의 잎사귀를 꼬아 붙인 문양이 좋아서 샀다.

체코 프라그에서 인상 깊었던 일은 광장의 시계탑 시계가 매 시간마다 시간을 알리는 종소리와 함께 12성인이 한 명씩 앞으로 나와 '부질없다, 부질없다' 손을 흔들고 제자리로 돌아가는 모습이었다. 나는 그 종소리와 '부질없다' 손을 흔드는 성인들을 다시 보기 위해 한 시간을 그 광장에서 서성거렸다. 욕망에 사로잡혀 버둥거린 인간이나 가난하고 병든 자도 유한한 삶을 모르는 사람은 없다. 성인들은 왜 그 말을 했을까? 남는 것은 허무뿐, 아무것도 없다는 뜻인가! 잠시 마음이 겸허해졌고 숙연해졌었다.

"엄마, 이 홈세트는 18세기 귀족들의 장식품 같아요. 지금 21세기예요. 이 그릇들 구닥다리라는 생각 안 드세요?"

아들이 자신의 취향이 아님을 은근슬쩍 돌려 말했다. 아이는 무늬가 없고 모던한 흰색의 그릇을 좋아해서 나 혼자 식사할 때만 이 식기를 사용한다. 접시에 아침식사와 갓 내린 커피를 들고 식탁에 앉는다. 탁 트인 뒤뜰의 골짜기를 내려다보며 뉴스를 보는 일이 하루 일과의 시작이다.

포크를 가져오지 않았다. 다시 부엌으로 들어가려고 의자에서 일어났고 팔꿈치가 커피잔을 쳤던가, 식탁보가 잡아당겨졌던가, 겨우 한 모금 마신 커피가 카펫 위로 쏟아졌다. 다행이 잔은 깨지지 않았다. 진한 커피가 카펫 위에 번진다. 이 카펫은 아들과 아테네 여행 갔다 오던 길에 터키에서 산 실크 카펫인데 터키 상인이 소포로 보내왔었다. 이 큰 카펫을 어떻게 하나? 아들도 없는데…. 씻지 않은 채로 커피가 그대로 마르면 드라이클리닝을 해도 지워지지 않는다.

"아이고, 어떻게 해! 뒤퉁스럽기는! 요즘 들어 왜 이리 칠칠맞지 못할까!"

내 할머니가 이런 말 잘하셨는데, 허탈하게 웃는다. 타월을 가져다가 흘린 커피를 닦는다. 커피가 많이 묻어난다. 여러 장의 타월로 씻어내고 타월에 그릇 닦는 비누를 묻혀 닦아내기를 몇 번을 했는지 모른다. 한 시간이 훌쩍 지났다. 카펫에 쏟아진 커피 때문에 고즈넉한 아침 식사 분위기는 망쳤다. 왜 이리 민첩하지 못해 일만 저지르나 싶다. 힘이 다 빠져서 마루에 철퍼덕 주저앉는다.

2

며칠 후면 성탄이다. 거실 벽난로 옆에 세워놓은 크리스마스트리에 가지각색 오너먼트와 작은 전구들이 반짝인다. 아들의 백일 사진, 학위 받은 사진까지 예쁜 작은 사진틀에 넣어 나뭇가지 사이사이에 걸어놓고 추억에 잠겼었다. 성탄절 아침 트리 스커트 위에 놓인 선물 상자들을 번갈아가며 열어보곤 내 호들갑에 아들과 나는 행복에 젖었었다. 그 추억에 빙그레 웃는다. 텔레비전 리모트 컨트롤을 찾아 전원을 켜자 채널

5번에서 뉴스가 방영된다.

이곳에서 차로 두 시간은 걸리는 곳, 멀리 발리에 맹렬히 타오르는 산불이 보인다. '긴급속보, 토마스 산불'이란 자막이 나온다. 불은 순식간에 번진다. 작년에 몇 달 동안 계속 폭풍과 함께 엄청 많은 비가 내려 무성하게 자란 나무와 풀들이, 올해, 가뭄에 바싹 마른 것들을 거센 바람과 화마가 삼키고 있다. 동쪽 방향으로 세찬 바람이 불었다가 주택가가 있는 서남쪽으로 바람의 방향이 바뀌었다는 뉴스다.

대피령이 내려졌다. 사람들이 그곳을 빠져나오는 긴 행렬 자동차들이 보인다. 불길은 거센 노도처럼 번져서 집에 엉겨붙는다. 작년에 산불을 끄던 소방대원들 쪽으로 갑자기 방향을 바꾼 강풍 때문에 대원 19명이 참사를 당했던 기억이 생생해서 소름이 돋는다. 불길을 몰고 다니는 불의 화신, 말 그대로 뜨거운 악마다. 두려움이 내 안으로 밀고 들어온다.

발리는 사방이 산으로 둘러싸여 여름에는 화씨100도가 넘는 곳이다. 나는 '저걸 어쩌지?' 덜덜 떨면서 더듬거린다. 눈을 화면에 고정시키고 뉴스를 보면서 즐기는 아침식사는 가슴이 퉁탕거려 먹을 수가 없다. 텔레비전 화면을 본다. 붉은 가루가 뿌려진 곳은 불길이 닿지 않는다는데 토마스 산불은 어떻게 삼시간에 수십만 에이커가 불바다로 변했을까?

405 고속도로 옆에도 불이 났다는 뉴스다. 북동쪽으로 산등성이 하나만 넘으면 우리 집이다. 계속해서 헬리콥터가 불 난 주위에 붉은 가루를 뿌린다. 서남쪽 건너편이 '게티센터'다.

그곳에는 많은 그림 소장품이 있다. '게티'가 사 모은 그림들은 오늘날 많은 사람들에게 문화생활을 하는 데 기여한다. 갑자기 바람이 서남풍으로 바뀌었다는 뉴스와 '게티' 미술관 전경이 보인다. 그곳 직원들이 셀 수 없이 많은 물통을 준비하는 모습이 나를 몸서리치게 만든다. 미술품들이 소실될지도…. 바람의 방향을 가늠할 수 없으니 '벨 에어', '선셋'에 사는 사람들은 우선 꼭 필요하고 중요한 것을 챙기라는 뉴스다.

헬리콥터는 계속 진분홍색 가루를 뿌린다. 자욱한 연기구름이 피어오른다. 바람이 변덕이 심하다. 북동풍으로 바뀌었다가 서남풍으로 바뀐다. 북동풍은 우리 집 쪽을 위협하는 세찬 바람이다. 돌풍이 현관 앞 40년도 더 된 단풍나무의 굵은 가지를 우두둑 부러트린다. 소리가 얼마나 크던지 심장이 쿵 내려앉는다.

이 무슨 조화람! 무엇을 어찌해야 될까! 요즘 들어 매사에 자신이 없다. 심장소리가 귀청이 터질 듯 굉음처럼 들린다. 아들이 출장에서 돌아온 후 이 사태가 일어났다면 같이 짐을 꾸렸을 터인데…. 비행기 도착시간은 오후 3시다. 혼자서 짐을 싸야 한다. 이층 옷방에 넣어두었던 큰 가방을 꺼내놓고 아들의 서류가방부터 차고 앞에 갖다 놓는다. 작년에 큰 명품 핸드백을 하나 샀었다.

"큰 백이 유행하니까 또 샀어. 우리 엄마!" 아들이 장난스런 목소리로 웃으며 말했다. "아들, 엄마는 유행 따르면 안 되는 법이라도 있어?" 토라진 말투로 대꾸했다. "엄마다워서! 참새가 방앗간 들려야지." 아들은 정겹게 말했었다. "엄마보고 참새라니, 버르장머리 하고는!" 우리 둘은 박장대소하며 웃었다. 핸드백에 여권, 시민권증서, 엊그제 친지 결혼식 때문에 은행 금고에서 가져온 보석세트를 챙긴다.

이층 통로 벽 붙박이장에 차곡차곡 쌓아놓았던 앨범을 꺼낸다. 아들이 태어나서부터 찍어놓은 사진들, 돌잔치와 수시로 자라는 모습을 담았던 영상 테이프는 녹음이 없는 무성 영사기로 찍은 것이다. 아이가 태어났을 때는 비디오가 없었다. 이 소중한 것들을 다 가지고 나갈 수는 없는데, 어떤 사진을 가지고 가야 되나, 마음만 옥죄인다. 민첩한 움직임이, 조직적인 순서가, 잘 되지 않는다. 전화번호도 한 번만 말하면 다 외워서 친구들이 나보고 전화번호 수첩이라고 했었는데…. 눈에 스모그가 낀 것처럼 사진이 흐릿하게 보인다.

서재에서 컴퓨터를 챙긴다. 내가 써놓은 소설들이 들어 있는 랩탑이다. 그 무엇보다 소중한 내 생명 같은 노트북이다. 컴 숍에 랩탑 수리를 맡겼을 때 내 다큐멘트에 저장해 놓은 글들이 모두 날아갔다. 그 순간 분노가 치밀어 소리를 질렀다. 어떻게 손님의 소중한 문서를 저장해 놓지 않을 수가, 내가 소설 파일을 저장하라는 부탁한 적 없단다. 날 젊지 않다고 무시하는구나! 내가, 내가, 말하지 않았다고? 난 그때 교양은 집어던졌다.

"이 머저리 같은 얼간아, 이것은 내 분신이야! 너, 내가 말하지 않았다는 거야? 핑계를 대고 무시해? 잊어버릴 것이 따로 있지, 설혹 말하지 않았어도 저장은 필수야!"

절제됐던 감정이 폭발했었다.

집으로 오면서 곰곰이 생각했다. 내가 깜박 잊고 말하지 않았나? 점점 자신이 없다. 상대방이 우기면 내가 정말 그랬나 싶다. 어제는 차고 문을 분명 닫았는데 언덕을 다 내려왔을 때 차고 문이 열려 있는 것 같았다. 다시 15분을 집을 향해 올라갔다. '나 왜 이러지?' 내 자신을 질책하며 화를 냈다. 아~ 아~ 정말 나 어쩌면 좋아, 차고 문은 굳게 닫혀 있었다.

아들이 초등학생 때부터 11학년까지 바이올린 레슨을 위해 매주 한 시간씩 운전을 했었다. 미술관, 과학박물관, 동물원, 식물원, 아이를 위해 또 무엇을 했더라? 아이의 보호자였던 때가 어제 같은데, 지금은 아들과 내 위치가 바뀌어 아들이 내 보호자다.

"엄마, 오늘 비 온다는데 운전하지 마세요. 오늘은 추우니 히터 꼭 키세요. 엄마는 운치 있는 분위기 좋아하잖아요? 벽난로 불 지피면 얼마나 따뜻한데, 이제 그만 그 '외상'에서 벗어나요. 제발."

아들의 간절한 눈빛이 내 마음을 흔든다. 나도 벗어나고 싶어, 소리치고 싶다.

"물 많이 마셔야 해요." 정이 뚝뚝 떨어지는 아들의 목소리에 나는 행복했다.

"신사는 하루아침에 되지 않는단다, 아들아! 미술, 음악, 문학, 조예가 깊어야 신사가 될 수 있단다. 오늘은 그 말 왜 안해?"

 아들은 웃으면서 건성 반 진심 반으로 말했었다. 지난밤 푸른 잎을 다 떨쳐버린 겨울나무처럼, 언제 시간은 무심히 바쁘게 가버렸을까!

3

 아들 배냇저고리가 담긴 상자를 연다. 작기도 했네, 우리 아기. 내 얼굴에 아침 햇살 같은 미소가 번진다. 이것 하나만이라도 가져가고 싶다. 아들은 무엇이라 말할까, 사실은 몽땅 다 가져갈 수 있다면 얼마나 좋을까! 어느 것 하나 소중하지 않은 것이 없다. 내 손 때 묻지 않은 것이 있던가! 가슴이 가랑잎처럼 오그라든다. "미치겠네, 왜 이렇게 빨리빨리 안 되는 거야." 혼자 짜증을 낸다.
 텔레비전에선 계속 긴급속보가 이어진다. 게티센터 서남쪽으로 바람이 방향을 바꾸었다. 이 동네 반대 방향으로 강풍이 분다는 앵커의 말이 왜 이리 반가운 거야! 남의 죽음보다 내 감기가 더하다는 말이 맞는 것인가! 조바심이 가시지 않는다. 아들 양복 한 벌은 가져가야지. 내 옷은 부드러운 까만 모직코트와 정장, 내가 가장 좋아하는 '조지 알마니' 브랜드를 챙긴다. 아들 구두와 편안한 운동화까지 골랐다.
 손놀림이 둔하고 자꾸만 떨린다. 다급한 마음에 이층에서 아래층으로 옷들도 던지고 가방을 굴린다. 우당탕탕 가방 떨어지는 소리, 조심, 조심, 다치면 아들에게 잔소리 또 듣는다. 조심, 난간을 잡고 내려온다. 거실에 걸린, 꽃이 바람에 흩날리듯 그린 장미꽃 유화는 아버지가 내 생일선물로 그려주신 그림이다. 다른 것은 몰라도 저 그림만은 가져가고 싶다. 벽에 걸린 그림을 내려놓는다. 가방에 옷들을 차곡차곡 넣는다. 벌써 차에 꽉 차겠네. 옷가방은 벌써 3개가 꽉 찼다.

맹렬한 불길을 보면 어린 시절 폭격하던 비행기가 떠올라 두려움에 떤다. 인민군들 점령 당시, 만석꾼이셨던 할아버지가 붙잡혀가던 일, 우리 식구들이 다 쫓겨났고 방이 9개나 있던 기와집 대문에 인민군 '내무서'라는 간판이 달렸었다. 내 팔로 둘레를 다 감싸지지 않았던 대청기둥이 있던 집. 아들 옷과 내 옷을 챙기는데 인민군이 하던 말이 생생하다.

"옷은 각자 입은 옷하고 갈아입을 옷 한 벌만 가저가라요. 알갔어? 엠나이, 알갔어? 날래날래 나가라우?"

대가족이던 우리 식구는 겨우 옷 한 벌만 들고 쫓겨났었다.

아들은 시계를 좋아해서 명품과 젊은 감각의 시계들을 가지고 있다. 수표책도 챙겨야지, 중요한 물건이 또 무엇이 있던가! 마음만 다급하다. 북동풍으로 바람이 바뀌었다는 뉴스다. 텔레비전에서는 시시각각 우리 동네 뉴스가 클로즈업 된다. 대저택들이 즐비한 '벨 에어'가 불탄다면 경제적인 손해가 이만저만이 아닐 것이다. 진홍색 가루를 이제는 헬리콥터가 아닌 국내선 여객기가 뿌린다. 저 큰 비행기까지 동원된 것을 보면 대피가 불가피한 모양이다.

여객기의 소음이 나를 다시 6.25 전쟁터 소용돌이 속으로 몰아넣는다. 오랫동안 여객기 소리가 나면 B29로 착각해 두려움에 떨었다. B29의 폭격은 어린 내 대퇴골에 파편을 박아 놓았다. 순간의 공포와 고통, 날카로운 칼이 내 살을 찢는 것처럼 통증은 길고 길게 내 몸속을 휘저었다. 머리에 피를 철철 흘리던 남자, 팔이 잘려나갔고 다리에 파편이 박혀 울부짖던 사람, 인민병원 앞은 너무 끔찍한 광경이었다. 흉터는 내가 자라면서 점점 커졌다. 남들이 알아챌까, 모르지만 난 약간 다리를 전다.

B29 비행기의 연속적인 폭격, 방공호 속에서 모두 숨죽이던 일, 비행기가 지나가는 항로가 지금 우리 집 옆 하늘이다. B29 비행기 소음과 흡사한 여객기가 붉은 가루를 뿌리는 것이 보인다. '발리'에서 탄 재가 날아와 시야를 어둑하게 만든다. 바로 등성이 넘어서 불길은 성난 파도처럼 아우성치고 산을 태워버린 재는 온통 검은 싸락눈이 되어 날아온다.

마음만 다급하다. 계단 밑에 던져진 가방에 옷들을 넣다가 힐끗 텔레비전을 본다. 405 고속도로 바로 옆 산 위에 있던 타버린 저택의 주인이 울먹인다. 불길이 덮쳐서 몸만 빠져 나왔다는 노인은 넋이 나간 것 같다. 폐허가 된 산등성이에 있는 집들이 폭격 맞은 전쟁터를 방불케 한다.

불길이 설마 이 동네까지는 오지 않겠지 늑장 부렸던가, 시계바늘이 정오를 넘고 있는데 무엇을 믿고 아직까지 짐을 다 챙기지 못했을까! 이제껏 무엇을 했단 말인가! 산등성이와 골

대피령

짜기가 온통 붉은 가루로 뒤덮이는데, 비행기는 여전히 가루를 뿌려댄다.

"벨 에어 사는 사람들, 대피령이 내려졌습니다. 대피하세요."

앵커의 차분한 음성이다. 세찬 바람이 불씨를 멀리까지 운반한단다. 민들레 씨앗처럼 멀리까지, 무서워 죽겠다. 위 아래 턱이 덜덜 떨린다. 왜 이렇게 빨리빨리 되지 않을까! 피곤이 밀려온다. 겨울 폭풍이 다 쓸어버리려고 심술을 부리는 건가! 어서 서둘러 가방들을 차에 실어야 한다. 여권과 지갑이 들어 있는 제일 중요한 큰 핸드백이 보이지 않는다. 이층에 있나보다. 마음은 더 쫓기듯 다급하다. 앵커맨이 계속 속보로 산불 소식이 시시각각 어찌 되어 가는지 보도한다. 급히 난간을 잡고 이층으로 올라간다. 핸드백이 보인다. "이 중요한 것을 아무튼 정신없는 여자야, 난." 내 자신에게 질책을 한다. 핸드백을 들고 계단을 내려온다.

4

무슨 생각을 했던 것인가! 발을 헛디뎠는지, 두 계단을 한 번에 밟은 것인가! 옆 난간을 잡지 않았었던가! 미끄러지며 여섯 개의 계단 아래로 떨어진 것 같다. 순간 번개를 맞았는지, 등줄기를 예리한 도끼가 내리쳤는지, 뼈들이 산산이 부서진 것 같은 어마어마한 통증이 덮쳤다. 아~아~ 비명소리가 거실

안을 맴돌 뿐 몸은 일 미리도 움직여지지 않는다. 겨우 여섯 개의 계단에서 미끄러진 것 같은데, 정신을 차릴 수가 없다. 핸드백은 저 멀리 내동댕이쳐졌다. 골반이 약해졌으니 넘어지는 것을 조심하라던 의사의 조언이 야릇하고 짓궂게 머릿속을 헤집는다. 뼈가 금이 갔거나 부러졌다. 여전히 신음과 비명을 지르며 고개를 이리저리 돌리고 손닿는 곳에 응급상황을 알릴 수 있는 것이 없나 찾아 두리번거린다. 식탁에 놓여 있는 휴대폰은 요원하다.

아~! 너무 아프다. 통증 때문에 다른 것은 생각이 나지 않는다. 아파, 아파 처절한 비명만이 허공을 맴돈다. 숨을 쉴 수가 없다. 통증과 두려움이 계속 밀려온다. 6.25 동란 때 폭격으로 내 대퇴부에 파편이 박혔을 때처럼 무시무시하기까지 한 공포가 심장 속으로 파고든다. 살고 싶어 몸부림치고 발버둥치지만 그것은 마음뿐이다. 몸은 미동도 없다. 어떻게 해서든지 여기를 탈출해야 되는데 너무 아파 아~아~ 소리만 지른다. 조금이라도 움직여 보려 하지만 칼날이 등뼈를 갈기갈기 찢어발기는 것처럼 아픔 때문에 꼼짝 못하겠다. 이렇게 비참하게 질식한 채로 불에 타서 죽기는 싫다. 너무 아파서 소리치고 신음한 것이 얼마동안인가, 가늠할 수가 없다.

이 안타까움, 전혀 움직여지지 않는다. 조금만 움직이려 하면 예리한 칼이 난도질하듯이 통증만 덮쳐와 '오오'만 외쳐댄다. 내 절규가 내 안으로 스며들 뿐이다. 필사적으로 움직여보지만 다리를 움직일 수가 없다. 두 팔만 죽어가는 하등동물의 다리처럼 벌렁댄다. 고통은 헉헉거리는 숨소리를 움켜잡고 놓아주지 않는다.

앵커맨이 벨 에어 산속에 사는 사람들은 빨리 동네를 떠나라고 한다. 북동풍으로 바람이 방향을 틀었다는 방송이다. 강풍은 시속 65마일을 넘나들며 맹렬한 기세로 북동쪽을 삼키려 든다.

전화가 있는 곳까지 어떻게 간단 말인가! 조심, 조심, 몇 백 번을 다짐했던가! 아들이 도착할 시간은 아직 멀었는데 풀을 움켜잡고 절벽 중간에 매달린 나를, 위에서는 쥐가 풀을 조금씩 갉아먹고 밑에서는 사자가 으르렁 거리며 내가 떨어지기를 기다리는 상황처럼 어떻게 해볼 수 없는 처지가 돼버렸다. 제발 남서풍으로 바람아! 방향을 바꿔다오. 좀 더 조심했었더라면, 물건에 집착한 어리석음이 견딜 수 없다.

널브러진 채로 이대로 죽기는 싫다. 조금 움직여본다. 몸은 도무지 움직여지지 않는다. 굳게 닫힌 현관과 정원을 지나 철문까지는 십 미터나 되는데…. 밖에 있는 도로는 더 아득하다. 아무리 소리친들 들릴 리가 없다. 도와 달라고 소리칠 때마다 통증이 철퇴가 내리치듯 강렬하게 파고든다. 이 동네 사는 주민들은 다 대피했거나 대피 중일 것이다.

내가 혼자인 것을 알 리가 없잖은가! 또 이렇게 계단에서 떨어져 허리인지, 골반인지, 부러진 줄 누가 알 것인가! 그나마 소식을 알려주던 텔레비전 소리가 뚝 끊어진다. 전원이 나갔구나, 겁이 더럭 밀려와 턱이 덜덜 떨린다. 정적이 흐른다.

'MSA', 불치병으로 신경이 하나씩 죽어가는 친구를 붙잡고 울고 있는데 휴대폰이 울렸다. 나는 재빨리 폰을 껐다. 눈물이 범벅인 채 운전을 했다. 아들에게 집에 도착했다는 문자를 보내려고 셀 폰을 찾았는데 보이지 않았다.

집 전화로 휴대폰을 찾았지만 폰은 울리지 않았다. 폰을 그곳에 놓고 왔나 싶었다. 이미 왼쪽이 마비된 친구 때문에 내 정신이 아니었다. 때마침 집 전화가 울렸다. 아들 전화였다. 시무룩한 표정으로 "휴대폰 잃어버렸어." 내가 말했다. "엄마, 무엇을 걱정해? 911에 신고하면 되지!" 아들이 대답했다. "911 구조대원이 전화도 찾아줘?" 내가 물었다. "엄마의 911은 나지 누구야! 내가 위치 체크 하는 '위성 위치 확인 시스템' 해놓았어. 엄마 셀 폰 집에 있어. 잘 찾아보세요." 아들이 말했다. 전화는 꺼놓은 상태라 들리지 않았었고 도착하자마자 화장실을 사용했는데 무심코 폰을 들고 들어간 모양이었다. 전화기를 찾았을 때 좋은 것은 잠깐이었다. 집에 온 아들에게 화를 냈다. "형사가 범인 잡기 위해 위치 추적하는 장치잖아? 엄마가 범인이냐? 위치추적을 해놓다니!" "엄마, 이젠 내가 엄마 보호자입니다. 응급상황 대처를 위해 위치 추적은 필수입니다. 그 시스템이 없었다면 엄마 전화도 못 찾았어요. 폰 꼭 휴대하세요. 엄마 연세가 보호받아야 되는 나이, 받아들이세요." 아들의 표정은 근엄한 교장선생님 같았다.

통증은 더 심하다. 계단을 다 내려와 미끄러진 것 같은데, 이렇게 몸이 부실할 줄 몰랐다. 이 통증을 견디고 움직여보려고 애써보지만, 두 팔만 허우적거린다. 전원이 나갔으니 아무 소리도 들을 수 없다. 새 소리조차 들리지 않는다. 날짐승들까지 다 대피했구나. 창밖은 아침보다 더 잿빛이다. 산불로 발생하는 연기는 여러 가지 독성물질을 뿜어대서 노약자는 천식, 호흡기 질환을 악화시킬 수 있다는 경고, 수없이 들었다. 너무 인간들이 함부로 자연을 홀대했다. 지구가 몸살을 앓는 중이다. 도처에서 산불이 난다. 토마스 산불은 집을 천 채나 집어삼켰다는 뉴스를 좀 전에 들었다.

저렇게 재, 연기가 뒤덮이면 살바람이 스며들고 곧 불길이 이곳에 당도할 것이다. 불바다가 점점 가까이 다가오면 이젠 모든 것이 끝날 것이다. 이제 종말이 오고야 마는가! 죽음이 덮치면 고통도 공포도 함께 사라지겠지. 마지막이란 말이 떠오르자 밀어닥치는 극심한 피로와 분노감에 견딜 수 없다. 물건들에 집착하지 말고 진작 핸드백과 노트북만 들고 떠났더라면, 이렇게 살고 싶어 필사적인 안간힘을 쓰지 않았을 것을, 노트북이 불에 타는 기막힌 일도 없었을 터인데, 나는 왜 소설 쓰기를 갈망했었나! 무엇을 쓰고 싶었던 것인가! 인간의 간사함? 가장 고통스럽고 비참할 때 있는 자에게 짓밟히는 사람들 이야기를 하고 싶었던가! 아~ 죽기 전에 아들을 한 번만 보고 싶다. 이 육신을 벗어던지면 영혼은 홀가분할까!

5

아들의 여자 친구는 인도 여자였다. 피부색부터 싫었다. 아들이 어떻게 내 기대를 뭉개버릴 수 있는지! 교양 있는 한국 며느리를 딸처럼 챙겨주고, 쇼핑도 같이 가고, 맛있는 것도 먹고, 음악회, 미술 감상, 문학에 대한 의견을 한국말로 하면서 즐기고 싶었다. 맹렬히 반대했다. 이리 될 줄 알았더라면 결혼 허락할 것을, 남아서 살아야 하는 아들이 돌짐을 진 듯 마음이 얼마나 무겁고 참담할 것인가!

"엄마는 인종차별 주의자야. 인도 여자면 어때? 엄마 '퀴리 부부' 좋아하잖아? 우리는 그 부부처럼 같이 한 곳을 바라보며 연구를 하는 좋은 커플이 될 거야." 아들이 말했다.

매 순간 책임 있고 후회 없는 삶의 자세를 고집했지만, 이 꼴밖에 안 되는 어리석은 미물이었구나! 내가 이대로 죽기 전에 아들에게 사랑한다는 말과 결혼 승낙은 알리고 싶다. '사랑해' '결혼 허락'이란 말을 어떻게 알릴 수 없을까! 죽음이 닥친 지금 해내지 못한 할 수 없는 일들에 대한 회한과 낭패감이 처절한 비명소리와 함께 몸부림친다.

엊그제 아파트에 혼자 사는 할머니가 욕조에 물을 틀어놓고 그 안에서 미끄러진 채로 사망했다. 물이 밖으로 흘러나왔을 때 이웃의 신고로 응급차가 도착했지만 이미 늦은 후였다. "안타까운 일이네요. 어르신들, 그냥 샤워만 하세요." 아나운서의 목소리가 가라앉았었다.

'어머, 혼자 있을 때 물 받아서 목욕하면 안 되는데….' 딱하기는 하지만 동네 불구경하듯 가볍게 지나쳤다. 덧붙여 팔순 할머니라는 나이를 듣자, "사실만큼 사셨네." 순간 나도 모르게 말이 튀어 나왔다.

그분께 너무 죄송하다. 움직여지지 않는 몸을 뒤틀고 얼마나 살고 싶어 몸부림치고 고통스러웠을까. 그 순간 나처럼 후회로 점철되는 고통, 죽음의 공포, 아니면 꼭 남기고 싶은 것이 있었을까. 자손과 친지들에게 사랑한다는 말을 아낌없이 했는지….

잠시도 멎지 않는 통증, 점점 다가오는 죽음의 두려움, 시간이 갈수록 죽음에 대한 의식은 점점 더 뚜렷한 어둠의 색채로 채색되어 갔고 죽음이 웅크리고 무겁게 짓눌러서 숨을 쉴 수가 없다.

불길이 덮치기 전 매캐한 연기 속으로 빨려 들어가는 것 같다. 어떤 강렬한 힘이 나의 영혼을 영원의 시간 속으로 끌고 간다. 아무것도 가질 수 없는 집착에서 벗어났는데 또 살고 싶어 기를 쓰고 몸부림을 친다. 몸은 미동을 하지 못한다. 탁한 공기와 연기가 기침을 유발하고 숨쉬기가 버겁고 갈증이 목 안을 가뭄의 논바닥처럼 짓타들게 한다. 물 한 방울만, 아~ 물, 물, 물 좀 주세요.

이 열패감은 무엇인가! 아~ 햇빛이나 한 번 보았으면! 이 세상을 따뜻하게, 곡식을 자라게 해주고, 걷는 이들에게 비타민 D를 제공해 주는 태양, 쑥부쟁이 꽃잎 빛깔로 여는 하늘빛도 보고 싶다. 목이 너무 마르다. 아들의 잔소리가 사무치게 그립다. "엄마, 물 많이 마셔요. 열 잔도 좋아, 많이, 많이!" 입술이, 목 안이 타든다.

기필코 살아야지, 포기할 일이 아니다. 위치를 알려주는 추적 장치가 나를 살릴 수도…. 비행기에서 내리면 전화부터 할 것이다. 전화를 받지 않으면 위치 추적을 하겠지, 전화가 집에 있다는 것을 알면 카메라 장치를 작동해서 집 내부를 볼 것이다. 카메라를 설치할 때 아들과 의견 충돌을 했었다. 쓸데없이 돈을 낭비한다고 반대했다. "엄마가 집에서 무엇 하시나 가끔 보려고 그래. 헤헤. 엄마 우리가 집을 비우면 도적이 들어도 잡을 수 있지." 아들은 행복해 하며 웃었다. 단전 중이라 카메라가 작동될지 모르겠다. 입 안에는 침 한 방울이 없다. 혀가 말라 바싹 움츠러든다. 물, 물, 분명 말했는데 말이 나오지 않는다. 자욱한 연기 피하고 싶다. 세상과의 이별이 나에게 이렇게 허망하게 올 수도 있다는 것을 단 한순간도 생각한 적 없다. 요즘처럼 평온하고 강렬하게 하고 싶은 삶을 살았던 적이 있었던가!

누구 없는가! 얼마나 소리쳤던지, 목은 호수에 잠긴 달빛처럼 아무 소리도 나지 않는다. 갖가지 생각들로 머릿속이 가득 차있다. 부질없는 괴로움, 뒤엉킨 실타래처럼 복잡한 일들은 아무런 위안이 될 수 없다. 지난날 내가 타인에게 베풀었던 일들을 끄집어내고 싶다. 조금이라도 마음이 편해지고 싶어서인가! 통증이 그것마저 허용하지 않는다. 너무 아픔이 극에 달해 양팔만 허우적거린다.
　나에게 오는 죽음은 어떤 모습일까! 난 늘 자면서 내 침대 안에서 죽음을 맞기를 원했다. 죽음도 미화하기를 내심 원했던 것일까? 밤마다 레이스가 화려한 팬티와 잠옷을 입는다고 친구에게 말했을 때 그녀는 깔깔 웃었다. "팬티 보지도 않아, 이것아! 홑이불로 시체를 둘둘 말아서 가져간다. 생과 사는 천지차이란다." 그때 내가 볼멘소리로 말했다. "그렇게 말하지 마, 너무 비참하다." "그게 현실이야. 그럼 시체를 어떻게 해야 되는데? 둘둘 말아야지." 친구가 말했다. "싫어, 싫어, 고만해." 내가 소리쳤다.

6

　셀 폰이 울린다. 아들이 도착했구나. 전기가 언제 나갔는지 모르겠다. 전화를 받지 않으니 카메라로 집안을 살필 것이다. 계단 밑에 꼼짝 못하고 누워있는 나를 발견하겠지, 카메라가 작동이 되지 않아 내가 보이지 않으면 911에 호소할거야, 조금만 참자. 목이 타들어간다. 마음에 담고 갈 것이 무엇일까!
　북동풍으로 바람이 방향을 틀었는지, 매캐한 연기는 더 자욱하다. 숨쉬기가 불편하다. 검은 재가 창틈 사이로 소리 죽여 검은 그림자와 함께 들어온다. 검은 도요새가 내 가슴 위로 무겁게 짓누르며 웅크리고 앉는다. 비행기 소리, 헬리콥터 소리가 가까워지다가 멀리 사라진다. 아들이 헬리콥터 타고 올까!

또 다른 시작을 위하여

통증과 숨쉬기가 버거워 다른 것은 생각이 나지 않는다.
 얼마나 사랑하는 내 아들인가! 그 아들이 멀리 서 있다.
 "왜 이러고 있어! 움직여! 제발 움직여봐!" 내 자신에게 소리친다. 적울이 밀려온다. 이승과 저승의 모호한 지점에 서 있는 건가! 정신적으로 고통이 더 심해진 것은 끔찍한 적막이다. 죽음과 거리가 가까워질수록 저항하려고 발버둥을 치지만 꼼짝 못 하겠다.
 마른번개, 천둥치는 소리, 매서운 바람살이 들린다. 천정에 자욱한 연기가 아지랑이처럼 아롱거린다. 미처 대피하지 못한 것인가! 하이에나의 아주 묘하고 절박한 울음소리가 애절하다. 제발 바람아! 남서풍으로 바꿔다오.
 B29가 멀리 날아가는 것이 보인다. 가슴이 퉁탕거린다. 두려움이 엄습한다.
 언덕과 둔덕 사이에 수박밭이 있었지, 한국 동란이 일어났던 여름은 참 가물었었다. 가뭄 탓에 달고 달았던 수박, 그 수박이 먹고 싶다. 수박 한쪽이면 이 갈증이…. 산 너머 저편으로 기울던 해가 아주 선명하게 지평선 윤곽을 드러냈다. 보름달이 서서히 떠오르고 사방이 달빛에 취했었지, 흐벅진 수수와 옥수수가 산들바람을 타고 교교한 달빛과 어우러져 익어가는 냄새를 풍겼다. 모든 물체가 아득히 부서지며 흩어져 날아간다.
 대창을 들고 붉은 완장을 찬 빨갱이들이 쫓아오고 내 손을 잡고 뛰던 아버지, 엄마는 어디 갔을까! 어디에선가 총소리가 들렸고 산 능선을 타고 도주하던 인민군들이 마지막 불꽃놀이로 우리 집을 태웠다. 타다다닥, 불꽃을 견디지 못한 기왓장 튀는 소리, 70년을 굳건히 지키던 대들보와 기둥이 삽시간에 불이 붙어 활활 타올랐다. "불속에서 살아 나오는 자는 모두 대창으로 찔러 죽이라우, 한 놈도 살려두지 않캇어!" 우리 집은 아무 저항도 못하고 주저앉아 버렸다. 동네 아이들과 놀다 미처 집에 들어가지 못한 어린 계집애는 찔레꽃 뒤에 숨어서 벌벌 떨기만 했다.

대피, 멀리서 들려온다. "대피하세요." 가뭇없이 들려오는 소리, 헬리콥터 소리가 점점 크게 가까이 들리는 것 같다. 환청인가! 까만 함박눈이 내린다. 회색빛의 안개가 스며든다. 정말 죽음의 덫에 걸려든 것인가! 프라그 광장 시계탑에 서 있던 성인들이 내게 손을 흔든다. 저 사람들 어떻게 여기까지 왔을까! "대피하세요." 아침에 그 앵커 목소리인 것 같다. 가물거리는 기억 속에는 헬기의 회전날개 소리와 엄마의 911 소리가 끄먹거린다.

갈대는 바람에 날리고

박병관 作
유화, 가로 48,5cm X 세로 40cm

제주공항이 가까워지자 벨트 착용 싸인 불이 켜졌다. 찬주의 옆자리에 앉은 여자는 벨트를 맨 채 깊은 잠에 빠져 있다. 창가에 앉아 있던 찬주가 창문 덮개를 올린다. 제주시가 좀 더 선명하게 보이기 시작한다. 시야에 펼쳐진 풍경을 묵묵히 바라본다. 약간 경사진 둔덕에 갈대가 장관이다. 아침 햇살을 듬뿍 받은 은빛 갈대들은 찬란한 황금빛으로 물들었다. 갈대가 바람 따라 이리저리 휘몰린다. 회오리바람이 분다. 갈대가 성난 파도처럼 위로 솟구친다. 시시로 갈대는 격렬한 남녀의 정사처럼 격정적인 몸짓이다. 돌과 여자, 그리고 바람의 섬이라 일컫는 제주도, 바람이 요동을 친다. 위에서 내려다보이는 갈대의 춤사위가 애잔하기보다 섬뜩하다. 끝없이 펼쳐진 갈대 언덕이 왠지 을씨년스러워 보인다. 음울하다.
비행기 바퀴가 떨면서 덜컹덜컹 땅에 닿는 소리에 여자가 부스스 눈을 뜨고 어리둥절한 표정을 짓는다.
"여기가 어디야?"
찬주는 대꾸조차 하지 않는다. 승객들이 짐을 챙기며 술렁댄다. 여자가 일어서며 말한다.
"우리도 내려야지."
들떠 있는 표정이다. 찬주가 찬물을 끼얹듯이 여자를 주저앉힌다.
"화장실 급해." 여자가 볼일이 급한 듯 말한다.
찬주는 여자의 애원하는 눈빛을 보자 역한 감정이 치솟는다. 비행기 타자마자 화장실 갔었다. 한 시간도 채 안 됐는데 벌써? 듣지 못한 척한다. 마음을 다잡고 침을 한 번 꿀꺽 삼킨다. 이제껏도 참았는데….
승객들이 거의 다 내리자 기내는 썰물이 빠진 듯 썰렁하다. 화장실 앞에 선다.
"오줌 안 마려워."
여자는 천진한 아이처럼 찬주를 쳐다보며 배시시 웃는다. 그 모습이 징그럽다. 좀 전에 화장실 급하다고 한 말이 거짓이구나, 정말 밉상이다. 비행기서 내리기 전부터 미운 짓만 골라서 할 참인가.
"그래도 오줌 누고 나와."
억양에 힘을 주며 우격다짐으로 화장실 안으로 밀어넣는다. 사람 싫은 것처럼 참기 어려운 것도 없다. 오늘은 미워하지 않기로 다짐 또 다짐했건만 유혈목이 꿈틀대는 것 같다. 아마도 처음 여자와 만났을 때 첫인상이 지독하게 각인되어서인가. 소름이 돋는다. 공항 밖은 세찬 바람이 윙윙댄다.
찬주의 앞자리에 앉아 있던 중년의 여자 셋이 찬주의 앞에서 택시를 기다리고 서 있다. 세 여자는 흥겨움에 취해 깔깔대며 웃는다. 키가 제일 큰 여자가 그녀보다 자그마한 젊은 여자를 돌아보며 말한다.

"이 섬이 어떤 곳인 줄 아니?"

"제주도, 누가 몰라?"

"그게 아니라, 여기가 밀감 밭 일구어 놓은 순진한 섬 남자들을 서울에서 꽃뱀들이 우르르 몰려와 혼을 다 빼서 돈 뺏고, 밀감 밭 날려버려 알거지로 만든 곳이야."

"사내들이란 싸구려 분 냄새에 취해, 치마만 두르면 꽃인 줄 알고 사족을 못 쓴다니까!"

젊은 여자가 이기죽댄다. 세 여자는 재미있다는 듯이 깔깔거린다.

세 여자의 대화를 여자도 들었을 터인데 딴청을 부린다. 손거울을 꺼내 분첩으로 콧잔등을 두드리며 초록색 바탕에 하늘색, 노랑, 빨강색 체크무늬가 선명한 재킷을 여민다. 빨간색 리본이 달린 머리핀도 다시 매만진다. "누가 봐준다고." 처음 만났던 날, 저런 재킷을 입었었다. 겨우 13살 더 많은 여자가 새 엄마 행세를 끔찍이 했었다. 그때의 기억이 스멀거리며 기어나온다. 소름이 쫙 돋는다.

"제주도에 네 아버지와 같이 왔었는데…."

말끝에 혀를 날름 내민다. 찬주 집에 온 날부터 매일 했던 말이다. 아버지 생각에서 문득 제정신으로 돌아온다. '모든 것을 다 빼앗은 흡혈귀 네가, 내 아버지와 같이 왔었다고? 당신이란 여자 참 뻔뻔해.' 목을 조이고 싶은 충동에 손이 바르르 떨린다. 단추 구멍처럼 작은 눈이 눈웃음친다. '넌 죽어야 해.' 혀끝까지 내밀린 말을 억지로 삼킨다.

"네 아버지와 함께 보았던 정방폭포에 가보자. 육지에서 바다로 직접 떨어지는 폭포 소리에 감겨서 파도 소리는 들리지 않았었는데…."

여자가 꼭 한 번 다시 보고 싶다던 곳이다. 그곳은 명승으로 지정됐고 서귀포 해안에 있다.

'낯짝이 두껍다 못해 철판을 깔았구나.' 숨통을 끊고 싶어 피가 역류하는지 얼굴이 달아오른다.

"춘심이네 가서 통갈치구이 먹고 싶어."

점점 더 가관이구나. 징그럽지만 찬주는 미소지으며 상냥하게 말한다.

"춘심이네? 통갈치구이?"

"반찬들이 아주 깔끔해. 나물부터 멸치볶음, 양파장아찌, 다시마 등등! 몸에 좋은 것은 다 있었어. 참 맛있었거든. 네 아빠도 맛있다고 하셨어."

"춘심이네가 어디 있는데?"

"정방폭포 가는 길에."

어떻게 그때 일을 말할 수 있지? 미친 사람도 천연할 때가 있다더니 멀쩡하네. 여기 데리고 오기를 참 잘했다. 아무리 잘못했어도 찬주 자신이 손수 응징하기는 내키지 않았다. 그녀의 하는 꼴을 보니, 그 결정이 옳았구나 싶다.

연달아 택시가 들어온다. 여자가 쫄랑대며 택시에 오른다.
"정방폭포 가는 길가 춘심이네 식당으로 가주세요." 여자가 말한다.
배고프다며 침을 꿀꺽 삼킨다. '춘심이, 그거 네 이름이잖아?' 식당도 제 이름과 똑같은 밥집을 찾다니, 참 해괴하다 못해 어이없다. 이 여자의 기억을 어떻게 이해한단 말인가…. 그래, 밥은 먹어야겠지. 오늘뿐이다. 해질녘 노을이 붉게 타오르면 내 분노도 고통도 함께 저물겠지. 찬주는 이를 꽉 깨문다. 통갈치구이가 대순가! 뭐, 비싸면 얼마나 비싸겠어!
"사드리지, 암, 사드리고 말고."
말끝을 춘심이 듣도록 부드럽게 굴린다. 여자는 찬주를 돌아보며 백치처럼 웃는다. 저 웃음은 또 뭐지? 마음을 다 비웠다는 해탈의 웃음?

식당은 손님들이 꽉 차서 빈 좌석이 없다. 주중인데, 빨강, 노랑, 하늘색 등산복 차림 사람들이 앞에 10명이나 서 있다. 통유리 칸막이를 통해 주방이 다 보인다. 갓 건져 올려서 살아 움직이는 듯 한 갈치를 요리사가 통째로 굽는다. 벌써 열한시가 지났다. 춘심이 빈 위장이 꼬르륵거리자 배고프다며 간사스런 눈빛과 코맹맹이 소리를 낸다. "자리가 있어야 앉지?" 작은 소리로 말한다. 인내심이 바닥을 보일 것 같아 입술을 지긋하게 깨문다.
정오를 막 지나 차례가 왔다. 통갈치구이를 주문한다. 춘심은 배고프다고 계속 불평이다. '가만히 못 있어?' 소리치고 싶다. 춘심을 용서할 수 없는데 집요하게 내 심기를 송곳으로 쑤신다.

  음식이 나왔다. 상 위에 놓인 통갈치구이는 노릇노릇한 것이 먹음직스럽다. 생선 특유의 비릿하고 고소한 냄새가 코끝에서 맴돈다. 춘심은 음식 이외의 것은 아무것도 보이지 않는 듯 젓가락을 들고 갈치 살을 크게 발라서 게걸스럽게 입에 넣는다. 전에도 저렇게 흉하게 음식을 떠 넣었던가! 기억이 나지 않는다. 춘심이 찬주에게 온 후 같이 밥 먹은 적도 없거니와 밥상 근처에 있지도 않았다. 얼떨결이었다. 왜 자신이 덜컥 현관문을 열었는지, 다시는 만날 수 없는 '장연기' 때문에 소주를 인사불성이 되도록 마신 탓인가, 아니면 네 몫을 가져왔다는 그 한마디에 무너진 얄팍하고 못난 어리석음이었을까.

*

  극단의 제작자 '장연기'는 한때 '연극열전'을 기획해 대학로에 새바람을 일으켰고 몇 편의 히트작도 갖고 있었다. 연극인이라면 유명 배우를 떠올릴 때 제작자인 '장연기'는 연극만으로 먹고 살 수 있다는 걸 입증한 사람이다. 죽기 며칠 전, 연습하던 작품이 히트할 것 같다며 예감이 좋다고 했다. 그날따라 찬주의 연기를 칭찬하며 엄지손가락을 치켜세웠다. 곧 그는 늘 허밍으로 부르던 가곡, 시인 '이은상' 작사, '홍난파' 작곡,

'사랑'을 콧노래로 부르다가 가사를 붙여 불렀다.

"탈대로 다 타시오, 타다 말진 부대마소. 타고 마시라 선, 재 될 법은 하거니와." 잠시 가사 없이 흐르는 멜로디 부분을 들릴 듯 말 듯 허밍으로 소리를 냈었다. "타다가 남은 동강은 쓸 곳이 없느니라." 끝 소절은 격정적인 테너의 절창이었다.

노래가 끝난 후 그가 말했다. "사랑이란 게 그런 거다. 다 타버리는 것, 더 태울 것이 없을 만큼, 타버려야 돼." 늘 이놈아, 로 불러주던 그가 그날은 찬주의 이름을 감미롭게 불렀다.

"찬주야, 이 작품 끝나면 우리 결혼하자." 월광에 물든 호수처럼 맑은 눈빛으로 약속했었다. 그날이 엊그제인 것 같은데, 허망하게 그를 잃어버릴 줄 몰랐다.

배우의 본래 역할은 감정표현이다. 감정이 흔들리면 좋은 연기가 나올 수 없다며 질책하고 연극쟁이로 이끌어준 사람이다. 이 세상에서 찬주를 이놈아, 라고 불러준 유일한 사람.

장례식장에서 문상객들이 주고받는 대화는 찬주의 마음을 찢어 산산조각을 냈다.

"쇼 비즈니스 하면서 장 대표처럼 잘나간 연극인도 없지요. 국·공립단체가 연극을 자체 제작하기 때문에 요즘 들어 많이 힘들어했지만, 늘 긍정적인 성품인 장 대표가 어떻게 그리 허망하게…."

대화는 목이 메는지 중단되었다.

"자타가 다 아는 사실입니다. 국민 세금으로 운영되는 이들 공공기관이 일일이 수익성까지 따질 필요는 없을 터, 규모와 자본력이 떨어지는 민간극단은 자연히 덤핑으로 내몰리고 박리다매 전략을 취할 수밖에 없습니다. 참 아까운 사람을 잃었어요. 그가 심장마비로 허망하게 떠날 줄이야 누가 알았겠어요."

투자를 받으러 만난 자리에서 쓰러져 응급차가 왔고 요원들이 심폐소생술을 했지만 운명했다고 했다. 그가 가슴을 쓸어안고 아~ 찬주, 했다는 말을 그 자리에 같이 있던 친구로부터 전해 들었을 때 찬주는 차라리 숨이 멈추기를 빌었다.

장 대표가 극단의 어려움의 타개책을 강구하러 이리 뛰고 저리 뛰며 피를 말리던 그 시간에 자신은 무엇을 했단 말인가! 얼마나 애가 탔으면…. 건강했고 아무 증상도 없었는데 겨우 사십 대 초반 젊은 나이다. 찬주는 경영의 어려움을 눈치도 채지 못한 자신의 아둔함이 견딜 수 없었다. 그가 얼마나 사랑한 연극인가. 도움을 거절당할 때마다 무력감에 절망했을 그의 초조한 마음에 심장이 멈추었나 싶다. 문상객들의 애도인지 한탄인지 모를 안타까운 대화는 가슴만 더 저며 왔다. 그들의 애도는 잠시일 뿐 점점 잊힐 것이다.

어느 누가 찬주보다 더 애달프다 하겠는가! 우리 둘만의 세상에서, 지금까지 어느 누구도 알지 못했던 그런 사랑을, 짙은 벨벳 빛깔의 밤이 흐르고 별이 빛났던 밤, 별들 이외는 아무도 우리 사랑의 밀어를 듣지 못했던 밤, 그 속삭이던 밀어가 익어가던 날들은 어디로 갔단 말인가! 그의 죽음을 예측하지 못한 '찬주'로서는 모든 것이 기이하고 어이없어 아무 말도 할 수 없었다. 뒤에서 '이놈아' 하고 부를 것 같아 자주 뒤만 돌아보았다. 이 세상에 찬주가 혼자가 아님을, 자신이 연극을 사랑한 것처럼 연극이 아니면 존재할 수 없는 연극장이 장연기가 어떻게 혼자…. 억장이 무너져 물도 마실 수 없었다. 찬주는 울부짖었다.

"누가 당신의 심장을 태우라 했습니까! 타다가 남은 동강은 쓸 곳이 없다, 그리 절절히 노래를 부르더니, 당신 심장을 태우고 말았습니다. 아~ 이제 혼자 남은 찬주는 어떻게 하라고…."

연극이 끝나면 언제나 객석에 둘이 앉아 무대를 바라보는 것이 똑같은 마무리였다. "피곤할 때는 달달한 사탕이 최고야." 찬주의 입에 사탕을 넣어주며 그윽하게 바라보던 남자, 추운 겨울 "왜 이리 춥게 입었어." 코트 깃을 세워주고 자신의 목도리를 찬주의 목에 감아주던 남자, 연극과 찬주밖에 모르던 장연기. 우리는 서로를 격려하면서 한길을 걸었다. 몇 가지 색깔의 과일을 깎아 내놓으면 "이놈아, 어떻게 먹어. 이 솜씨 예술이잖아!" 정을 듬뿍 담아, "이놈아!"라고 부르고 또 불러주었던 사람이다.

그의 자존심과 경제적인 압박이 벼랑 끝까지 치닫고 속이 목탄처럼 까맣게 타버려 죽음에 이른 그를 잃어버린 안타까움에 가슴만 쥐어뜯었다.

*

　점심식사 후 식당 문을 나선다. 택시들이 줄을 서서 기다린다.
　"정방폭포 먼저 봐야지. 여기서 가까워." 춘심이 말한다. 택시를 탄다.
　"정방폭포로 가 주세요." 찬주가 건성으로 말한다. 머릿속은 어디에서 이 여자와 끝낼 것인지, 그 생각뿐이다. 이런 생각을 하는 자신이 흉측스런 괴물인가 싶다.
　춘심은 차에서 내리기 전 또 거울을 꺼내 옷매무세를 고친다. 하긴 옛날 같이 살던 때도 부엌에 손거울 놓아두고 거울을 보았었지, 하도 오래전 일이라 깜박했네.
　폭포의 물줄기는 가을비를 맞아 맹수가 포효하듯 울부짖는다. 춘심은 찬주가 표를 사는 동안을 참지 못한다. 무엇이 그리 급한지 물결에 씻긴 작은 바위와 잔돌들이 깔려 있는 길을 뒤뚱거리며 들어선다. 많은 사람들이 북적거린다.
　"찬주야! 네 아버지가 저 폭포를 신기한 듯 오래 바라보셨다. 한라산 기슭에서부터 흘러내린 물이 서귀포 해안가로 떨어지는 동양 유일인 폭포라고 좋아하셨다."
　"그랬어?"
　춘심은 옛 추억을 더듬는지, 아니면 떨어지는 물줄기에 그녀의 죄를 씻어 내려는지, 때때로 일그러진 얼굴에 아버지를 추억 속에서 만나는 것처럼 슬프고 애달픈 표정이 역력하다.

찬주는 자주 시계를 본다. 춘심은 힘차게 내리꽂히는 물줄기를 쏘아보며 무엇이라 중얼거린다. 그녀의 말은 폭포 소리에 감겨들어 잘 들리지 않는다.

춘심이 찬주를 돌아본다. '찬주야, 정말 미안하다. 용서하지 마.' 그녀의 눈은 담배 연기 속 스모그가 낀 듯 젖어 있다. '거짓말은 더 큰 거짓말을 낳고 내 이기심이 네 아버지와 너에게 씻을 수 없는 죄를 지었다. 네가 여기에 데려다줘서 고맙다. 네 아버지는 나 같은 것은 감히 쳐다보지도 못할 양반이셨지.' 춘심은 이미 어떤 결심이 선 듯 젖은 눈으로 찬주를 바라본다.

춘심이가 아버지에 대한 추억을 되짚을수록, 찬주는 어두운 유년 속에 서 있다.

조부모님의 타계 후 춘심이 살림을 관장하면서 용돈을 전혀 주지 않았다. 그때 사과나무 아래서 아버지를 만났다. 아버지에게 직접 용돈을 받으려고 막 "아버지!" 하고 불렀을 때, 춘심이 어느새 나왔는지 "찬주 여기 있었구나!" 아주 정감이 철철 넘치는 목소리로 말했다. 언제나 그랬다. 찬주와 아버지 사이에는 그녀가 있었다. 더 가증스러운 것은 도우미처럼 부려먹다가 아버지의 기척이 있으면 "넌 입시 준비 해야지. 어서 방으로 들어가." 부드럽게 말했다. 몰래 동생에게 피자를 먹이던 일, 피자가 얼마나 먹고 싶던지 군침이 돌았었다. 비참했던 그때 잡다한 것들이 파도처럼 밀려든다.

벌써 2시다. 다시 조바심이 난다. 저 여자와 악연이 빨리 끝나기를···.

*

　대학로 소극장에서 '트루 웨스트' 공연이 있었다. 찬주는 다른 배우의 연기를 보면서 공부를 했다. 공연이 끝나고 관객이 썰물처럼 빠진 객석에 혼자 앉아 있었다. 극과 극의 성향을 가진 두 형제의 모습 속에서 현대 물질만능주의와 사회가 초래한 삶의 의미와 상실, 가족의 붕괴 등 부조리한 사회 형태의 문제점들을 매우 예리하게 비판하며, 인간의 모순적인 감정과 행동들을, 거칠지만 상처로 가득한 두 형제의 모습을 완벽하게 소화해 낸 두 배우의 절제된 연기에 취해 그 자리를 떠나지 못했다.

　누군가 옆에 앉았다. 찬주가 고개를 돌렸다. 옆사람과 눈이 마주쳤다. 낯이 익은 얼굴이었다. 어디서 보았더라, 찬주는 기억을 더듬었다. 시간은 오래 걸리지 않았다. 자신의 유년의 꿈을 부풀게 했던 연극 '춘향전'의 이 도령이었다. 20년이 흘렀지만 그의 모습은 중후한 멋을 풍길 뿐 변한 것은 없었다.

　"선생님! 20년 전 D시에서 공연했던 춘향전의 이 도령이시죠?"

　그가 찬주를 쳐다보았다. 그는 찬주를 알아보지 못했다. 그때 잠깐 스쳤던 자신을 어떻게 알아보겠는가! 찬주는 13살 때 춘향전 연극을 관람했었다. 무대 뒤편에서 틀어놓은 선풍기 바람이 '이 도령'의 복건 끝자락을 살짝 날렸다. 이 도령 역의 배우가 얼마나 멋쟁이로 보였던지, 무대 뒤로 찾아갔다. 찬주는 그때 있었던 일을 말하기 시작했다.

"담배를 피우던 선생님께서 어린아이가 무슨 일이냐고 물으셨지요. 제가 연극하게 해달라고 졸라댔던 아이예요. 선생님은 피우던 담배를 비벼 끄고 저를 물끄러미 바라보셨어요. '이놈아! 머리에 피도 안 마른 녀석이 무엇이 하고 싶어? 어서 가서 엄마 젖이나 더 먹고 공부나 잘해.' 하셨지요. '저도 잘할 수 있어요. 울어야 할 때는 돌아가신 엄마 생각하면 눈물이, 미운 표정을 질 때는 꽃뱀을 생각할 거예요. 꽃뱀을요.' 제가 말씀드렸을 때 '별난 놈 다 보겠네. 꽃뱀? 뱀이면 무슨 종류나 다 징그럽지, 이놈아!' 하셨지요. 선생님이 불러준 이놈아가 너무 좋았어요. 아무도 저에게 이놈아라고 불러주지 않았었거든요. 조부님은 조금만 눈에 거슬려도 '저녀리 지지배. 조신하지 못하겠느냐?' 역정만 내셨어요. 선생님은 저를 더는 거들떠보지 않은 채 자리에서 일어나 화장실 쪽으로 가셨는데 무턱대고 기다렸어요. 저녁 공연 전에 돌아오지 않으셨지만 그냥 기다렸어요. 이렇게 말씀드려도 기억 못하시겠어요?"

장 대표는 옛일을 더듬는 것 같았다.

"아~아, 미운 표정을 연기할 때 꽃뱀을 생각한다던 아이? 그 당돌했던 아이가 너라고? 이젠 숙녀가 다 됐구나."

드디어 그가 자신을 알아보았을 때 너무 가슴이 벅차 그의 목을 끌어안았다. 그렇게 장 대표와 찬주가 다시 만났을 때 그는 배우가 아닌 제작자로 연극무대에 우뚝 선 인물이었고 찬주는 그의 무대의 배우가 됐다.

"연극배우 힘들지 않았어?" 장대표가 물었다. 찬주는 잔잔한 어조로 그동안 있었던 이야기를 풀어놓았다. 처음 엑스트라 역할도 가뭄에 콩 나듯 차례가 왔던 일, 관객들과 호흡을 맞추며 울고 웃었던 시간들, 객석에 빈자리가 많았을 때는 맥이 빠지고 허탈했지만 관중이 꽉 차서 갈채를 보낼 때의 감격스러움, 겨울에는 찬물에 단원들의 빨래를 도맡았던 일. 이제는 아물어 보이지 않는 터졌던 손등을 내려다보았다. 겨우 입에 풀칠했고 때때로 라면도 없어 굶었다. 무대에서 화려한 꿈은 삶과 연결이 되어 팍팍했던 추억. 찬주에게 그 연극은 가치 있는 삶이고 전부라고 말했다. 그는 찬주를 애정 어린 눈빛으로 바라보았다.

*

"다음은 '쇠소깍'에 가보자. 네 아버지와 같이 그곳에도 갔었는데…." 그녀가 말한다.

"무슨 그런 곳이 다 있어?" 발음하기도 어려운 것을 그녀는 또박또박 말한다. 찬주는 지도에서 '쇠소깍'을 찾는다. 소가 누워 있는 모습의 연못이란 뜻의 '쇠소'에 강과 바다가 만나는 지점, 연못의 끝이란 마지막을 의미하는 '깍'이 덧붙여진 방언이라고 설명이 돼 있다. 하천과 바다가 만나는 하구의 끝자락에서 택시가 멈춘다.

표지판이 보이는 곳으로 접어들자, 기암괴석과 숲이 어우러진 절경이 보인다. 바위에 비추어진 민물과 바닷물이 어우러진 빛깔은 유난히 푸르고 맑다. 돌들은 파도에 쓸리고 비바람에 닦여 동그랗게 작은 몽돌이 되어 모래 볕에 몸을 묻고 건너편 언덕에는 푸른 나무들이 울창해 산기운이 바다로 치달리다가 멈춰 선 듯하다.

"여기 오면 물에 절인 나무를 이어 만든 뗏목처럼 생긴 조각배 '테우'를 타 보는 거야. 네 아버지랑 탔었거든."

'이 여자 지금 뭐하는 거야? 아버지와 왔었던 곳을 추억 여행하는 중이란 것이네.' 분노가 지글거린다. 그래, 배를 타자. 마지막 '깍'에서 깍 끝내자.

찬주가 괴이한 웃음을 흘린다.

"좋아서 웃는 거야? 여기 잘 왔지? 뗏목 같은 저 배 타면 재미있어. 네 아빠가 내가 물에 빠질까봐 꼭 붙들어 주었었는데…."

'여기서 깍 끝내라, 춘심아.'

'아버지, 그렇게 저 여자에게 자상하셨어요?' 이 여자가 딸에게 어떻게 했는지 모르고 돌아가신 아버지, 찬주에겐 애증으로 남았을 뿐이다.

"나 네 집에 올 때 새로 내복 사 입었는데 좀 조이는 것 같네." 춘심은 혀를 날름 내밀고 찬주를 흔든다. 저 혀를 내미는 습관 때문에 "자식 둔 어미가 자발없이, 저놈의 버릇." 할머니는 혀를 차시며 못마땅해 하셨다. '내가 너에게 못된 계모 노릇 했던 일들 기억해 내고 갈대밭에서 헤어지자.' 춘심은 찬주가 자신을 미워할수록 이별은 쉬울 것 같다. 찬주의 입술이 바르르 떠는 것을 춘심은 못 본 척한다.

'춘심아! 네가 나에게 어떻게 했는지 잊어버렸구나.' 속옷조차 사주지 않았던 춘심이다. 낡은 브래지어를 꿰매 입고 생리대 살 돈이 없어 식구들이 다 잠든 사이 소창 천으로 만든 생리대를 빨아 삶았다. 방에 빨랫줄을 매고 생리대를 널고 누워 있으면 엄마의 상여가 나갈 때 펄럭이던 만장이 생각나서 소리죽여 울었었다. 뒤뚱거리며 넘어져 물에 빠져라. 춘심아! 춘심은 일어나지 않고 30분이나 '테우'를 타는 동안 새색시마냥 앉아 있다. 또 거울을 꺼내든다. '제발 일어서! 중심을 잃어! 여기서 끝내자.' 가슴속에서 두 방망이가 드럼 치듯 둥둥거린다. 분노 조절이 되지 않는다. 감정을 자제하느라 침을 몇 번이나 삼키고 또 삼킨다.

"갈대밭에 가자. 네 아버지와 마지막에 갔었던 곳이야."

춘심이 말한다.

"그래? 이왕 왔는데 보고 싶은 곳 다 봐야지, 안 그래?"

찬주는 큰 인심 쓰듯 흔쾌히 말한다. 춘심이 야릇한 표정으로 무슨 말을 할 듯 입술을 들먹거리다 만다.

*

장 대표의 장례식 후 마시지 못하는 소주에 흠뻑 젖었을 때 현관 벨소리가 울린 것 같았다. "대표님 오셨어요?" 장 대표가 아니면 올 사람이 없었다. 술에 취한 채 비틀거리며 현관문을 열었다. 아~ 찬주는 꿈이지 싶었다. 예기치 못한 방문객은 아버지의 여자 춘심이었다. 근 15년 동안 보지 못했던 그녀를 감지한 것은 처음 만났던 날 입었던 옷과 흡사한 재킷을 입고 있었기 때문이었다. 세월의 흔적은 빗겨가지 못한 듯 자글자글 주름진 몰골은 초췌했지만 고운 살결은 여전했다.

대학 1학년 여름방학에 있었던 일이 생생히 떠올랐다. 춘심은 찬주 집에 왔을 때부터 살살 남의 물건을 몰래 뒤지는 버릇이 있었다. 찬주가 1학기 학교에서 공부하는 동안 그 일을 방심했다.

개학을 며칠 앞둔 어느날, 춘심이 가방을 몰래 훔쳐보았고 공교롭게 학과목 선택이 들통났다.

"연극영화과라니? 가정과라 했잖느냐? 가사선생 한다더니, 광대를 하겠다고 애비를 속여?"

아버지의 역정은 대단했다. "대학물 먹어 보았으니 조신하게 있다가 시집이나 가거라." 하셨다. 절망이 밀려왔다. 답답했다. 밖으로 나왔다. 다시 마당으로 들어서던 찬주는 안방에서 급히 나오는 동생과 눈이 마주쳤다. 아버지가 잠깐 자리를 비운 사이 금고에서 현찰이 없어졌다는 말이 들렸고 "학비 안 주실까봐, 찬주 짓이겠지요." 춘심이 작은 목소리로 음해하는 말이 들렸다. 도둑으로 몰린 절묘한 타이밍이었다. 아버지는 찬주의 모든 소지품을 샅샅이 조사했다. 돈이 나오지 않자 어디에 숨겼는지 말하라고 다그쳤다. 아버지의 표정은 오직 돈을 갈취한 도둑을 취조하는 악덕 형사의 모습이었다. 찬주는 옆에 눈을 내리깔고 가만히 앉아 있는 춘심을 보았다. "당신 아들 짓이잖아?" 있는 힘을 다해 소리친 것 같은데 아무 말도 입 밖으로 나오지 않았다. 너무 기막힌 도둑 누명에 숨이 턱 막혔다. 도둑이라니, 미칠 것 같았다. "도둑질을 하다니 너는 자식도 아니다. 나가지 못하겠느냐?" 아버지가 소리질렀다. 절망이 거대한 해일처럼 밀려왔다. 다른 것도 아닌 도둑 누명은 아버지와 이별로 이어졌다.

아주머니 댁 뿐 갈 곳도 없었다. 먼동이 트고 있었다. 너무 억울해서 울고 또 울었다. 아주머니는 우는 찬주를 말리지 않았다. "네 할머니가 계셨더라면 어떻게 이런 일이…." 눈물만 흘리시며 손에 몇 만 원을 쥐어 주셨다.

곧장 연극무대로 뛰어들었다. 춘심이가 씌운 도둑 누명은 찬주에게 견디기 힘든 악성종양처럼 통증은 견딜 수가 없었다.

어제 일처럼 선명하게 그날이, 영화의 한 장면처럼 지나갔다. 소름이 쫙 끼쳤다. 현관을 급히 닫았다. 다시 깊은 잠속으로 빨려들었다. 목이 타는 갈증에 눈을 떴다. 창밖은 어둠이 짙게 내려앉았다. 머리가 깨질 것 같았다. 찬물을 벌컥벌컥 마셨다. 분리수거가 생각났다. 재활용 봉투를 들고 현관을 열었다. 어둠을 뚫고 자동차 전조등이 현관 앞 계단에 쪼그리고 앉아있는 춘심을 훑고 지나갔다. 얼마나 기다린 것인가! 아버지가 타계하신 줄은 알고 있는지, 왜 여기를? 입술이 바르르 떨렸다.

"당신 어떻게 알고 감히 여기를 올 생각을 했지?"

"나 여기 며칠만 있게 해줘." 그녀의 목소리는 들릴 듯 말 듯 작은 소리였다. 전에도 그랬다. 아쉬울 때는 저자세로 나오는 버릇, '교활한 눈웃음으로 순박한 아버지를 등쳐먹고 그 잘난 아들하고 과수원 팔아 도망갔으면 잘 살기나 하지, 아들은 어디에 두고 혼자 나를 찾아와서 며칠만 있게 해 달라는 거야?' 말이 나오려는 순간, "네 몫은 내가 챙겨놓았어." "내 몫이라니?" 찬주의 말소리가 떨려 나왔다. 자신의 머릿속 계산기가 빨리 돌아가고 있었다. 그렇다면 과수원 처분한 금액의 일부를 자신에게 준다는 말인가? 춘심이 말을 그대로 믿으면 안 되지. 이성적인 판단은 들어오게 하면 안 돼, 했지만 찬주는 네 몫이란 두 단어에 홀린 듯 문을 닫지 못했다.

"여기까지 왔으니 일단 들어와." 말이 튀어나왔다.

겨우 스물아홉인 아들이 아버지 인감도장을 훔쳐서 몰래 과수원을 처분했고 어미와 아들이 야반도주한 사건을 아주머니가 알려왔다. 아버지가 이 충격을 어떻게 감당할까! 처음엔 고소하다는 반감에 야릇한 미소까지 흘렸다. 학비조차 주지 않고 아들과 춘심이 치마폭에 싸여 딸에게 냉혈한처럼 무심했던 아버지, 특별한 애정도 없다. 과수원이 남의 손에 넘어갔건 말건, 입에 거미줄 치지는 않겠지, 집을 나온 후 한 번도 간 적이 없다. 가보고 싶지도 않았고 가지 않았다.

*

　열한살 찬주는 사과 꽃에 홀린 듯 과수원 깊숙이 들어갔다. 사과나무 아래 퇴비가 조금 흔들린 것 같았고 설핏 오색 무지갯빛 같은 것이 스쳤다. 궁금했다. 옆에 있는 막대기로 살짝 헤집었다. 그 속에 똬리를 튼 오색찬란한 빛깔의 유혈목이 혀를 날름거렸다. 깜짝 놀란 찬주는 뒷걸음을 쳤다. 징그럽고 소름이 돋았다. 집 쪽으로 뛰었다.
　숨을 몰아쉬며 대문 안에 한 발짝 디디는 순간, 마당에 서 있는 작은 여자와 눈이 마주쳤다. 그녀는 까만 바지와 초록색 바탕에 하늘색, 노랑, 빨강 체크무늬가 선명한 재킷을 입고 서 있었다. 찬주가 대청마루 유리창에 매달아 놓은 요지경 오색 빛깔이 아침햇살에 반사되어 여자의 꽁지머리 아래 긴 목선 위로 어른댔다. 요지경이 바람에 흔들릴 때마다 오색 빛깔은 그녀의 목덜미를 오르락내리락 거렸다. 그 빛깔은 퇴비 안에서 방금 본 무지갯빛과 교차되었다.
　푸르뎅뎅한 두꺼운 입술, 어디로 보나 미인은 물론 아니지만 그렇다고 평범한 얼굴도 아니었다. 유난히 돋보였던 흰 피부와 그녀의 눈웃음이 왠지 징그러웠다. "동생 잘 부탁해." 찬주가 어리둥절하자 그녀는 눈웃음을 치며 혀를 날름 내밀었다. 저 여자가 자신을 어떻게 알지? 찬주의 시선이 곧 옆에 서 있는 5살쯤 되는 사내아이에게 꽂혔다. 어수선한 분위기가 엄마와 찬주에게 위기감 같은 것이 스며들었다.

엄마가 부엌에서 일하는 모습이 보였고 어른들이 사내아이를 데리고 방으로 들어갔다. 이름이 뭐냐, 몇 살이냐, 똑똑하구나, 등 두드리는 소리가 났다. 하나 달고 나온다는 것은 이 집에서 우상 같은 존재였다. 찬주는 부엌에서 일하는 엄마에게 투정을 부렸고 엄마는 쩔쩔맸다. 사내아이로 태어나지 못한 미안함이 깔려 있었는지, 찬주는 그냥 엄마를 들볶았다.

조부님은 찬주와 마주칠 때마다 혀를 끌끌 차며 "하나 달고 나왔으면 좀 좋아." 긴 장죽을 탁탁 쳤다. 늘 손에 든 뭉그러진 홍시 보듯 하던 조부의 표정이 찬주는 슬펐다. 시름시름 앓아 누웠던 엄마를 보고 일하는 아주머니도 혼자 중얼거렸다.

"층층시하에 시앗이 낳아온 새끼까지 봐야 하는 그 마음이 오죽했으면 생병이 났겠어. 화병이지 화병."

어떤 병이 엄마를 다시는 못 일어나게 했는지 왕진 가방을 든 의사가 고개를 젓는 것을 본 후, 얼마 되지 않아 엄마는 훌쩍 세상과 작별했다. 하나 달고 나오지 못한 찬주만 남겨두고….

엄마가 돌아가시자, 술집 여자를 어떻게 집안에 들일 수 있느냐는 대소가 어른들의 의견이 분분했지만 아이는 어미가 키우는 것이 좋겠다는 조부의 결정은 곧 우리 집의 법이 되었다. 찬주가 고등학교 일 학년 때 유일한 의지 간이셨던 조부모님이 여행 중 관광버스가 전복돼 돌아가셨다. 춘심이 안방을 차지했고 그 위세는 대단했다.

집을 나온 한달 후쯤 아주머니로부터 전화가 왔다. 네 동생이 동네 아이들 과자를 사주고 쏨쏨이가 보통을 넘어 눈여겨 보던 일꾼이 굴뚝에 덮어놓은 가마니 밑에 숨겨둔 돈을 찾아 냈다고 했다. 동생 짓인 줄 알면서 아버지가 자신을 찾지 않았고 사과 한마디 없다니, 섭섭함을 넘어 인연이 여기까지구나 싶었다. 다시는 집에 가지 않았다. 아주머니의 뜻밖의 전화는 아버지가 뇌졸중으로 쓰러졌으니 빨리 오라는 기별이었다. 가야 되나, 말아야 되나, 가지 말자고 맘먹으면 마음이 편치 않았다. 친척 아주머니의 간절한 전화가 빗발쳤다. "너뿐이잖아!" 전화 속에서 너뿐이라는 음성이 이명소리처럼 앵앵거렸다. 아주머니와 통화를 끝냈을 때 옆에 있던 장 대표가 찬주의 눈치를 보며 말했다.

"아버지잖아. 모시고 와. 나중에 얼마나 후회하려고…" 찬주의 등을 토닥거리며 설득하고 또 설득했다. 그래도 찬주는 실풍머룩했다.

망설이기를 몇 날 며칠, 자신과 실랑이는 버거웠다. 아주머니 전화를 외면하면 할수록 아버지에 대한 애증은 증폭되고 안절부절 아무것도 손에 잡히지 않았다. 결국 고향 길 버스에 탄 찬주는 차창에 비친 자신의 푸석한 얼굴이 낯설었다.

농장을 산 사람도 정상적인 매입이 아닌지라 이사 재촉은 하지 못한 것 같았다. 대문 안으로 들어섰다. 적막이 감돌았다. 아버지를 얼마 만에 만나는 것인가! 차라리 전처럼 잘 살기나 하지 싶었다. 얼마 만에 와보는 고향집인가! 찬주 자신이 놀던 과수원, 조부모님께 늘 터진 홍시처럼 아쉬움으로 남아,

언제나 볼멘소리로 대꾸했던 찬주, 선머슴아이처럼 어른들 눈에 거슬리게 했던 자신이 자란 곳을 둘러보았다. 어느덧 눈물이 맺혔다. 혈압약 복용을 하지 않아 응급실로 실려간 아버지는 우측 뇌의 출혈이 있어 오른편 팔다리가 불편해져 있었다. 갈 곳도 없으면서 한사코 찬주에게 오기를 거부한 고집스런 모습도 미웠다.

대충 짐정리를 했고 작은 트럭 운전석 옆에 앉아 고향을 떠날 때, 아버지는 입을 꼭 다물고 아무 말도 하지 않았다. 얼마나 기막혔을까. 찬주 자신이 이렇게 억장이 무너지는데 증조부가 일구어놓은 과수원을 어이없이 놓치고 고향을 떠나는 아버지의 심정은 오죽할까 싶었다. 꽃이 피고 지고 눈이 내리고 다시 꽃이 피었다.

그렇게 지내던 어느 날, 아버지가 처음으로 딸과 눈이 마주쳤다. 찬주가 아버지 손을 잡았다. "아버지, 하실 말씀 있으면 하세요." 찬주가 말했다.

"많이 미안하다. 너를 내가…" 그 말씀 후 목이 메는지 말을 더는 하지 못했다. 측은한 눈빛으로 딸을 바라만 보았다. 찬주는 이제 더는 이런 시간 갖지 못한다는 것을 알고 있었다. 끈끈한 정이나 절절한 애정은 없지만, 서로가 용서와 화해가 있는, 아니, 아버지의 속죄의 시간, 그 시간이 필요했는지도 모른다. 아련한 추억, 빛살처럼 찰나의 기쁨이 자신의 기억 속 어딘가에 숨어 있을 것이라고 낡고 케케묵은 앨범을 한 장씩 넘기기 시작했다.

갈대는 바람에 날리고

6살 때던가! 아슴푸레한 기억을 더듬었다. 조부모님이 출타했을 때 아버지의 등에 업혀 재잘댔던 어느 봄날. 남동생이 우리 집에 오기 전이었다. 과목밭을 둘러보았는데 오월에 만개한 사과 꽃이 눈부셨다. 그 꽃들이 너무 예뻤다. 꽃가지를 꺾었다. "이놈아, 그것을 꺾으면 어쩌누." "예뻐서." "그래도 다시는 꺾지 말거라. 사과가 열려야지." 그때 아버지는 미소를 지으셨고 눈빛은 아침햇살에 반사되어 빛났었다. 유년의 기억을 말하자 "많이 미안하다." 말씀 후 더는 아무 말도 하지 않았다. 동생에 대해서는 한마디도 언급이 없었다. 얼마 후 아버지는 주무시듯 곱게 세상과 이별을 했다.

*

춘심과는 며칠 동안 식사시간에만 만났다. 건너방 방문을 열고 들여다보면 두 팔로 세운 무릎을 감싸고 양 손가락을 깍지 낀 채 얼굴은 무릎에 묻고 조각처럼 앉아 있었다. 찬주가 문을 여닫는 소리에도 꼼짝을 하지 않았다. 챙겨놓았다는 자신의 몫이란 것이 얼마나 되는지 조바심이 났다. 그녀가 왔던 첫날 그날 자신의 몫을 내놓으라고 했어야 했다. 거짓말이면 내쫓았어야 됐는데 자신에게 줄 네 몫이란 말에…. 연잎은 감당할 만큼 빗방울만 싣고 그 이상은 미련 없이 버린다는데….

화장실에 가려고 문을 열었는데 건너방 불빛이 틈새로 보였다. 새벽 2시다. 매일 밤 그녀의 저벅거리는 발자국 소리, 분명 아들과 무슨 일이 있는 것 같은데 알고 싶지 않았다. 네 몫이라는 말에 아이처럼 덤벙대고 문을 열었던 자신이 더 한심했다.

찬주는 마음을 다잡고 말하기 시작했다. "며칠 있다 간다고 했잖아요. 안 가요?" 그녀는 아무 대답이 없었다. "무슨 일인데 대답이 없어요? 아들하고 농장 팔아 도망갔으면 잘살 것이지, 금쪽 같은 아들은 어디가고 왜 여기에 있는데요. 고만 가 주세요." 밤마다 뒤척이고 긴 한숨 소리가 목을 조여오는 듯했다. 한참 뜸을 들이던 그녀가 아들이 어미를 버리고 잠적했다는 사실을 실토했다.

*

누룽지처럼 자신에게 눌어붙은 그녀의 꼴이 정말 참기 힘들었다. 혼자 소주잔을 기울이다가 이런 상태로는 아니다 싶었다. 그녀가 술 마시는 것을 한 번도 본 적은 없지만, 찬주 자신이 술기운을 빌려 그녀에게 떠나라는 말을 강력하게 하고 싶어 상을 번쩍 들고 건너 방으로 들어갔다.

"같이 한잔 합시다. 며칠만 있다가 간다더니 뭐야? 이 가난한 연극쟁이네 집에 빌붙어서." 찬주가 말했다. 농장 집에 살 때나 여기에 온 후에도 그녀가 술을 마시는 것을 본 적은 없다. 그런 그녀와 주거니 받거니 빈병이 늘어났다. 이제껏 알지 못했던 또 다른 그녀의 모습이었다. 술주정이 보통을 넘어섰다. 하긴 술집 여자 출신인 줄을 잊었었네. "춘심 씨!" 찬주가 불렀다.

"왜 사내도 아닌 것이 내 이름을 부르냐? 그래도 네 아버지와 산 세월이 얼마인데 춘심 씨가 뭐냐?" 이미 혀가 꼬부라져 있었던 그녀의 발음은 불분명했다. "술 따르세요, 춘심 씨. 농장 팔아서 도망간 그날부터 당신은 춘심이 이상도 이하도 아니지." 찬주가 빈정거렸다. "너 내가 네 집에 얹혀산다고 무시하냐?" "그러니까 가면 될 것 아냐. 이젠 고만 가라고!" 찬주가 소리쳤다. 갑자기 그녀가 미친 듯이 깔깔 웃기 시작했고 그녀의 철벽이 무너져 내리고 있었다. 아니, 아마도 일부러 그녀의 이야기를 풀어놓으려 그리했던 것인지도….

"찬주야! 철옹성처럼 지켰던 내 비밀 들어볼래?" "시끄러워!" 찬주가 소리쳤지만 그녀의 비밀 보따리는 이미 매듭이 풀려 내렸다.

"네 아버지는 네 조부님 때문에 벼락 맞았어. 저녁 땅거미가 내려앉을 무렵, 네 아버지가 서울에서 온 친구 대접하느라 우리 술집에 오셨다. 술집 마담이 농장 젊은 주인이니 잘 해봐, 아들만 낳으면 땡잡는 거라고 윙크까지 했다. 처음 네 아버지를 보았어. '넌 술 마실 줄 모르니 마시지 마.' 같이 온 친구 분이 네 아빠에게 말씀하셨어. '나 이젠 술 좀 해.' 네 아빠가 대답했고 몇 잔째인지, 술에 약한 양반이 코가 삐뚤어지게 마셔서 녹초가 됐는데 기억을 하겠어? 잘되었다 싶었지. 네 아빠 친구는 같이 일하는 여자 방으로 들었고, 내가 일부러 네 아빠

또 다른 시작을 위하여

를 모셨다. 내가 술집 작부 노릇하면서 얼마나 조심했겠냐. 그런데 임신을 한 거야. 메뚜기도 유월이 한철이라고 언제까지 사내들에게 시달리며 살겠나 싶더라. 아기는 사내였어. 생각 끝에 애를 빌미삼아 네 아버지 첩으로 살려 했지. 술집 여자가 그렇지, 이놈 저놈 한두 놈이냐? 어떤 놈 씨인지 나도 몰라.

 네 조부님이 손자라는 말에 꼭지가 돈 거지. 네 아버지는 얼떨결에 코가 꿴 거고. 요즘 같으면 유전자 검사를 했겠지만, 25년 전에 더구나 시골에서 유전자 검사는 생각도 못한 일이지. 네 가족에게 용서 받지 못할 죄인이지만, 좋은 가정에서 잘 키우고 싶었어. 나도 엄마잖아. 네 조부님이 손자라는 말에 앞뒤 재지도 않고 애를 데리고 들어가는 바람에…. 미안하다. 사람 욕심이 한도 끝도 없더구나. 내가 죽일 년이다. 용서하지 마. 네 집을 망하게 한 이년이 지옥에 가서 벌 받을게. 자식에게 버림받고 보니 천벌을 받는구나 싶더라. 네 아버지와 너에게 용서를 빌고 죽고 싶었어. 네 아버지는 아무것도 모르고 돌아가셨으니 이 죄를 어찌 씻겠니? 애새끼가 어떤 더러운 놈의 씨인지 엇박자로 나가는데 어쩔 거야. 씨도둑은 못한다고 어쩜 그렇게 청개구리냐? 나 이제껏 맘 졸이고 살았어. 아들놈이 못되게 나가니, 들통날까봐 조마조마해서 더 너에게도 모질게 했는지 모른다. 조심하느라 술도 한 잔 안 마셨다. 변명처럼 들리겠지만…."

 아~ 아~ 절규의 긴 톤이 숨통을 조였다. 피가 거꾸로 선다는 것이 이런 것이다. 그 순간 찬주는 여자의 목을 조르고 싶

갈대는 바람에 날리고

은 것을 어떻게 참았는지, 사력을 다했다는 것이 옳을 것이다. 사람이 궁지에 몰리면 그 본바탕이 드러난다고 누군가 말했던 것 같은데…. 아버지의 엇비껴간 사랑의 눈빛이 허공에서 맴돈다.

아 ~ 엄마! 동생도 아닌 놈 때문에 말라죽어간 엄마, 분해서 죽을 것 같아, 차라리 아무 말도 하지 말지, 그랬다면 무연고자 '시설'에 보냈을 터인데 그렇게못 하겠어. "엄마!" 찬주는 목 놓아 엄마를 불렀다. 그리고 춘심에게 자신이 손수 지옥의 맛을 보여주기로 다지고 또 다졌다.

"넌 양로원이나 정신병동 같은 곳에 갈 자격 없어. 그렇게 가고 싶다고 가고 싶다고 매일 졸라대던 제주도로 가자. 영원히 그곳에서, 흐흐흐…."

악마가 따로 있는 것이 아니다. 선과 악이 공존하는 내 안에 악이 잠을 깼을 뿐이다. 30년 동안 내가 받았어야 할 내 것을 다 가져간 벌 치고는 가볍지 않은가. 아 ~ 찬주는 미친 듯이 울부짖다가 소주를 마시고 또 마셨다.

*

택시를 탔다. 해는 뉘엿뉘엿 서산으로 고개를 꺾었는데 하루 종일 돌아다닌 피곤이 몰려왔다. 잠시 침묵이 흐른다.

"갈대밭에 가는 거야?" 춘심이 앞으로 일어날 일을 아는 듯 가련한 눈빛으로 찬주를 본다.

"그곳에 가고 싶다며?" 찬주의 음성이 좀 더 상냥하다.

"당신이 있을 곳을 찾으셨군!" 찬주가 작은 소리로 중얼거렸다. 그리고 옆자리의 춘심을 돌아보며 목소리 톤을 높였다.

"당신 아들은 사내아이라고 엄청 사랑을 듬뿍 받고 사고 싶은 것 다 사주었잖아! 그런데 욕심이 유별났어. 할머니가 당신이 속이 거북하면 잡수시던 박하사탕을 우리에게 나누어주셨던 날이었어. 저고리 옷고름을 다시 매시느라 잠시 고개를 숙이셨는데 그 틈새에 사탕을 한움큼 집어 감추다가 할머니에게 들켰거든. 주세요, 할 것이지 어른 것을 함부로 집어가는 버릇 어디서 배웠느냐고 역정을 내셨는데 나를 힐끔힐끔 보면서 도망을 가더라. 그 눈빛이 당신이랑 똑 닮았어. 그러니 어린 것이 겁도 없이 도둑질 했겠지. 내게 도둑 누명 씌우고 당신 아들을 감싸더니 바늘도둑을 소도둑으로 키운 거야. 결국에는…."

찬주의 말에 춘심은 아무 대꾸가 없다.

"저 아이는 왜 저리 엇나가는지, 원…." 할머니가 말했었다.

"찬주야, 엊그제는 천 조각으로 상보를 만드는데, 그 천 조각들을 다 움켜잡고 이리 다오, 하는 할미 말에 울고불고 난리도 아니었다. 사내 녀석이 천 조각을 무엇에 쓰려고 묻자, 그냥 우는 거야." 할머니는 쓸쓸하게 말했다.

그 말 끝에 늘 그런 것처럼 아쉬운 표정으로 터져서 먹을 수 없는 홍시를 아까워서 어찌해야 될지 모르는 눈빛으로 찬주를 바라보셨다. 할머니의 모습이 아프게 안개비처럼 스며든다.

갈대는 바람에 날리고

"네 할아버지가 아이가 좋아하면 그냥 줄 것이지 울린다고 아이를 데리고 나가시더구나. 그 양반이 아이 버릇을…." 어두운 그늘이 할머니의 얼굴을 스쳐 지나갔다.

 춘심은 찬주 말은 들은 척도 하지 않고 갈대밭으로 들어선다. 저녁노을 빛이 갈대밭을 흠뻑 적신다. 은빛 갈대는 자주 빛을 발하며 출렁댄다. 농익은 사과 빛과도 같다. 강풍이 휘몰아치자 마치 붉은 뱀이 빠른 속도로 기어가는 것처럼 보인다. 갈대는 지치지도 않는다. 바람결에 따라 이리저리 위아래로 똬리를 틀다가 풀고 길고 길게 기지개를 킨다. 저 바람은 어떤 시인의 시처럼 천 년 전에 하던 장난을 아직도 하고 있다. 춘심은 어린아이처럼 양팔을 수평으로 뻗고 갈대를 훑으며 달린다. 달리는 그녀의 얼굴 위로 석양이 관통해 질러간다. 여기가 그녀와 이별의 장을 열기는 참 격에 맞는 곳이다.

 아담과 이브를 꾀어내어 낙원을 엉망으로 만든 원죄의 후예 유전자 때문에 춘심이 같은 사악한 여자가 태어났다. 강산이 세 번이나 바뀌도록 거짓으로 우리 집 가문을 닫게 만든 요사스런 여자를 두고 가야 한다. 춘심은 이성을 잃어버린 광기가 번득이고 찬주 자신은 인간의 존엄성을 짓밟는다. 갈대밭을 훑으며 잠시 바람이 머문다. 날아갈 것처럼 시원할 것 같은데…. 돌아선 자신의 마음이 새털처럼 가벼울 줄 알았는데…. 무엇을 지고 가는 것처럼 이 돌덩이 무게가 견딜 수 없는 것은 무엇 때문인지 모를 일이다. 뒤를 돌아본다. 그녀는 신들린 무당처럼 갈대와 어우러져서 춤을 춘다. 어찌 보면 죄를 다 씻고 감옥 밖으로 막 출소한 죄수 같다. 아들에게 버림받은 어미, 이보다 더 큰 벌이 또 있을까.

어디로인지 떠나는 비행기가 갈대밭 위로 날아간다. 춘심이가 멈칫 하늘을 올려다본다. 고통에 가렸던 끔찍함이 걷혀진 저 해탈한 것 같은 표정은 왜인가! 고해성사 후의 홀가분한 신자처럼 평화스럽고 행복해 보이기까지 한 까닭은! 아주머니가 아버지를 모시고 가라고 당부했을 때 갈까 말까 망설이던 마음이 왜 하필이면 지금 자꾸만 떠오르는지.

"찬주야! 넌 용서 할 수 있어. 버리고 간다고 네 마음이 편할 것 같니? 아니잖아." 장 대표 목소리가 바람타고 들려온다. '어디 계세요? 대표님, 왜 나 혼자 남겨두고….' 더는 말을 잇지 못한 채 얼굴이 참담하게 이지러진다. 찬주의 삶을 어두운 터널 속에서 암울한 나날을 보내게 만든 저 여자를 용서하면 안 돼. 아들도 엄마를 버렸는데, 여기에 두고 간들 잘못의 대가가 그것으로 끝나는 것이 아니다. 잘못의 대가로는 어림도 없다. 그런데 자신은 왜 이리 갈팡질팡하는 것인가, 왜, 왜, 지나간 모든 것이 억울해서 피를 토할 것처럼 분노가 사라지지 않는다. 마치 안개 속을 헤매는 듯하다. 다시 장 대표의 목소리가 들린다.

"찬주야! 사랑이란 탈 대로 다 태워버려야만 그것이 사랑의 완성이다. 용서해, 네 자신을 위해. 찬주야! 너에게는 연극이 있잖아. 무대로 돌아가, 사랑의 완성을 위해!"

장 대표의 노래가 들린다. 허밍으로 부르다가 끝 소절이 애절하다.
　'타다가 남은 동강은 쓸 곳이 없느니라.'

울음산

박병관 作
유화, 가로 45.5cm X 세로 34.5cm

"'하나' 씨! 떠나실까요?" 동진이 담담히 말한다.
"꼭 소풍가는 것처럼 설레기도…" '하나'가 말끝을 흐린다. 동진은 그녀가 두려워 할까봐 조심스럽다. 그녀가 해 내야 할 일이지만 가지 않겠다고 포기하면, 자신이 이제껏 애썼던 보람이 물거품이 되는 것 아닌가, 아쉬움 때문만은 아니다. 그녀의 남은 생애가 피폐해진 채로 끝이 난다면, 너무 안타까운 일 아닌가, 외줄타기 하는 광대를 보는 것처럼 아슬아슬하다. 40여 년을 외면했던 잃어버린 시간을 찾는 여정은, 쉬운 일이 아니다. 그녀가 말이 없으니, 무슨 생각을 하고 있는지 알 수는 없다.

코로나19 바이러스가 전 세계를 공포의 도가니로 몰고 있다. 라틴어로 독약이란 뜻을 가진 바이러스는 인체에 들어오면 독약처럼 혹독하다. 사회적 거리두기, 마스크 착용이 필수일 뿐, 코로나 바이러스의 정체는 아직 파악이 되지 못해 별종이다. 어떤 사람은 코로나 확진 후 후유증이 최악이다. 한 주는 두통, 다음 주는 복통, 콘크리트로 가슴을 짓누르는 것처럼 호흡곤란증세, 항생제와 스테로이드 치료 등을 했지만, 효과는 없고 투병 6개월 동안 이젠 칫솔로 이를 닦을 힘도 남아있지 않다고 한다. 어디에서, 어떻게 왔는지 오리무중인 이 바이러스 때문에 동진도 떠밀리 듯 이태리에서 한국으로 돌아왔다.

　세계적인 유행병 때문에 여행 중 식당에서 식사는 언감생심이다. '하나'는 아침 일찍 정순이와 음식 준비를 했다. 보온도시락 통에 무국과 잡곡밥, 김, 반찬통에 김치. 취나물과 깻잎장아찌, 소고기전과 호박전을 넣었다. 뜨거운 물은 큰 보온병에 커피는 작은 보온병에 준비했다. "아무리 4월이라도 음식은 따끈하게 먹어야 해." 정순이 호들갑이 오늘따라 싫지 않다. 여러 가지 과일도 먹기 좋게 한입 크기로 잘라서 플라스틱 용기에 넣었다.

　'하나'가 유년을 보낸 집에서 정순엄마가 차려주는 저녁을 먹을 것이다. 좀 전에 새벽시장에서 꽃게를 사왔다는 전화가 왔다. 그 말을 듣자 '하나'의 머릿속이 안개꽃이 피어나듯 하얗게 비워진다. 이 난관을 극복해야지, 왜 그녀는 다리가 달린 해산물을 보면 구토를 하는지, 정말 알고 싶다. 그런데 그 생각만하면 가슴이 답답하고 다리가 휘청거린다.

　"아기씨, 왜 우리엄마가 꽃게찌개를 해놓겠다고 했는지 알지? 아기씨가 얼마나 좋아했던 음식인데, 40여년을 먹지 않았어. 원인을 찾으려면 피하지 말고 그 속으로 들어가야 해."

　하나는 고개를 끄덕거렸지만 눈동자는 두려움으로 가득 차

있다.

*

　동진이 '하나카페' 문을 열고 들어섰을 때가 두 달 전쯤이다. 하나 카페? 둘 카페는 아니고 하나? 울적한 마음에서 벗어나고 싶은 듯 한번 씩 웃었다.
　카페는 나무로 지은 아담한 작은 건물이었다. 안개꽃이 걸린 프렌치 스타일 창문이 보였다. 문을 밀고 안을 휘 둘러보았다. 아무도 없었다. 3천만 원을 호가하는 하이엔드 전자동 에스프레소 커피 머신과 상품으로 진열된 여러 종류의 커피들, 다양한 스타일의 커피 용기들까지 잘 정돈 돼 있었다. 한 가지 그의 시선을 끈 것은 손님 테이블마다 앙증맞은 납작한 꽃병에 안개꽃이 꽂혀있고 왼쪽 코너 큰 질그릇 항아리에도 안개꽃은 가득 담겨있었다. 마주 보이는 뒷문과 창문으로 잔설이 하얗게 내린 안개 낀 오솔길이 한눈에 들어왔다. 울창한 자작나무 가지에 앉아 있던 눈꽃들이 바람에 흩뿌려져 안개에 젖는 풍경과 실내의 안개꽃이 어떤 몽환적인 분위기를 자아냈다. 아직 겨울이고 코로나 때문인지 상춘객은 보이지 않았다. 그는 안으로 들어섰다.
　이태리 로마, 바리스타 학원에서 첫 수업 시간이 생각났다. 강사의 첫마디는 '샤를 모리스 드 탈레랑 페리고르가' 한 커피 예찬부터 시작했다. 탈레랑은 나폴레옹 1세 때 외무장관을 지낸 사람이다. '커피의 본능은 유혹이다. 진한 향기는 와인보다 달콤하고 부드러운 맛은 키스보다 황홀하다. 악마처럼 검고 지옥처럼 뜨거우며 천사와 같이 순수하고 사랑처럼 달콤하다.' 탈레랑의 커피예찬은 매혹적이었다. 동진은 바리스타 자격증을 획득했고 로마에서 사는 동안 내내 그 일을 했다.

그는 커피를 주문하려고 카운터 앞에 섰다. "계십니까?" 다시 한 번 "아무도 안 계십니까?" 목소리 톤을 높였다. 그때 바른편 화장실 표시판이 붙은 쪽에서 곧 쓰러질 것 같은 발자국 소리가 점점 가까이 들렸고 까만 원피스와 짧은 패딩 조끼를 입은 가녀린 여자가 나오고 있었다. 양 어깨가 축 처진 채 들릴 듯 말 듯 한 목소리로 인사를 했다.

40대 후반이나 50이 된 듯한 여자는 이목구비가 반듯했고 검정 옷은 우유 빛 피부를 더 돋보이게 했다. 단정하게 양쪽을 땋아 올린 머리는 현대 감각이 아닌 어느 고전 외국영화에서 본 것 같았다. 여자가 까만 앞치마 끈을 매고 마스크를 쓰면서 커피 머신의 스위치를 올렸다. 눈빛은 먼 곳을 헤매는 듯 했고 깊은 우수의 그림자가 그녀를 감싸고 있었다. 방금 아내의 무덤을 등져서인가, 아내의 눈동자가 그녀의 눈빛에 박혀있었다. 동진은 여자의 피곤이 옮겨온 듯 무겁게 피로가 밀려왔고 신경은 곤두섰다.

"무슨 커피를 주문하시겠습니까?" 여자가 작은 소리로 말했다.

"핸드드립을 부탁합니다."

"손님께서는 가장 자연적인 추출 방식을 선호하시는군요."

"네, 핸드드립 커피를 좋아합니다. 제가 오랫동안 이태리 로마에서 바리스타 일을 했거든요."

"아, 그러시구나. 바리스타시라면, 손님께서 구미에 맞게 직접 하시겠어요? 전 바리스타 분께 대접할 정도의 실력이 아니랍니다. 뒤편에 화장실이 있습니다. 손을 씻으시고 이리 들어오세요."

'하나'의 목소리는 꺼져가는 등불 같았다.

"어머, 내가 뭐하는 거야, 손님에게 커피를 손수 내리라고 하다니." 자신이 한 말에 움찔 놀랐다.

그녀는 사실 핸드 드립에 자신이 없었다. 강원도 방향으로 꽃구경, 단풍놀이 가는 사람들 우르르 몰려들면 전자동 커피머신이 알아서 척척 해냈다. 손님도 없는데다가 지금 이 바리스타 자격증까지 가진 사람 입맛에 맞게 '핸드 드립' 커피를 만들 자신도 없고 손님 자신이 입맛에 맞추어 직접 하는 것이 좋을 것 같았다. 눈이 내려서인가 몸은 더 움츠러들었다.

오늘은 더 나른하고 만사가 귀찮다. 아무것도 하기 싫다. 2년째 계속하다보니 원두 고르는 것은 자신 있다. 국도 길목에 있는 카페는 단골이 필요 없다. '하나' 아버지는 고속도로 입구가 가깝고 국도 중간쯤 화장실이 필요한 곳에 장소를 찾아 땅을 샀고 카페와 집을 지었다. 이 사람이 바리스타가 아니었다면 굳이 손님 자신이 핸드드립 하도록 말 하지 않았을 것이다. 손 씻으러 간 손님은 좀처럼 돌아오지 않았다.

동진은 화장실에서 나오다가 뒷문 밖을 내다보았다. 비닐하우스가 보였고 그 옆에 나무로 지은 아담한 집이 있었다. 그는 비닐하우스 문을 열고 들어갔다. 백 평쯤 되는 그곳에는 안개꽃이 하얗게 피어있었고 상추. 시금치, 부추, 애호박까지 한여름 채마밭처럼 보였다. 아, 그래서 이 겨울에 카페 안에 안개꽃으로 장식을 했구나, 카페주인이 화장실 가서 졸도했나, 할지도…, 남의 카페에서 스스로 마실 커피를 내린다고 서슴없이 수락하다니, 자신의 돌출 행동이 낯선 타인을 본 듯했다. 핑계를 대자면 여자의 지쳐 보이는 눈빛이 아내의 눈동자처럼 아른거려 그랬는지도 모르겠다.

"비닐하우스에 있는 안개꽃을 보았습니다. 겨울이 봄바람에 쫓겨 가기 싫은 듯 밖에는 하얀 눈이 덮이고 안에는 안개꽃이 아늑한 분위기입니다."

"감사해요."

'하나'의 표정은 마스크 때문에 잘 보이지 않았다.

"제 이름은 '서동진'입니다." "저는 '유하나'입니다." 서로 통성명을 했다. "핸드드립 해 볼까요?" 동진은 상냥하게 말했다. 그는 능숙하게 알아서 척척 커피를 꺼내고 아라비안나이트에 나오는 요술 주전자처럼 꼭지가 길게 휘어진 주전자에 찬물을 넣고 끓이기 시작했다.

"커피는 뭐니 뭐니 해도 최상급 좋은 생두에 있죠. 생두 생산지역의 토질, 해발고도, 기온, 강우량, 생산시기 등의 성장조건과 가공법, 그리고 생산자의 마음씨가 커피 맛을 결정합니다. 좋은 생두를 선택하는 것이 좋은 맛을 내는 첫째 조건입니다. 둘째는 로스팅이죠. 생두를 볶는 온도와 시간, 그리고 방법에 따라 커피의 맛과 향이 결정됩니다. 근본적인 맛이 충족된 다음은 2~30% 정도의 맛은 커피내리는 기술이 좌우한답니다."

그는 자신이 다시 한 번 바리스타임을 다짐하는 듯 벽면을 바라보며 말했다. 커피 20g을 능숙하게 핸드밀에 넣고 갈았다. "곱게 갈 때와 거칠게 갈 때의 맛이 다른데, 너무 거칠지 않게 가는 것이 좋습니다." 동진은 서버 위에 드리퍼를 올리고 그 위에 필터를 깔았다. 세 번째 여과지를 얹고 뜨거운 물을 한번 흘려주고 보온과 뜸들임을 좋게 하기 위해 떨어진 물은 버려야 한다며 물을 버린 후 여과지 위에 갈아놓은 커피를 넣었다. 다음 주둥이가 가느다란 드립포트로 약간의 물을 천천히 고르게 붓고 1분쯤 뜸 들인 후 500g의 물이 적당하다며 두 번 물을 부어내렸다.

"이유는 너무 적은 양의 커피를 사용하거나, 물 양이 많으면 맛은 쓰고 커피 향이 적어진다는 것 꼭 기억하십시오. 반대로 커피를 많이 사용하고 두 번 정도만 내리면 커피의 맛은 좋아지지요. 마지막 팁은 생수를 100℃로 팔팔 끓여 뚜껑을 열고 90-95℃ 정도로 식혀서 사용하는 것이 맛있게 하는 방법입니다."

2분 이내에 핸드드립을 끝내는 것이 좋다는 말도 곁들였다. 추출한 커피를 흔드는 것은 스월링, 산소와 결합시키는 맛과 향미를 풍부하게 해주는 브리딩이란 단어도 처음 접한 것 같았다. "커피드립을 오래 끌면, 사랑이 그러하듯 맛은 식어지고 어쩌면 사라질 수도 있지요."

동진은 하나를 돌아다보며 잘 배웠습니까? 하는 표정의 눈빛을 보냈다. 뜨겁게, 검게, 쓰게- '하나'는 사랑이 그러하듯 맛은 식어지고 사라질 수도, 동진이 한 말을 가만히 입안에서 굴렸다.

동진은 '하나'에게 자신이 만든 커피를 평가해 주기를 부탁했다. 그는 두 잔 커피 값을 카운터 계산기 옆에 놓았다. 그가 핸드 드립 커피를 양손에 들고 창가로 걸어갔다. 그녀는 무엇에 홀린 듯 그의 뒤를 따라갔다.

동진이 커피를 마시기 위해 마스크를 벗자, 높은 콧날, 꽉 다문 입, 외로움에 젖은 눈이 '하나'와 마주쳤다. '하나'는 빨리 시선을 창가로 돌렸다. 동진이 와인 잔을 들고 향을 즐기듯 커피를 코 가까이 가져가며 커피 향에 취하는 모습을 다시 유심히 보았다. 사회적 거리두기가 생각나서 옆 테이블 의자에 앉았다. '하나'는 동진이 권하는 대로 커피를 한 모금 마셨다. 어떠냐고 묻는 그에게 엄지손가락을 치켜세웠다. 커피 맛은 일품이었다.

*

동진은 아무것도 떠오르지 않았다. 남녀 간의 사랑이란 것이 참으로 덧없다는 쓸쓸한 생각만 지울 수 없었다. 벌초를 하지 않은 아내의 묘지에 무성히 자란 마른 풀들이 바람결에 서걱거렸다. 저 잡초들이 세상을 등진 아내의 벗이구나! 죽음의 침묵으로 옮겨간 아내를 깊은 어둠속에 남겨둔 채 일어섰다. 아내와 사랑했던 순간들이 휘감겨와 마음은 더 아리고 아렸다.

2월의 찬바람이 뺨을 할퀴고 지나갔다. 한기가 스며들었다. 뜨거운 '핸드드립' 커피가 생각났다. 보온병에 커피를 담아 올 것을…. 아버지를 떠올리자 도저히 집에 갈 용기가 없었다. 어디로 가야하나! 길에는 자동차들 그림자조차 보이지 않았다. 자신도 모르게 강원도 가는 국도로 접어들었다. 코로나 바이러스가 전 세계를 공포에 떨도록 홀딱 뒤집어 흔들고 서로 마주침도 두려워 사회적 거리두기를 하는 지금, 아무도 없는 국도에서 페달을 힘껏 밟았다.

로마 카페에서 여러 종류의 커피 내리는 일은 그를 매료시켰다. 손님들이 동진이 만든 커피를 흐뭇한 표정으로 마시는 모습이 좋았다. 코로나19는 이태리 전역을 휩쓸고 그가 일하는 카페는 문을 닫았다. 거리두기와 가능하면 외출 삼가를 권하는 뉴스, 빠르게 번지는 확진자와 사망자가 눈덩이처럼 불어났다. 사람들이 공포에 휘말리고 경제가 마비되어갔다.

마지막 일을 끝내고 거리로 나왔다. 로마 중심의 테르미니 기차역에서 베드로 대성당 앞, 노선인 가장 붐비는 64번 버스가 운전수 혼자 달리고 있었다. 관광객으로 활기찼던 거리는 코로나 바이러스가 장악해 텅 비었고 2월의 매서운 바람은 흙먼지만 날렸다. 언제 끝날지 모르는 바이러스와의 전쟁에 떠밀리 듯 한국으로 돌아왔고 저세상 사람이 된 아내의 묘지에서 눈물 한 방울 흘리지 않았다.

 국도 길 오른편에 저수지가 보였다. 왼쪽 낮은 능선 아래 둔덕에는 잔설이 하얗게 뒤덮였고 그 아래로 하나카페라는 간판이 눈에 들어왔다. 문득 커피를 마시고 정신을 차려야겠다는 생각이 들었다. 동진은 카페 앞에 차를 세웠다. 잠시 호수를 바라보았다. 맑은 물속에 살얼음 조각들이 물살에 밀려 떠다녔다. 그사이로 실버들이 하늘거렸다. 바람이 세차게 불자 나뭇잎들이 우수수 떨어져 호수에 잠겨들고 작고 큰 나무들 그림자가 물결에 춤을 추고 있었다. 간지럼을 타는 듯 미세하게 흔들리는 작은 나무도 보였다.

*

 '하나'가 처음 커피 바리스타가 되기 위해 학원에서 공부를 시작한 날, 바리스타라는 어휘는 이태리어로 바 안에서 일하는 사람이란 뜻이고 커피에 관련된 모든 분야에서 전문적인기술을 가진 커피 마스터라고 강사의 설명이 있었다.

 처음 완전 초보 때는 다른 스텝들이 내리는 커피와는 전혀 다른 향이 나왔다. 학원에서 배우는 동안 커피의 향은 추출하는 사람에 따라 맛이 다름을 알았다. 언제, 어디서, 다리 달린 해산물과 맞닥뜨려 혼절할지 모르는 '하나'는 항상 살얼음판 걷듯 긴장하며 살았다.

"커피에 대한 것을 공부하는 학원에 커피와 우유가 있겠지, 네가 걱정할 일이 왜 생겨?" 아빠는 하나를 안심시켰다. 점점 다른 스텝들과 맛의 차이를 좁혀가자 그녀는 자신감이 생겼다.

거의 한 달이 가까워졌을 때 십분 쉬는 시간이었다. "강원도에서 삼촌이 어제 가져왔는데 다리가 제일 맛있지요." 옆자리에서 공부하던 남자가 마른 오징어 다리를 찢어 하나에게 내밀었다. 순간 메슥메슥 구토가 났고 시야가 희뿌옇게 흐려졌다. 물안개가 서려있는 연못 같은 곳에 물방울이 점점 커졌다. 그 물방울에 달려있는 다리들이 뒤엉켜 허우적대는 형체가 보였고 숨이 턱 막히다가 입술은 새파래지고 급기야 물방울은 물안개 속으로 흉측하게 일그러지면서 빨려 들어가는 환영이 보였다. 깨어나면 응급실이었고 아빠가 근심어린 눈빛으로 하나를 보고 있었다.

처음 '하나'가 병석에서 일어나 다시 밥을 먹던 날, 엄마는 '하나'가 좋아하는 꽃게찌개를 만들었다. 식탁에 앉았던 '하나'는 꽃게 살을 발라 빈 접시에 옮겨놓는 엄마와 꽃게를 번갈아 보며 아~아~ 무서워, 비명을 지르고 두 손을 허우적거리다가 정신을 잃었다.

고열에 혼절하고 깨어났다가 다시 혼절을 거듭한 '하나'는 다리가 달린 해물을 보면 갑자기 구토를 했고 안개처럼 희뿌연 것들이 밀려왔다. 천식 환자처럼 숨이 가빠져 가물가물 정신을 잃었다. 원인을 알 수 없는 '닥터 유'는 아이를 데리고 서울에 있는 모교 대학병원에 입원시켰고 소아과의사들과 의논했다. 첨단 의학 검사는 다 동원되었지만 병명은 찾아내지 못했다.

복도에서 동문인 정신과의사 '닥터 정'을 만났다. "웬일인가." 그는 반색을 했다. "딸아이 때문에 정신이 없네." '닥터 유'가 말했다. 자초지종을 들은 '닥터 정'이 자신의 진찰실에서 도화지와 크레용을 가져왔다.

"안녕, '하나'. 아저씨는 아빠 친구란다. 이 도화지에 아무거나 그리고 싶은 것 그려볼래?" 그가 말했다.

하나는 카키색 크레용으로 커다란 구멍을 그렸다. 낮게 드리운 흰 구름 속을 해파리, 문어, 낙지 머리처럼 보이는 형상과, 여러 개의 뒤엉킨 다리들이 버둥거리는 그림이었다. 그려놓은 그림을 보면서 아이가 울기 시작했다. 하나 아빠와 '닥터 정'은 감을 잡지 못했다. 뇌파검사까지 했지만 아무것도 찾지 못했다. 그때부터 지금까지 그 의문을 풀지 못한 채, '하나'는 답답한 마음으로 여기까지 왔다.

*

아버지 권유로 시작한 커피 전문가가 되는 공부였지만 혼절한 후는 학원에 갈 용기를 잃었다. 자신은 무용지물이란 생각만 더 깊어졌다. 늘 자신 때문에 안타까워하시던 아버지가 원해서 배우기 시작 했건만 그 증세에 눈을 뜨면 병원 응급실이었다.

'닥터 유'는 '하나'가 혼자 살아내야 하는 현실이 안타까웠다. 그동안 자생력을 길러 살 수 있도록 여러 가지 것들을 시도 했었다. '닥터 유'는 아무것도 흥미를 갖지 못하고 비관하는 딸아이가 가여워 내색도 못 한 채 피가 마르는 것 같았다. 6살 이후 다리가 달린 해물을 보면 천식환자처럼 숨을 쉬지 못하고 혼절하는 딸이 안타까웠다. 얼마나 많은 첨단 의학 기술로 진찰을 했던가. 혼절과 휴학, 동급생이 자신보다 나이가 적다고 등교를 하지 않으려 했다. 아버지가 달래고 어르고 눈물겨운 그 사랑은 고향에서 모르는 사람이 없었다.

하나가 한 가지 좋아하고 잘하는 일은 아버지 위해 정성껏 모닝커피를 내리고 갓 구운 블루베리 머핀, 작은 초콜릿이 촘촘히 박힌 쿠키, 슈크림을 돌아가면서 새로 굽는 일이었다. 하나는 인터넷으로 빵 굽기를 배웠다. 맛있는 빵, 갓 내린 모닝커피, 작은 그릇에 담긴 몇 가지 신선한 과일, 달걀 프라이를, 때때로 베이컨을, 아침식사를 만드는 그 순간이 가장 행복했다.

아버지는 커피 만드는 것을 즐기는 딸이 커피숍을 하면 어떨까 싶었다. 하나에게 자신을 위해 여러 종류의 커피를 만들어서 맛보게 해달라고 청했다. "아빠! 그런 것을 어떻게 해." 하나는 손사래를 쳤다. "아침 식사 때 네가 해주는 다양한 커피 맛보고 싶다는데 싫어?" "그게 아니라 아빠 난 바보잖아, 내가 어떻게 그런 일을 할 수 있어." "네가 왜 바보야, 착하고 천사처럼 아름다운 마음씨를 가진 아빠 딸이지, 바보면 방송통신대학은 어떻게 졸업했겠어? 또 머핀은, 쿠키는, 그렇게 맛있게 구울 수 있겠어?" 몇 달이나 아버지는 '하나'에게 용기를 주었다.

그녀는 6살부터 맘고생을 시킨 아버지에게 미안했다. '하나'가 고등학교를 졸업하자 고향에서 의사생활을 접었던 아버지를 위해서라도 다양한 커피를 만들기로 마음을 굳혔다.

커피 만드는 일을 배우게 되자 집에 오면 아빠에게 그날 배운 커피내리는 법을 실습했다. 에스프레소 커피 1/3을 추출한 후 데워진 우유를 8부 정도 채우고 스티밍을 이용해 카페라테를 만들 때 아빠와 누가 더 거품을 잘 만드는지 시합을 했었다. 어느덧 눈에는 눈물이 고였다. 그녀의 인생에서 아빠를 빼고 혼자 했었던 일은 없었다.

*

동진은 말없이 커피를 마시는 여자를 쳐다보았다. 하오의 햇살이 프렌치 창문을 뚫고 카페 안으로 길게 칼날처럼 들어왔다. "혼자 운영하세요?" 동진이 물었다. "친구랑 같이 합니다. 주로 친구가 하지요. 저는 거드는 편이고요. 손님도 없고 할 일이 있다고 안채에 들어갔어요. 곧 나오겠죠." 그녀가 조용히 말했다.

갑자기 화장실 쪽에서 경쾌한 발자국 소리가 들렸다.

"아기씨, 코로나 때문에 등산객은커녕 개미 한 마리 없네요." 투덜대며 들어오던 사십대 후반의 여자가 동진을 보자 주춤했다. "손님 계신 줄은 몰랐네요. 안녕하세요." 그녀가 반갑게 인사를 했다. 짧은 머리에 진한 핑크 캐시미어 스웨터와 까만 바지를 입었고 쌍꺼풀 진 커다란 눈, 너부죽한 코, 얄팍한 입술, 동글납작한 얼굴과 큰 키의 여자였다. "좀 전에 말씀드린 친구입니다. 좀 장난이 심하죠? 아기씨라니!" 여자가 곱게 눈을 흘겼다.

"'황정순'입니다. 습관이 들어서요. 우리아버지가 언니네 머슴이셨고요. 언니가 오래 병석에 누워 늦게 학교를 가는 바람에…. 고등학교까지 동창생입니다. 언니 아버지이신 의사 선생님은 '하나언니' 그렇게 부르라고 하셨지만 제 아버지가 '아기씨'라 부르도록 하셨답니다. 의사 선생님은 온화한 분이셨고 가난한 동네 사람에게는 병원비도 공짜, 저도 그분이 학비를 대 주셔서 고등학교를 졸업했답니다."

"정순아, 고만, 또 시작이다. 무슨 사설이 그리 길어."

그녀의 목소리는 피곤에 젖어 있었다. 주책을 떠는 정순이가 불편했다. 처음 본 사람에게 떠벌리는 저 줏대 없는 짓만 빼면 좋으련만, 아버지가 안 계신 지금 의지할 수밖에 없는 둘도 없는 친구다. 정순이 없는 삶은 생각한 적이 없다.

"아기씨, 미안. 죄송 만만이로소이다. 내가 아니고 요 입이 방정이네."

정순은 제 입을 손으로 톡톡 쳤다. 하나는 묵묵히 창문 밖으로 눈을 돌렸다.

"코로나19 때문인지 차도 다니지 않는데 혼자 어디를 가시는지요? 가족이 강원도에 사시나요?" 정순이 물었다.

"손님에게 그런 실례가 어디 있어. 고만, 정순아." 하나가 고개를 돌리고 검지를 입에 댔다.

"아니요. 괜찮습니다. 정해진 곳 없이 길을 나섰습니다." 동진이 어조는 쓸쓸함이 묻어났다. "무엇하시는 분이신데." 정순은 또 궁금해 묻는다.

"이태리에서 커피 바리스타를 하셨고 2주전에 한국에 들어오셔서 자가 격리 후 처음 여기에…." "아기씨는 언제 또 직업까지 물어보셨나요, 우리 아기씨가 은근히 뭐가 있어, 그렇지." "있기는 뭐가 있어, 정말 왼 수다, 정순아, 손님도 없는데 들어가라." 하나의 지친 목소리와 표정이 굳어졌다. "알았어, 알았어. 우리 하나 언니 화났네." 정순은 슬금슬금 눈치를 보고 입을 다물었다.

"바리스타시면 여기서 일하시면 어떠신지요? 언니와 저는 커피 전문가가 아닙니다. 저희에게 제대로 커피 추출하는 법 전수도 하시고요. 코로나 바이러스가 언제 끝날지 모르는데 가실 곳도 없으시겠네요." 정순이 말했다.

하나가 호수를 내려다보며 무엇인가 답답한지 긴 한숨을 쉰다. 동진은 하나의 표정을 놓치지 않는다.

"사장님이 허락하시면 일하겠습니다."

"언니, 하나 언니, 유하나 씨!" 정순이 불러도 하나는 먼 곳을 헤매는 듯 대답이 없다.

"또 언니 미궁 속으로 들어갔네. 한참 있어야 나온답니다. 의사 선생님과 사모님은 몇 십 년을 언니의 저 모습을 보아왔지요. 어떤 때는 왜 저러는지 안타깝다가 미워서 죽겠다니까요. 사모님은 애를 태우시다 화병에 오래전에 돌아가셨고 1년 전에 의사 선생님은 언니 때문에 눈도 못 감으시고 작고하셨습니다. 선생님은 사는 동안 언니를 딸처럼 돌보아 주라고 제 아버지께 부탁하셨어요. 저는 자식이 없는데다가 남편도 6년 전에 저세상 사람이 되었지요. 동네 사람들이 남편 잡아먹은 년, 손가락질과 수군거림이 더 끔찍했어요. 언니가 같이 살자고 따뜻하게 저를 품어 주었답니다. 다시는 결혼 같은 것은…, 제 아버지는 사람이 은혜를 모르면 금수와 같다하시며 아기씨 병이 완치되는 날까지 함께 살라 하셨답니다."

정순이 표정은 진지했다.

"선생님이 당신 살아생전에 언니를 결혼시키고 싶어 하셨어요. 자식이라도 있으면 의지가 되겠지 싶으셨는지…. 한 20년쯤 전인 것 같은데 사모님이랑 혼수 보러 다니다가 어느 작은 식당에 들어갔는데 언니 약혼자가 친구랑 그곳에서 산 낙지를 먹고 있었답니다. 살아 꿈틀대는 낙지를요. 언니가 낙지를 보고 기절했지요. 병원 응급실로 실려 갔고 그 약혼자가 산 낙지 먹던 생각을 떨쳐버리지 못했어요. 결국 그 남자 얼굴에 낙지가 꿈틀댄다고 곤혹스러워 했고 선생님은 따님이 측은해서 어찌할 바를 모르시는 것 같았어요. 약혼자는 이해를 하지 못했고 아기씨와는 결별을 했지요. 참 착하고 경우 바르고 너그러운 우리 아기씨의 어느 곳에 그런 결단을 내리는 측면이 있었는지, 왜 다리달린 해물을 보면 졸도하는지 모르겠어요. 여기서 일하시게 되면 참고 하시라고 말씀드립니다. 해산물은 잡수실 수 없습니다."

동진은 더 이상 아무 말도 하지 않았다. 욕망을 욕망한다던 정신분석학자 라캉은 어린 시절 정신에 박혀있는 어떤 것이 굉장히 중요하다고 했다. 욕망이 없는 삶은 곧 죽음이다. '하나'에게 무슨 일이 있었는지, 다양한 커피 내리는 일 같이 하다보면 마음의 문을 열고 원인을 찾을 수 있겠지. 아내도 조금만 인내심을 가지고 이해했더라면 영원한 작별은 없었을 것이다. 그녀의 얼굴에 아내의 절망스럽던 눈빛이 오버랩 됐다. 동진은 고개를 세차게 흔들었다. 내가 먼저 이 여자에게 마음을 열어보자. 동진은 여자가 어디를 헤매고 있는지는 모르지만 기다리기로 했다.

"카페 뒤편에 샤워 룸이 있는 방이 있는데 언니가 피곤할 때 쉬는 방입니다. 그 방을 쓰시고 식사는 안채에서 하시면 됩니다. 월급은 얼마를 생각하시는지요?" 정순이 말했다.

"지금은 코로나19 때문에 받을 수 없습니다. 천천히 생각해 보겠습니다."

*

 '하나'는 미궁 속에서 옛일을 더듬는다. 40여년을 찾았지만 항상 어느 시점에서 안개가 밀려오고 정지되는 유년…. 다리가 달린 해물을 보면 물안개가 서려있는 연못에 물방울이 점점 커졌다. 물방울에 달려있는 다리들이 허우적대고 물안개 속으로 흉측하게 빨려 들어가는 환상이 보이면 가물가물 '하나'도 안개 속으로 사라졌다. 눈을 뜨면 응급실이었다. '하나'는 의사에게도 아빠에게도 말하지 못했다. 다리달린 해물과 맞닥뜨리면 어떤 환영이 어른거린다고 말할 수 없었다. 미쳤다고 할 것 같았다. "어때, 까짓것, 해산물 먹지 않으면 돼." 아빠가 그렇게 말하셨지만 왜 다리달린 해물에 거부반응이 있는지 알고 싶어 미칠 것 같았다. 누구에게도 말 못하고 가슴에 옹이가 박힌 것처럼 아파왔다.

 내년이면 7살이 되는 '하나'는 멀리서 들려오는 합창소리에 눈을 떴다. 매일 새벽 '감람나무' 이겼다. 박수치며 부르는 노래는 하나를 궁금하게 만들었다. 감람나무가 어떻게 생겼을까, 무슨 나무와 싸워 이겼다는 것인가, 나무끼리 싸워? 나무는 바람에 흔들릴 뿐인데, 왜 그런지, 알고 싶었다.
 "아빠! 감람나무가 뭐야?" "글쎄, 무슨 교회라던가 울음산 밑에 천막을 치고 저렇게 소란스럽구나." 아빠는 예쁜 딸을 꼭 안아 주었다.

유월의 들판은 천지가 초록이다. 삥 돌아 넓은 들녘 한가운데에 작은 산이 있다. 산이라 부르기엔 좀 애매한 작은 언덕처럼 생겼는데 산은 산이다. 언제부터인지 모른다. 사람들은 '울음산'이라 불렀다.

모판에서 논으로 모내기를 끝낸 후 벼들은 미세한 바람을 타고 찰랑대는 물속에 뿌리를 내리고 처음 연둣빛에서 이젠 진초록으로 변했다. 하나의 집은 들녘과 울음산이 마주 보이는 나지막한 언덕에 있었다. 아이는 눈을 비비고 창가에서 유월의 안개에 뒤덮인 울음산을 바라보았다. 아래 논까지 안개에 뒤덮였다.

앞뜰의 백일홍 나뭇가지가 간지럼을 타는 듯 미세하게 흔들렸다. 참새가 하늘높이 날자 잔바람이 꽃향기를 물고 은은하게 퍼져나갔다. "엄마, 저 산은 왜 '울음산'이야?" 하나가 물었다. "언제 떠내려 왔는지 모르는데 어디선가 울면서 떠내려왔다더구나." "산이 어떻게 떠 내려와? 거짓말." "그냥 그런 줄 알고 있어. 넌, 궁금한 것이 너무 많아. 온종일 궁금한 것 무엇 없나 찾아다니는 말썽꾸러기, 우리 딸내미." 엄마는 열무김치를 버무리며 정이 뚝뚝 떨어지는 목소리로 말했다.

멀리서 '감람나무 이겼다.' 합창이 들렸다. 엄마에게 더 물어보아도 소용없을 것이다. 궁금한 일은 내가 찾아야지.

울음산 가까이 가자 노랫소리는 굉음처럼 울렸다. 하나는 천막이 있는 곳으로 가까이 갔다. 천막에는 커다란 구멍이 나 있어서 그 구멍으로 안을 들여다보았다. 사람들이 박수를 치며 하는 노래는 우리의 간절한 소원을 들어달라는 부탁 같았다. "예수는 죽었다. 내가 신이다." 교단에 선 남자는 열변을 토했다.

언제부터인지 감람나무 노래 소리는 사라졌다. 이젠 천막위에 녹색 깃발이 펄럭였다. 노란 동그라미 안에 3개의 녹색 잎이 있고 그 밑에 새마을이란 흰색 글씨가 보였다. 확성기에서 새로운 노래, '새벽종이 울렸네, 새아침이 밝았네. 너도나도 일어나 새마을을 가꾸세, 초가집도 없애고….' 엄마는 울음산에 다시는 가지 말라했다. 내년 봄 학교 입학 전 한글을 깨우치는 것이 좋다고 미리 준비한 국어, 산수책을 주셨다.

"왜 가면 안 되는데?" 하나의 물음에 엄마가 대답했다.

"그곳에는 쿠데타를 일으킨 박 정권이 깡패들 잡아다가 교육시킨다고 전국에서 잡혀온 불량배들 소굴이 되었단다."

어린아이는 절대로 가면 안 된다고 못을 박았다. 쿠데타가 뭘까? 왜 그 사람들을 깡패, 불량배라 부르는지, 궁금했다. 묻고 싶었지만 그만두기로 했다. 엄마는 "말썽꾸러기 우리 하나, 몰라도 돼." 그럴 것이다. 내가 알아봐야지.

운동화를 신고 살금살금 밖으로 나왔다. 들판은 더 짙푸르렀다. 울음산은 빤히 보이지만 시간은 오래 걸렸다. 좁은 논두렁에서 투스텝은 더 즐겁다. 또 빠질 뻔했다. 원피스, 양말, 신발이 젖으면 엄마에게 꾸중 듣는다. 울음산은 쓰고 있던 안개 모자를 천천히 벗었다. 햇볕이 뜨겁게 내리쪼였다. 하나 이마에 땀방울이 송골송골 맺혔다.

어디선가 울면서 떠 내려왔다는 울음산은 울고 있지 않았고 울었다는 눈물 흔적도 보이지 않았다. 산 아래턱에 채송화, 분꽃, 백일홍, 봉선화가 어우러졌고 맨드라미가 수탁 벼슬처럼 붉게 피어있었다. 누가 저 예쁜 꽃씨를 심었을까, 감람나무 노래하던 여자들, 아니면 새벽종 노래하던 불량배들일까, 누구라도 꽃을 심는 사람은 고운 마음씨일거야, 며칠 전 여기 왔을 때 담배 피우던 키가 작고 깡마른 남자를 만났었는데, 그 사람도 깡패일까, 하나는 천막 쪽으로 살살 걸어갔다.

갑자기 비명소리가 계속해서 길고 길게 천막 안에서 들려왔다. 하나는 빨리 구멍으로 안을 들여다보았다. 하나의 얼굴이 백지장처럼 창백해졌고 뚫어져라 쳐다보았다. 뒷걸음을 친 것 같은데 시야가 안개에 뒤덮이듯 아무것도 보이지 않았고 앞에 흰 구름 같은 것이 피어올랐다. 다음은 생각이 나지 않았다. 울음산을 지나던 사람이 논에서 일하던 황 서방을 불렀다. 그는 하나를 업고 뛰었다. 아기씨, 아기씨, 불렀지만 병원에 도착할 때까지 깨어나지 못했다.

*

동진이 운전을 하고 하나가 옆자리에 앉았다. 하나는 P시를 지나자 조금 불안해 보였다.

"하나씨! 우리가 세상에 나온 것 정말 행운이랍니다. 왜 행운인지 들어보실래요?"

동진은 아내 이야기부터 시작했다. 동진 아내는 성악을 전공하기 위해 이태리 로마에 있는 베로나 음악원에 입학했다. 인터넷을 통해 음악원 가까운 곳에 아파트를 얻었다. 오직 사랑에 올인 한 그는 부모 반대를 무릅쓴 채 전공 건축학을 때려치고 아내의 뒷바라지를 자처하며 로마에 왔다.

도착한 첫날 아파트 옆 노천카페에서 핸드드립 커피를 마셨다. 그 맛은 강렬하게 동진을 사로잡았다. 생활비도 필요했고 커피 바리스타가 되고 싶었다. 곧바로 자격증을 가졌고 카페에 취직했다. '본조르노(Buongiorno)' 아침인사를 시작으로 커피 만드는 것이 즐거웠다. 2년을 아내는 공부를 열심히 했고 동진은 베테랑 바리스타가 되었다.

아내의 목소리에 이상이 온 것은 3년째 접어들면서였다. 성대에 수술이 불가피한 결절이 생겼다. 수술 부위가 광범위한데다가 아내의 무리한 발성제한이 잘못되어 수술부위가 염증이 생겼고 유착으로 이어졌다. 성악이 더 이상 무리라는 의사의 진단은 아내에게 충격이었고 우울증을 유발했다.

아내는 점점 망가져갔다. 동진도 지쳐갔다. 건축학을 접고 아내 따라 온 로마다. 아내를 달래고 또 달랬다. 노래 말고 다른 일을 찾자는 동진의 제안은 번번이 묵살됐다. "내가 노래에 살고 노래에 죽는다고 했잖아! 넌 두 번째라고 했던 말 잊었구나, 사랑한다며? 이런 나를 이해도 못하면서 너 같은 것이 남편이라고, 바리스타 주제에." 아내가 흥 하며 미묘한 미소를 흘렸다.

너 같은 것, 바리스타 주제, 코웃음 치던 아내의 얼굴이 동진이 이제껏 참고 참았던 인내심을 폭발시켰고 배신감이 들었다. "너 같은 것 뭐? 바리스타 주제?" 동진은 아내에게 너 그 바리스타가 번 돈으로 공부하고 먹고 살았다. 한국에 있었으면 건축가로 잘 나갔을 것을 너 따라 온 것 나도 후회한다. 노래도 잘 못하는 너를 사랑한다는 이유로. 네가 좋아하니까 참아주었다. 성대 결절이 내 탓이냐? 동진도 아내를 날카로운 쇠갈퀴로 심장을 갈기갈기 찢어 놓고 말았다. 바리스타가 어때서? 내가 좋아하는 직업이다. 살면서 불만을 가졌던 일들, 타국생활에 지쳐갔던 나의 사랑이 퇴색한 것인가! 그 순간 부질없다는 생각이 들었다.

아내는 새파랗게 질려서 뒷걸음을 쳤고 문을 박차고 나갔다. 아내는 그 밤 돌아오지 않았다. 동진은 개의치 않았다. 그까짓것 성악이 뭐라고, 아내를 이해하기 싫었다. 아내가 가지고 있던 감정이 사랑이 아니라는 배신감, 어디 깊숙이 들어앉아 있던 진실이 아내의 본심을 드러낸 것이란 생각이 더 지배적이었다.

아내는 동진이 집을 비운 사이 짐을 챙겨 한국으로 돌아갔다. 몇 달 후 한국에서 사망 소식이 들려왔다. 어떤 죽음이었는지 묻지도 못했다. 아내의 죽음은 동진에게 후회로 남았다. 자신이 죽음으로 몰았다는 죄책감이 때 늦게 봇물처럼 쏟아졌다. 동진은 돌아올 수 없었다. 마흔 다섯 살이 되도록 10년을 돌아오지 않았다.

건축가로 명성이 자자한 아버지가 보여줄 따가운 시선. "그것 봐라, 애비 말 듣지 않고 계집애에 미쳐서, 그 계집애 애비가 친구들을 배신한 놈이다. 특별한 명분도 없는 영구집권을 하기위한 유신에 반대하다, 그놈 고자질에 잡혀간 친구들이 죽고 병신이 되었다. 비가 오면 온몸이 쑤시고 지금까지 후유증에 시달리는 이 애비를 보고도 네가 어떻게 나를 실망시켜." 아버지는 아내를 처음 만난 날, 아내의 아버지 이름과 Y대학 출신이란 말을 듣자 꼬치꼬치 물었고 석고처럼 굳어진 표정으로 자리를 떴었다. "바보 같은 놈!" 얼어붙은 얼음처럼 온기 없이 쏟아질 언어가 더 싫었는지 모른다.

코로나가 이태리를 휩쓸지 않았다면 아직 커피와의 인연 속에 숨쉬고 있었을 것이다.

'사랑한다. 미안하다. 엄마 생각만 간절해 한국에 돌아가려고 짐을 챙기다 우연히 당신 일기장을 보았고 시아버님께서 왜 결혼을 극구 반대했는지 알았어요. 아버님께서 우리 아빠 용서해주시길 바랍니다. 내 아빠는 친구들을 배신했다는 죄책감에 폐인이 되어 가족에게 고통만 안겨주고 돌아가셨어요.' 아내가 보낸 편지였다. 아내의 아버지가 배신했지, 아내가 무슨 상관이란 말인가, 로마행 비행기에 올랐던 그때 심정을 적은 일기를 아내가 보게 되리란 생각 못했다.

묘지를 떠나고 무엇에 홀린 듯 강원도 가는 국도를 택했고 하나카페에서 '하나'를 만난 날 안개 속을 헤매는 것 같은 여인에게 도움이 되고 싶었다. 보이는 적에 대항하는 일은 누구나 할 수 있다. 보이지 않는 적 '하나' 안에 자리 잡은 바이러스를 치료하고 항체가 생기게 해주고 싶다는 강렬한 욕망이 꿈틀댔다.

"아내가 그립다면 넌센스일까요? 내가 이렇게 이기적인 놈입니다." 동진은 가슴의 응어리를 토해 낸 것처럼 후련하다. 하나는 연민의 눈빛으로 동진을 돌아본다.

"아내 때문에 정신과 의사를 만났을 때 의사는 아내에게 자신을 사랑해야 된다고 강조하셨지요. 땡 하면 수억 마리가 전속력으로 자기키보다 3,000배나 긴 장정 175cm 곳곳에 장애물을 뚫고 목숨 걸고 질주해 단 한 마리만 사랑하는 임을 만나 승리의 월계관을 낚아챈 답니다. 사랑하는 임도 난소에서 튀어나오면 넓은 들판을 거쳐 입구가 나팔처럼 생긴 관속으로 들어가야 하는데 가끔은 삼천포로 빠지기도 한 다네요. 일단 나팔관에 들어가도 정자가 난자를 찾기는 힘이 드는 여정을 거쳐 임을 만나 태어난 우리는 모두 기적의 산물이라고 말씀 하셨어요. 그러니 자신을 사랑하라고…."

하나의 눈빛은 여전히 안개 속을 헤매는 듯했다. '우리 아빠가 내가 얼마나 귀한 존재인지 말씀하셨는데 동진 씨도 같은 말을….'

"하나 씨! 당신은 귀한 존재입니다. 당신 머릿속이 안개가 낀 것처럼 어둡고 불안한 곳에서 빠져나올 수 있어요. 힘들게 장애물을 넘어 태어난 당신은 행운아입니다. 당신은 어렸을 때 어떤 일에 얽매어있어 절대로 그 난관을 극복할 수 없다는 강박관념에 사로잡혀 정신건강에 미치는 부정적 영향 때문입니다. 시간이 갈수록 불안장애가 일반적인 사람보다 커진 것이 원인이지요. 당신이 커피 내리는 방법을 매일 연습해서 점점 잘 할 수 있는 것처럼 당신은 자신을 사랑해야 되고 무엇이든 잘할 수 있다는 자신감을 가져야 됩니다."

동진은 바른손으로 하나의 손을 잡고 힘을 주었다.

*

미궁 속에서 얼마나 시간이 흘렀는지, 창가에 기댄 채로 먼 곳을 헤매던 그녀가 고개를 돌리고 동진을 쳐다보았다. 그 눈빛은 더는 갈 곳이 없는 절망의 끝자락에 서있는 퇴색된 눈빛이었다. "아기씨, 언니, 이분이 우리카페에서 일하신대요." 하나는 대답이 없다. "언니!" 정순이 좀 큰 목소리로 말한다. "웬 수선이야, 네가 다 알아서 하잖아. 새삼스럽게 호들갑은." 그녀의 시선은 창밖에 고정된 채 작은 소리로 말했다. 동진은 좀 무안했다. "아기씨, 그럼 내 맘대로 한다." '하나'는 여전히 꼼짝을 하지 않았다.

동진은 한국에서 2주간 격리가 끝난 후 먼저 자동차를 샀다. 아내 묘지를 떠난 후 무작정 들어선 길이 강원도 국도였다. 커피 생각에 들어온 차집에서 전혀 예기치 못한 일이 시작되었다. 정순이 동진을 방으로 안내했다. 아무것도 담고 있지 않았고 영혼조차 빈 것 같은 '하나'의 눈빛이 자꾸만 어른거리고 마음이 쓰였다.

침대에 누웠다. 산기슭에서 부는 북풍이 창문을 두드렸다. "여보! 나야! 문 열어봐! 내가 왔잖아. 사랑해, 미안해." 아내의 목소리가 들렸다. 동진은 귀를 막았다. 머릿속은 뒤죽박죽 엉켜들고 밤새 뒤척였다.

노크 소리와 아침식사준비 됐다는 정순이 말이 들렸다. 어제 저녁은 카페에서 간단히 해결했다. 안채는 처음 들어왔다. 거실에서 최신식 주방기구가 설비된 열린 부엌이 보였다. 집안 여기저기 안개꽃이 수를 놓은 듯했다. 벽난로 위에 부모님과 어린 하나가 모자를 쓰고 드레스 차림인 사진이 놓여있고 모두 활짝 웃는 모습이었다. 연한 하늘색 식탁보가 깔려있는 식탁에는 빵과 베이컨, 달걀 프라이가 흰색 접시에 담겨있고 커피 내리는 소리만이 정적을 깼다. '하나'가 말이 없으니 동진은 서먹했다. 그녀는 묵묵히 식사만 했다. 식사 후에 어제처럼 카페 창가에서 무연히 호수를 바라볼 뿐이었다.

매일 밤잠을 설치는지 '하나'의 눈동자는 피곤이 젖어있었다. 동진이 정순에게 커피내리는 법을 강의해도 하나는 미동도 없이 관심을 두지 않았다. "언니, '동진' 씨 설명 너무 재미있어. 코로나19가 이런 기회도 주네. 언니도 같이하자." 정순은 매일 졸랐다. 하나는 묵묵부답이었다.

코로나 확진자와 사망자의 기하급수적인 숫자가 연일 보도되는 가운데, 몇 주간이나 코로나19의 공포와 암담함은 점점 동진을 짓눌렀다. 점령군처럼 시시각각 꼼짝달싹 못하게 좁혀

오는 바이러스의 불길한 냄새가 은밀하게 스며들고 시간은 절박하게 흘러갔다

 백신이 나올 때까지 견디고 견뎌야한다. 동진은 다짐 또 다짐을 했다. 안채에 막 발을 드려놓는 순간, 빵 굽는 냄새가 이른 봄 스며드는 꽃향기처럼 달콤했다. "언니가 아침에 빵을 구웠어요. 일 년 만이에요. 이스트를 넣어 밤새 부풀려 만든 빵, 누구 덕에 맛을 보게 되네요." "정순아! 또 쓸데없는 소리한다. 주책 떨려면 너는 먹지 마." "언니, 난 요 입이 방정이야. 그렇지?" 정순은 동진에게 한쪽 눈을 찡긋해 보였다.

 함께 보내는 시간, 같은 식탁에서 식사는 서로를 가깝게 만들기도 한다. 매사 시큰둥한 대답이 어느새 사라진 듯 정순이 같이 배우자고 졸라대는 통에 마지못해 듣는 척 슬그머니 커피전문가 되는 일에 끼어들었다. 동진은 따뜻한 미소로 자상하게 한 단계씩 하나를 도왔다. 동진은 분량을 재는 컵을 사용하지 않는다. 항상 우유병에서 직접 따라 만드는 커피의 맛은 정확하다. 아직 '하나'는 꼭 분량을 재는 컵을 사용하지만 점점 잘 적응해 갔다. 하긴 10년을 매일 똑같은 일을 해온 그와 같을 수는 없을 것이다. 그녀는 매일 매일 더 잘 하고 싶은 욕심을 6살 이후 처음 가져보았다.

 "에스프레소는 높은 압력의 증기를 이용해서 빠른 시간에 추출해야 됩니다. 맨 위에 커피 기름이 유화되어 생기는 자잘한 것들은 크레마(Crema)라 부르지요. 그것이 어떻게 생성되느냐에 따라 에스프레소가 잘 만들어졌는지 알 수 있습니다.

코로나19, 세계적인 유행병 때문에 한가한 지금, 커피 내리는 법 잘 배워두시면 뜨내기들의 입소문으로 하나카페는 명소가 되겠지요."

동진은 '하나'에게 따뜻한 시선을 보내며 말했다.

여러 종류의 커피 내리는 방법을 배우는 것이 즐거웠다. 서로 눈인사도 즐겁고 돌아서다가 너무 밀착되어 부딪칠 때도 자연스럽게 친구처럼 대했다. 정순이와 셋이서 하나가 만든 쿠키와 치즈를 곁들인 와인을 마시며 호수에 잠긴 보름달이 실버들 가지 사이에 걸쳐 있는 로맨틱한 분위기도 즐겼다. 정순이의 주책을 떠는 호들갑에 박장대소하기도 했다.

"에스프레소를 그대로 마실 때는 데미타세(demitasse)라는 작은 잔에 마시지요. 설탕을 넣고 잘 저은 후 "원샷"으로 마시는 것도 일품이지요. 잘 추출된 에스프레소는 쌉쌀하고 진한 초콜릿 맛이 납니다. 한번 추출할 때 투 샷이 나오는 것은 아실 테고 이 투 샷을 한 번에 사용하면 도피오(dopio)라고 부른답니다." 동진은 잔잔한 어조로 노래하듯이 말했다.

하나는 아침 눈뜨는 것이 즐거웠다. '본조르노(Buongiorno)' 인사도 자연스럽게 스며들었다.

"하나씨! 아메리카노가 에스프레소에 물을 섞어서 만드니 제일 쉽죠? 에스프레소를 잘 뽑아야 아메리카노도 맛이 난답니다. 그만큼 에스프레소를 높은 압력의 증기를 이용해서 빠른 시간에 추출이 중요합니다."

"카페라테와 카푸치노는 '하나'씨의 커피가 더 맛있습니다.

당신은 바리스타 소질이 있습니다." 동진은 하나를 추켜세웠다.

"손님이 첫 번 한 모금 마시며 만족해하는 그 순간 바리스타는 희열을 느끼지요."

스팀밀크가 적고 거품이 많은 카푸치노를 아버지가 얼마나 좋아하셨던가, 지금 해드리고 싶다. 이 모습을 보셨다면, 동진에게 보인 눈물이 부끄럽지 않다. 돌아서 눈물을 닦았다. 동진은 모른척했다.

*

1974년 10월 '닥터 유'는 자전거를 타고 집으로 가던 길에서 우연히 김 순경을 만났다. "선생님, 어디 다녀오셨슈? 전화 드렸는디, 안 받으셔서 병원까지 갔었슈. 문이 잠겼데유." "네, 아이가 아파서 서울병원에서 몇 달간 지냈어요." "그러셨구먼유. 따님은 쾌차 했남유?" "아직 그러고 있습니다." "걱정 되시겠네유." "무슨 일로 저를 찾으셨는지요?" "다름 아니라 4개월 쯤 되었는디유. 울음산 밑에 개척단 잔당들이 아직 안 떠났거든유, 개척단원 한명이 죽었다는 기별이 와서 선생님 모시고 가려고 연락드렸쥬. 할 수 없이 혼자 갔구먼유. 그곳에 도착 전까지는 도망가다가 맞아 죽었겠지, 했슈. 저 부랑배들이 이곳에 온 후 조용한 날이 있었남유. 굶기고, 혹사시키니, 호시탐탐 도망갈 궁리를 할 밖에유. 경찰도 부랑배들 일에는 골치 아퍼유. 도덕이나 이치가 통하는 것들이야쥬. 천막을 들추고 들어갔유. 한쪽 귀퉁이에 거적을 덮은 시체가 있었슈. 개척단 단장이란 놈이 나왔는디, 왓다메, 웃통은 벗었고 팔에서부터 등 쪽으로 입을 딱 벌린 용의 문신을 한 건장한 근육질의 사내가 거적을 들추었는디, 전신화상을 입은 끔직한 시신이었슈. 도망가다가 뜨거운 물속에 빠졌다고 했슈. 시체는 피륙이 모두 터지고 살갗이 벗겨져 흰빛이었고 살에 붙어있는 피부역시 희고 살이 문드러져 붉은 색이였슈. 도망가다 붙잡혀 구타당하고 끓는 물에 죽인 것 같아 보였는디, 증인이 있어야쥬. 그놈들이 다 한 패거리들인데다가 뚫어져라 나를 쳐다보는디, 소름이 쫙 끼쳤슈. 턱이 덜덜 떨리고 다리가 후들거려 순경 체면이 왕창 구겨졌구먼유. 공포가 밀려와서 대충 얼버무리고 그냥 나왔슈. 아이 나쁜 놈들, 그것들은 사람도 아녀." 김순경은 퇴퇴 침을 뱉었다.

S군 개척단은 1961년 박정권의 사회정화, 개척, 교화를 내세운 전국의 고아, 부랑아들, 건달들, 길 가던 선량한 사람들까지 잡아가 강제 노역을 시키는 동안, 백여 명이 죽어나갔고 도망가다 잡히면 맞아죽고, 물에 빠져 죽고, 굶어죽고, 무법천지가 따로 없었다.

뉴스에 간척사업완성, 새마을 운동의 성과, 간척지4700만평이 완성은 허울 좋은 선전이었고 뒤에 감추어진 아픔은 베일에 가려졌다. 굶주리고 노동한 사람들에게 '가분배,' 서류를 만들어 주었지만 사실은 국유지로 등기됐고 국가가 그들에게 사

기를 친 셈이다. 박정권의 무차별 인간사냥이었다. 서슬이 시퍼런 박통을 무슨 힘으로 대적하겠는가,

 1968년 공식적인 해체 후에도 1974년 하나가 6살이었을 때 개척단 잔당들은 여기저기, 울음산 아래도 남아있었다. 왜 딸아이는 그 먼 곳까지 가서 무엇을 보았기에 혼절을 했을까, 4개월 전이라면 딸아이가 쓰러진 때다. 그곳에서 그 죽음을 본 것인가, '닥터 유'는 소름이 돋고 온 몸이 사시나무 떨 듯 떨려 초보 운전자처럼 중심을 잃고 모래 자갈길에 얼굴을 짓찧고 곤두박질 쳤다. 피를 닦을 생각조차 하지 않았다. 그는 자전거에 다시 올라탈 수가 없었다. 떨리는 손으로 자전거를 잡았다. 그의 얼굴은 눈물과 피가 범벅인 채 비틀거리며 집 쪽으로 커브를 틀었다.

*

 "코로나로 경제가 파탄 오기 전 마스크를 벗는 날이 빨리 와야 되는데, '하나'씨 카페가 빨리 정상으로 돌아왔으면 좋겠습니다."
 "감사해요. 방통대 졸업 후 아버지 권고로 여러 번 맞선을 보았지요. 제가 자식 없이 죽는다면 제 모든 재산은 자동으로 자선단체에 넘어가지요. 하나같이 나와 만났던 남자들은 그 사실을 알고 떠났습니다. 누가 응급실을 들락거리는 저와 결혼하고 싶었겠어요. 재산에 더 관심이 있었겠지요. 사랑이 무

엇일까요?"

"'야간 비행'으로 페미나 문학상을 탄 소설가이자 비행기 조종사인 생텍쥐페리는 '사랑이 있는 풍경은 언제나 아름답지만 아름다운 사랑이라고 해서 언제나 행복하기만 한 것은 아니다. 눈부실 정도로 아름다운 만큼 가슴 시릴 정도로 슬픈 것일 수도 있다.'는 말을 남겼지요. 오스카 와일드는 출소 후 오스카의 모든 것을 앗아가고 감옥까지 보낸 애인인 앨프리드 더글라스에게 돌아갔지요. 전 연인이 비난하자 내 삶을 망가뜨렸다는 사실이 그를 사랑하게 만든 거라고 했다더군요. 사랑에는 여러 빛깔이 있나봅니다."

"저는 부모님 가슴에 못을 박은 자식입니다."

"그런 말이 어디 있어요, 당신은 사랑스러운 여인입니다."

하나는 많이 피곤해 보였지만 볼그스름하게 얼굴이 붉어진다.

S시가 가까워지자 하나의 손에서 진땀이 배어나오고 미세하게 떨고 있다. 멀리 둔덕처럼 생긴 산이 보인다. 소나무보다 오리나무가 더 많다. 그 산을 둘러싼 넓은 들판은 이젠 관공서와 집들이 빽빽하다. 어디서인지 모르지만 먼 옛날 울면서 떠내려 왔다는 울음산은 6살인 하나의 어떤 기억을 알고 있을 것이다.

고향은 누군가에게 그리움으로 아름다운 추억을 간직한 곳이다. 그러나 하나에게는 40여년 비감이 서린 기억과 외면할 수밖에 없던 암울한 재색 빛 황폐했던 곳이다. 6살 이후 해산물 다리를 보면 혼절했었고 병원에서 집으로 돌아왔지만 울음산을 쳐다보면 두려움에 떨고 울었다.

닥터유는 울음산이 보이지 않는 평지인 동쪽으로 이사했고 '하나'가 고등학교를 졸업할 때까지 그곳에서 살았다. 막연하게 무엇을 찾아 여기까지 온 것인가, 오는 동안 실낱같은 희망을 안고 왔다. 만약 기억해내지 못한다면, 자신 때문에 아프게 살다 가신 부모님, 아련한 추억 속에 묻힌 일들을 더듬는다. 붙잡고 싶었던 그리운 어린 시절, 끊어진 어떤 한 순간 때문에 안간힘을 썼던 시간들, 그 추억 속에 아버지도 계셨다. 젖은 눈으로 동진을 돌아본다. 너는 기억해 낼 수 있고 긴 시간 갇혀있던 탑 속에서 이제 당당하게 일어서서 나올 수 있다는 신호처럼 동진은 눈을 한번 서서히 감았다 뜨면서 눈에 힘을 주고 하나를 바라본다.

큰길이 끝나고 작은 골목길 양쪽에 가게들과 집들이 보였다. 차는 서서히 그 좁은 길을 따라 울음산 아래턱까지 갔다. 오가는 행인이 많다. 옛날에는 온 천지가 논이었다. 하나의 추억 속 '모'가 자라던 들판은 온데간데없다. 차에서 한 발을 땅에 내디딘 하나는 후들 후들 떨려 왼발은 차안에서 내딛지 못한다. 동진이 하나의 손을 잡고 차 밖으로 나올 수 있게 그녀를 붙잡는다. 마치 아빠처럼, 아슴푸레한 추억, 하나는 소리쳐 울고 싶었다. 무엇 때문에 거기서 생각이 멈추었는지….

"예전과 너무 달라졌어요. 여기가 우리 논이었는데…."

"강산이 네 번이나 바뀌었는데 변해야죠. '하나' 씨! 당신도

이 고통에서 벗어날 수 있어요."

하나는 믿음직스러운 동진을 돌아보고 다소 마음이 가라앉는다.

동진이 차를 주차시키려고 떠난다. 그녀는 꽃들이 피었던 자리로 가까이 갔다. 옛날에 피었던 한해살이 꽃들은 보이지 않는다. 지금은 산허리에 드문드문 키가 큰 나무에 흰 꽃이 피어있고 여기저기 진달래가 한창이다. 그 옛날 언제였을까, 새가 날아가다가 입에 물었던 꽃씨를 떨어뜨려 예쁘게 나무가 자라고 이제 열매를 맺기 위해 꽃을 피웠나보다. 봄비가 내렸었나, 물기 머금은 꽃잎냄새가 바람결에 스친다.

"여기에 천막으로 지은 임시거처가 있었던 것 같은데…."
목소리가 사시나무 떨듯이 떨린다.

눈물 젖은 길을 걸어 여기까지 왔다. 이 난관을 극복하려는 필사적인 노력이 결여된 채 절망했고 허물어진 폐허처럼 살았다. 상실감에서 벗어나자. 커피 잘 내리는 베테랑이 된 것처럼, 잘 할 수 있을 거야. 다짐하면 할수록 맥박은 더 빨라진다. 안개 같은 것이 밀려온다. 동진이가 했던 말이 들려온다.

"'하나' 씨, 괜찮아. 심호흡을 해봐. 정말 괜찮을 거야."
괜찮아, 괜찮아, 소가 반추하듯 하나는 한말을 되뇐다.

산 중턱에 핀 하얀 꽃이 눈부시다. 무성한 풀들은 행인의 발길에 밟혀 어지럽게 짓이겨진 사이로 새순이 뾰족이 내밀었다. 무엇 때문에 여기서 생각은 잘려나간 것인가, 그녀는 처음 정신과 의사 앞에서 그렸던 그림을 떠올린다. 카키색 구멍, 구름 같은 안개, 그리고 해파리인지, 문어처럼 생긴 해물을, 그때부터 오랫동안 그렸던 그림, 왜 그런 것을 그렸을까, 막연한 상념이 무질서하게 그녀를 흔들었다.

좀 떨어진 곳에서 중학생 다섯 명이 마스크도 쓰지 않고 시비가 붙었다. 네 명이 한 아이를 다그친다. 서로 거리두기는 잊은 듯 "이게 다야, 더 없어." 어린 아이들까지 남의 것을 빼앗고 세상이 어찌되려고, 아이는 겁에 질린 얼굴이다. 가지 않으려는 아이를 끌고 가려고 실랑이를 벌인다. 아이는 필사적이지만 질질 끌려간다.

엉킨 실타래가 풀리듯, 희붐한 빛이 안개가 걷히듯 조금씩 선명해진다. 안개가 아니고 끓는 물에서 뜨거운 김이 뭉게구름처럼 피어올랐던가, 혼란과 무질서가 집요하게 머릿속을 휘젓는다. 아버지가 돌아가시기 전 무슨 말씀을 하고 싶어 하신 것 같은데. 아~ 아~ 질질 끌려 나올 때 질렀던 비명.

그 사건이 있기 며칠 전, 하나는 천막 앞에서 담배를 피우고 있는 깡마르고 작은 남자를 만났다. 그 남자는 하나에게 아이는 이런 곳에 오면 안 돼, 힘이 하나도 없는 목소리로 말했었다. 그는 몹시 허약해서 잔바람에도 날아갈 것처럼 보였다.

천막 문이 열리고 건장한 남자 셋이 나왔다. 그들은 하나를 보고 눈을 부라렸다. "아이는 여기 오면 안 돼. 또 오면 잡아간다." 으름장을 놓았다. "울음산, 아저씨가 샀어요? 지나가는 사람 다 잡아가요?" 하나가 물었다. "이 꼬맹이 겁도 없네. 울음산 우리 산이다." "피, 거짓말!" 하나가 입을 삐쭉 내밀었다.

"이놈 정말 뜨거운 맛 좀 볼래!" 다시 겁을 주었다.

　내가 겁쟁이가 아니라는 것을 오늘 보여줘야지, 오늘 또 보면 어떻게 겁을 줄지 궁금했다. 천막 가까이 이르렀을 때 갑자기 비명소리가 났었다. 6살인 '하나'가 보았던 것이 희미하게 그녀를 일깨웠다.

　그 단장이란 놈은 살았다면 70은 넘었겠네. 아~아~그것은 구름이 아니었어, 끓는 물에서 올라오는 수증기였어. 키도 작고 깡마른 사람, 그 일이 일어나기 며칠 전에 보았던 왜소했던 남자, 물속에서 꺼낼 때 그 고통에 일그러진 몰골, 그가 자궁 속에 있는 아기 모습으로 두 손을 가슴에 대고 너무 아파서 비명을 지르고 또 지르고 길고 길게 계속 되던 통증에 질러대던 괴상한 소리, 이리저리 움직일 때마다 살갗이 거적에 묻어났고 내가 그것을 보고 기절했던 것이구나, 짐승도 산채로 그렇게 하지 않아, 사람을 아~아~ 하나는 구름 속에서 단장이란 놈에게 머리채를 잡힌 채 두 손 두 발을 허우적대던 깡마른 작은 사람이 해파리처럼 보여서 그런 그림을….

　하나는 두 다리의 뼈가 녹아내린 것처럼 서있을 수가 없었다. 그녀는 그 자리에 주저앉았다. 하나는 서럽게 울기 시작했다. 한번도 이렇게 울지 못했다. 조금이라도 아버지가 덜 슬프고 덜 아프게 울지 않았다.

　하나는 울음산을 올려다보았다. 그리고 울부짖었다.

　"너 때문이야, 울음산아! 넌 왜 울면서 떠내려 왔니?"

　네가 울면서 떠내려왔다는 전설 같은 이야기 때문에 너는 어떻게 우는지, 눈물이 어디서 나올까, 정말 궁금해서 6살짜리가 그 먼 길을 걸어서 왔었다. 울음산아! 교회, 새마을 운동, 그런 것들이 산자락에 진을 치지 않았더라면 길고 긴 시간 혼절과 응급실을 들락거리고 부모님도 근심에 싸여 반평생을 보내지는 않았을 것이다.

"물어내! 내 40여 년 물어내!"

하나는 지나가는 사람들이 힐긋 거리든 말든 딸꾹질까지 하면서 목 놓아 운다. 그녀는 오랫동안 땋아 올렸던 머리를 풀어 내린다.

"울음산아! 그때 기억을 찾는 실마리가 원피스에 있을까 싶어 입고 싶었던 바지 한 번 입지 않았다."

내가 왜 다리달린 해물을 보면 졸도했는지, 기억을 찾았다고 앞으로 정상적인 사람 구실을 할지는 모르겠다. 아이를 챙기지 못해서 생긴 일이라며 병석에서 슬픈 눈으로 딸을 바라보던 엄마가 아프게 다가왔다. 아버지는 더 오래 '하나'의 증세를 보면서 얼마나 애태우셨던가!

언젠가 '하나'가 혼절 했을 때 환청처럼 들렸던 소리, '장면' 정부가 계획한 1,2차 개발을 시작도 해 보기 전에 명분도 없이 혁명이란 이름으로 박 정권이 깡패들, 무고한 시민까지 강제로 잡아 간척사업에 투입시켰다. 굶기고 혹사시키고, 물론 잔인하게 죽이라고 명령을 내리진 않았을 것이다. 과잉충성이 빚어낸 잔혹함일 것이다.

"아무리 가난을 몰아내고 많은 업적을 이루었다고 운운 하지만, 영구 집권을 위해 투표권을 상실시켰고 모든 권력을 장악했던 당신의 유신독재는 용서받을 수 없어, 내 딸의 저 모습을 볼 때마다 억장이 무너진다." 비통해 하시던 아버지 목소리. 부모님과 하나의 40여년의 고통이 병들은 진주처럼 핵을 안고 비참하게 이지러진 삶은, 누구에게 어떻게 보상받을 것인가, 권력의 탐욕이 빚은 반지성적 행위는 인간의 존엄성을 파괴시켰다. 피폐해지고 재앙으로 고스란히 국민들에게 돌아온다는 사실을 모른다 할 수는 없다. 유신반대 데모하던 학생들은 고문에 육신은 망가지고 영혼까지 병들고 삶이 비극으로 끝나버린 사람들은 또 얼마나 많았던가. 다시는 이런 일이 있어서는 안 된다.

하나는 펑펑 쏟아지는 눈물을 주체하지 못한다. 원피스 앞자락이 흥건히 젖는다. 분노는 사그라지지 않는다. 기억을 찾아서 앞으로 많은 날들이 왜소했던 죽은 남자의 어찌 할 줄 몰라 고통에 지르던 비명과 통증에 용을 쓰던 몸뚱이가 '하나'를 짓누르고 맴돌지, 또 다른 끔직한 기억의 공포가 그녀에게 밀려올지 모른다. 처절한 절망들이 다시 멍에가 되어 처참하게 지옥으로 자신을 끌고 간다 해도 발버둥을 치며 벗어날 것이다. 비루하게 코로나 바이러스처럼 스며들어 파괴시키는 어떤 것에도 이겨낼 것이다. 꽃향기 물고 달착지근한 봄바람이 하나를 껴안고 속삭인다. 괜찮아, 암, 괜찮고말고! 어느덧 저무는 해는 서쪽 하늘을 붉게 물들이고 서산에 걸쳐있다. 낮달이 너무 쓸쓸해 보인다.

"좌절과 절망스런 순간의 경험이 인간을 더욱 지혜롭고 강하게 만든다."고 했던 고대 그리스 철학자 '플라톤'의 말처럼 나도 그렇게 되기를….

　멀리 동진이 걸어오는 모습이 보인다. 오늘은 도저히 정순 엄마의 꽃게찌개는 먹을 수 없을 것 같다.

소설 형식의 발문

하산을 권하는 말씀

우한용 (소설가, 서울대학교 명예교수)

1. 인연을 돌아보다

　가르치고 배우는 관계에는 여러 가지 비의들이 얽히게 마련이다. 늦은 나이에 젊은 사람을 만나 뭔가 배운다고 하자면 대단한 용기가 필요하다. 그래서 누군가의 천거나 권면이 있어야 그런 관계가 맺어진다. 현장이 혜선의 소설을 읽게 된 것도 그러한 과정을 거쳤다.
　현장은 미국 같은 나라에 가서 살면서 문학을 한다는 게 도무지 무엇인가를 자주 생각했다. 생각할수록 대단한 일이란 느낌이 들었다. 산 설고 물이 다르고, 그리고 사람이 낯선 나라에 가서 그 나라 말 배우며 산다는 게 얼마나 어려운 일인가. 그리고 거기서 우리말을 가지고 문학을 한다는 게 유다르다는 걸 지나, 한국어를 통한 애국이라 여겨질 즈음이었다.

 수필 쓰는 영김을 만났다. 미국에 가서 영문학을 공부한 장열의 소개가 있었다. 한국에 문학 행사가 있을 때마다 다녀가는 영김을 몇 차례 만났다. 사람이 걱실하고 씩씩한 여장부였다. 현장은 영김에게서 막연히 세상을 뜬 모친의 이미지를 읽고 있었다. 한 번은 로스앤젤레스 문인회에 와서 강연을 해 달라는 청을 받기도 했다. 강연에 다녀오면서 한국에서 미국 계신 분들을 도와드려야 할 때가 되었다는 생각을 했다. 현장으로서는 도와드린다면, 그가 공부한 대로 한국문학이 어떻다고 강연을 해준다든지, 소설쓰기 나아가 글쓰기는 이렇게 하라고 방법을 알려줄 수 있겠다 싶었다.

 얼마 후 영김을 다시 만났을 때, 혜선을 소개했다. 문학에 뜻을 두고 지내다가 소설을 쓰겠다고 하는데, 잘 지도하면 좋은 작가가 될 것이라면서 소설쓰기 지도를 부탁했다. 현장은 배운 게 선생질이라서, 그렇게 해보자고 응락을 했다.

 현장이 미국을 방문해서 작품을 손질해주고, 가르쳐준다든지 하는 것은 현실적으로 어려웠다. 그렇다고 혜선이 한국에 와서 현장의 지도를 받을 수 있는 여건도 아니었다. 메일로 작품을 보내면 첨삭해 주는 식으로 하자는 쪽으로 나아갔다. 세 해 동안 혜선이 메일로 작품을 보내면 현장은 틈을 내어 그걸 읽고 소설 작법과 연관된 몇몇 사항을 적어 보내면, 지적사항을 반영해서 다시 현장에게 보냈다. 그런 과정을 거칠 때마다, 이전 작품이 꼭 현장에게 얘깃거리를 제공하려고 일부러 대충

쓰기라도 한 것처럼 일약 비상을 하는 것이었다.

그렇게 세 해가 갔다. 세 해면 대학원 졸업하는 데 필요한 시간이었다. 이쯤이면 하산을 명해도 되겠다는 생각을 하고 있을 무렵이었다. 미주 한국일보 공모에 작품을 냈는데 당선되었다면서 소설 원고를 보내왔다. 〈대피령〉이 그 작품인데, 그 작품을 읽고 그때부터 혜선이 현장에게 막강한 경쟁자가 되어 나타났다는 생각을 하게 되었다. 가르침을 받는 사람이 가르치는 사람보다 기량이 나아졌다고 판단되면 곧바로 하산(下山)을 명해야 한다는 게 현장의 지론이었다. 그게 현장이 〈권하산문초(勸下山文草)〉라는 글을 쓰는 연유다.

2. 소재가 주제다 – 무엇을 쓰는가

혜선의 소설을 읽으면서 현장은 소설이란 무엇인가를 다시 음미했다. 그것은 현장 자신의 소설이 타성에 빠지는 것을 방지하기 위한 방법이기도 했다. 어떤 영역의 일이든지 타성적으로 하다보면 양식화되어 신선미를 잃게 된다. 그래서 현장은 자신의 소설작업을 자주 되돌아보곤 했다.

소설을 아주 범박하게 규정한다면 보통사람들이 살아가는 이야기다. 그런데 사람 살아가는 이야기가 추구하는 궁극점은 인간의 본성에 대한 이해이다. 그 어마어마한 인간의 본성을 소설이 다룬다고? 법칙화가 안 되는 인간사를 붙들고 씨름하는 소설작업은 어떻게 보면 시지포스의 고통스런 형벌과 닮은 측면이 있다.

자신의 소설쓰기에 대한 태도를 당차게 드러낸 혜선의 글을 발견하고, 현장은 혜선이 무서운 사람이라는 생각을 했다. 〈인간과문학〉 통권26호, 해외 작가를 소개하는 난에 실린 〈내일은 없다〉에 붙은 작가메모에서 혜선은 이렇게 적어 놓았다.

나에게 소설은, 시지포스가 감행한 운명적 투쟁이었다. 그는 산정에 이르면 다시 굴러 떨어지는 바위덩어리를 밀어올리기를 거듭한다. 나의 소설쓰기 또한 시지포스가 바위를 밀어올리는 것처럼 결코 멈출 수 없는 글쓰기 작업이다.

몇 년 전, 사경을 헤매며 통증에 시달리는 지옥 같은 시간이 오래 계속된 적이 있었다. 진통제와 염증 치료 주사로 연명하던 가운데, 알퐁스 도데의 〈마지막 수업〉이 떠올랐다. '마지막 수업'이라는 선생님의 이야기를 듣는 순간 지난날의 게으름과 불성실을 후회하는 프란츠처럼, 내 자신의 게으름에 대해 짙은 후회에 빠졌다. 내가 겪은 통증은 정신력으로 이겨낼 수 있는 게 아니었다.

죽음으로 다가가는 시간 속에서도 오늘을 알차고 현명하게 사는 삶이 절실했다. 생애의 막다른 골목에서 유대인 화가 해리 리버만을 만났다. 미국으로 이민 와서 사탕가게를 하다가 76세에 은퇴한 리버만은 그 나이에 '너도 할 수 있어.' 자신에게 다짐을 했다. 그날부터 103세로 세상을 떠나기까지 그림을 그렸고, 미국의 샤갈로 명성을 날렸다.

병이 우선해지면서, 내 자신을 위해 포기했던 소설을 다시 써보자는 결심을 했다. 76세에 그림을 시작한 해리 리버만처럼 나도 할 수 있지 않을까! 그래서 시지포스의 바위 굴려 올리기는 다시 시작되었다.

혜선의 메모 첫 구절은 가히 도발적이었다. "나에게 소설은, 시지포스가 감행한 운명적 투쟁이었다." 병고에 시달렸다는 거야 어느 정도 나이가 든 사람들 대부분이 겪는 일 아닌가. 또 알퐁스 도데의 〈마지막 수업〉에 나오는 작중인물의 후회도 많은 사람들이 아는 이야기. 아주 늦게 그림을 시작해서 성공한 해리 리버만의 예화 등은 작은 구실에 불과한 게 아닌가. 시지포스의 운명적 투쟁을 선언하는 이 소설가의 운명에 내가 관여하는 게 도무지 가당한 일이기나 한가. 현장은 조금 더 지켜보다가 부질없는 일을 그만두자는 셈이었다.

보통사람들 살아가는 이야기를 운명적 작업으로 바꾸어 놓는 일. 생각의 전환이 필요한 작업. 생각을 달리하기 위해서는 늘 새로운 시각으로 대상을 바라보아야 하고, 새로운 해석을 감행해야 한다. 그것은 일종의 고정관념의 타파인 셈. 고정관념을 벗어나서 인간을 바라보자는 게 소설의 사명이라면, 혜선의 소설은 소설의 본질에 매우 가까이 다가가 있다.

그런 생각을 할 무렵까지 혜선은 일정한 간격을 두고 작품을 보내오곤 했다. 혜선의 작품을 받아 읽으면서 진전되어 나아가는 '운명적 투쟁'의 성과를 확인하는 일은 현장을 즐겁게 했다. 한편으로 날짜 정하고 강의를 해야 하는 것처럼 부담이 되기도 했다. 똑똑한 학생은 선생을 똑똑하게 만드는 법이다. 현장은 자발머리 없이, 그 동안 쓴 작품을 묶어서 보내 달라고 주문을 했다. 그러면 원고를 한꺼번에 읽고, 가능하면 발문이나 평설을 하나 써 주겠노라고 약속했다. 혜선이 작품 아홉 편을 묶어서 보내왔다. 책 한 권이 되기 충분한 양이었다.

현장은 그 가운데 맨 앞에 놓은 〈갈대는 바람에 날리고〉란 작품을 집어들었다. 자신의 생애를 일그러뜨린 계모의 소원을 들어주기 위해 제주도에 가서 여행하는 동안 기억을 거슬러 올라가면서 생애를 이야기하는 수법이 탄탄한 구조를 보여주는 작품이었다. 나아가 미워하는 자를 죽여버리고 싶은 살의(殺意) 충동과 예술충동의 조합을 〈갈대는 바람에 날리고〉에서 볼 수 있었다.

'갈대'는 현장을 오래도록 지배해 온 하나의 상념이었다. 파스칼의 한 마디, '인간은 한 줄기 갈대'에 지나지 않는다는 명제. 그러나 그 갈대는 생각하는 갈대이고, 생각할 수 있기 때문에 우주를 품어 안을 수 있다는 인간 존재의 위대함을 역설하는 파스칼의 시각이 현장을 사로잡았다. 그러나 혜선의 '갈대'는 좀 달랐다. 현장은 〈갈대는 바람에 날리고〉 원고를 다시 넘겨보면서 줄거리를 요약해보았다.

찬주라는 여자가 있다. 완고한 가부장제 가정에서 태어난 딸이다. 아버지의 지극한 사랑 속에서 자랐다. '달고 나온 놈'이 필요한 집안에서 술집 작부가 낳아온 아들 때문에 찬주는 존재 가치를 잃는다. 어머니의 죽음과 술집 여자가 아들을 낳았다는 이유로 후실로 들어앉게 된다. 찬주는 그 여자에게서 온갖 수모를 당하면서 성장하고 생애는 왜곡된다. 그런 가운데 연극에 몰두하게 되고, 연극판에서 만난 '장연기'라는 제작자와 생애를 꾸리면서 '사랑'이라는 것을 실천하면서 살아간다.

장연기가 죽고 혼자 견디는 중에, 아버지의 여자가 아들에게 배반당한 끝에 찬주를 찾아온다. 남편과의 추억을 되찾으려고 제주도행을 강요한다. 찬주는 의붓어미의 요청을 들어 제주를 여행하는 중에, 오늘의 자기가 있기까지 역정을 반추한다. 찬주는 결국 갈대숲으로 의붓어미가 걸어 들어가도록 놔두고는 현실로 돌아온다. 그리고는 돌파구를 '연극'에서 찾는 걸로 가능성만 암시한 채 소설은 끝난다. 거기에 이은상의 시 홍난파 곡으로 되어 있는 '사랑'이 배음으로 깔린다. '탈 대로 다 타시오….'

남아선호의 악습에 지질려 파탄이 나는 인생, 거기서 발생하는 살의충동과 인간 본성으로서의 살의충동에서 자신을 구제하기 위한 예술적 가능성을 암시하는 데서 끝난 이 작품은 소설의 기본구도에 충실하게 전개되었다.

현장은 소설을 괴롭게 읽는 편이다. 제목의 '갈대' 때문에 파스칼의 불어판 〈팡세, Pensées〉를 찾아보기도 하고, '사랑'이란 시의 한 구절의 어구에 목을 매달기도 한다. "탈 대로 다 타시오 타다 말진 부대 마소/ 타고 마시라서 재 될 법은 하거니와" 이 시행의 '마시라서'가 영 마음에 걸리는 것이었다. '타고 끝까지 다 타서' 그런 뜻으로 짐작은 되었다. 그러나 뜻이 명쾌하지 않았다. 비발디의 '사계' 가운데 1악장을 찾아 들어보기도 했다. 현장에게 익숙한 곡이었다. '트루 웨스트' 공연을 녹화한 버전을 다시 찾아 훑어보면서, 찬주와 장연기의 기막힌 재회의 의미를 생각하기도 했다. 현장은 이러한 텍스트 연관성을 높여주는 장치들이 작품의 전체적인 흐름과 다소 엇갈린다는 생각을 했다. 작가의 지식과 감각이 작중인물의 그것과 층위를 달리한다는 점은 하산한 후에 해결할 과제로 남겨야 하는 게 아닌가 싶었다.

아무튼 살의충동을 불러오는 인간관계와 그것을 극복하기 위한 예술적 대안은 혜선의 소재 특징을 드러내는 게 틀림없다는 생각으로, 현장은 다른 작품을 찾아보았다.

3. 시간을 운용하는 방법 – 어떻게 썼는가

현장이 〈갈대는 바람에 날리고〉 다음으로 골라 든 게 〈대피령〉이었다. 대피령은 일상 서사를 왜곡하는 것. 비상사태라야 대피령을 내리는 게 아닌가.

근래 현장은 그런 생각을 자주 하곤 한다. 소설을 쓰는 작업은 자신의 왜곡된 서사를 바로잡는 일이라는 생각. 왜곡된 서사는 개인의 심리 내면에 트라우마로 자리잡는다. 예컨대 6.25 같은 전쟁 체험, 학살, 강제이주, 폭력, 홍수나 지진 같은 자연재해, 그런 것들이 개인의 정상적으로 진행되는 서사를 왜곡한다. 한마디로 '일상'을 엉망으로 뒤집어 놓는다. 엉망이 된 일상을 다시 정리하고 거기서 삶의 이유를 찾아 나아가는 작업이 소설쓰기 아니겠는가. 독자는 그런 소설을 통해 삶의 이유를 발견하는 것일 터이고. 그런 생각을 하면서 현장은 〈대피령〉을 다시 읽었다.

글을 잘 읽는 방법 가운데 하나는 옮겨적는 것이다. 현장은 〈대피령〉의 두 번째 단락을 자기가 쓰는 글에 옮겨 적었다.

'벨 에어' 산속은 새벽부터 새들의 아침인사가 시끌짝하다. 부엉이는 밤에만 우는 습성을 버렸는지 시도 때도 없이 부엉거린다. 시끄러운 새 소리도, 배고파 보채는 아이처럼, 칭얼대는 코요테의 울음조차 이젠 무디어졌다. 가끔은 사슴이 짝을 지어 내려온다. 뛰는 소리가 텅하고 지축을 흔든다. 집 앞 정원의 장미 새싹에 맛 들린 사슴은 꽃 순을 남겨두지 않는다. 운이 좋은 꽃송이들만 핀다.

이전에 현장이 로스앤젤레스에 갔을 때, 문인들의 안내를 받아 '게티센터'를 방문한 기억이 떠올랐다. 반 고흐의 '아이리스'를 비롯한 프랑스 인상파 화가들의 작품에 취해 있다가, 밖에 나와 바라보았던 맞은편 언덕 동네…. 꿈꾸는 사람들이 살 것 같은 그 언덕 동네. 거기가 '벨 에어'였다. 그런데 혜선이 묘사한 풍경은 현장이 주 후반에 가서 지내는 충주 '상림원'의 풍경과 너무 닮아있었다.

상림원 뒷산에서는 시도 때도 없이 꾹꾹이가 울어댄다. 가슴 저 밑바닥에 가라앉는 처절한 기억을 불러오는 새울음소리에 잠이 깨곤 한다. 꾹꾹이 소리를 배음으로 해서 작은 새들이 재잘거리면서 아침이 밝아온다. 고라니는 밤새워 캬악캬악 서러움과 원한을 뱉아낸다. 이놈들은 밭으로 내려와 농작물을 다 뜯어먹고 사과나무 늘어진 가지의 새순을 잘라먹는다. 그러나 겨울 눈덮인 밭으로 짝을 지어 달리는 고라니의 그 사랑스런 모습을 생각하면 분노와 원망은 저절로 잦아들고 만다.

어떤 작품에서 그려진 풍경이 독자가 사는 동네를 떠올리게 한다면 일단은 흡인력을 갖게 된다. 독자는 경험과 감성이 유사한 작품을 만나게 되면 일단은 동화되기 마련이다. 현장은 〈대피령〉에 빠져들기 시작했다. 어느 작품에 빠져든다는 것은 글쓰기를 중단시킨다. 작품에 빠져 읽어내려가는 작업을 글쓰기와 같이 할 수 없다. 글쓰기는 글읽기의 사후작업인 셈이었다. 인생을 읽는다는 말 또한 마찬가지 아닌가. 현장은 〈대피령〉을 더듬어 읽고 사건 전개를 다시 정리해 보았다.

벨 에어에 사는 행복한 노인의 우아한 삶의 서사는 '토마스 산불'로 인해 여지없이 망가진다. 아들이 출장갔다가 돌아오기로 한 날, 산불이 동네를 덮칠 지경이 되고, 당국에서는 대피령을 내린다. 노인은 대피할 준비를 하면서 중요한 물건들을 챙긴다. 물건들을 챙기는 과정은 물건들에 묻어 있는 추억과 애착 순서를 따라 결정된다. 보석 세트, 앨범, 노트북 컴퓨터, 아이의 배냇저고리, 아버지한테 생일 선물로 받은 '장미꽃 유화', 아들이 아끼는 시계들, 수표책 등을 차례로 챙기는 것이다. 그리고 근래에 산 '큰 핸드백'을 찾아들고 계단을 내려오다가 미끄러져 몸을 가누지 못하고 사경을 헤맨다. 그 사이 의식공간을 명멸하면서 지나가는 생각들 속에 아들에 대해 진정한 사랑을 보여주지 못한 것을 후회한다. 후회와 함께 어떤 깨달음들이 섬광처럼 스쳐간다. 인간이 마지막 숨넘어가기 직전 이런 생각을 할 수 있겠다는 가능성으로 독자를 잡아끈다.

섬광처럼 명멸하는 기억 속에 작중인물이 겪은 6.25 체험이 점경묘사 식으로 삽입된다. 산불의 불꽃이 환기하는 육이오 체험은 이런 것들이다. 할아버지가 인민군들에게 붙들려가던 일, 집이 인민군에게 접수당해 '내무서'가 되고, 갈아 입을 옷 한 벌만 가지고 쫓겨난 일, B29의 폭격으로 대퇴골에 파편이 박힌 일, 그것이 지금 상황에서 몰고오는 공포, 인민군들이 집을 불태우던 기억…. 이런 역사기억이 미국에 이민가서 살다가 산불이라는 대재난을 당해 사경을 헤매는 개인에게 되살아난다는 상황은 독자들이 역사의 의미를 반추하게 한다.

이러한 역사기억과 개인의 개별기억이 교차되는 가운데 개인적인 여행체험이 스며들어온다. 프라하 광장의 시계탑에 성인들이 나와 '부질없다'고 외치고 들어가는 장면. 그 장면은 현장도 프라하 여행 중에 보았던 터라서 특별히 의미있게 읽히는 부분이었다. 부질없다는 말은 라틴어로는 바니타스(vanitas)라는 게 떠올랐다. 어떤 번역판 성경에는 "연기다. 한낱 연기다! 모든 것이 연기일 뿐 아무것도 아니다."라고 번역되어 있기도 했다. 헛되고 헛되며 또 헛되니…. 그래서 어떻게 하라는 것인가? 성경 해석 전문가들은 그러니 젊은 시절 열심히 살아라, 그런 교훈으로 뒤집어 읽는다. 이 구절은 호라티우스의 시로 연결되어 '현재를 잡아라' 하는 격언으로 널리 회자된다. 현장은 언제던가 메모장에 적어 두었던 구절을 찾아보았다. "carpe diem, quam minimum credula postero (제때에 거두어들이게, 미래에 대한 믿음은 최소한으로 해두고)" 이는 찰나주의가 아니다. 실존의 시공간을 포착하라는 훈계이다.

현장은 소설을 이렇게 주석을 하면서 힘들게 읽는 까닭이 무언가 스스로 물어보았다. 간단히 말하자면 소설가가 얼마나 공들여 쓴 작품인데 대강 읽고 알았다고 덮어놓는 독서는 그 방식에 문제가 있다는 생각이었다. 그런 생각 끝에, 현장이 밑줄을 그어 놓은 부분을 다시 들추어 보았다. 화마가 널름대는 상황, 계단에서 굴러 떨어져 몸을 가늘 수 없는 장면에서 아들을 기다리는 대목이었다.

아들이 도착할 시간은 아직 멀었는데 풀을 움켜잡고 절벽 중간에 매달린 나를 위에서는 쥐가 풀을 조금씩 갉아먹고 밑에서는 사자가 으르렁거리며 내가 떨어지기를 기다리는 상황처럼 어떻게 해볼 수 없는 처지가 되었다.

이 문장은 현장의 기시감을 불러왔다. 전에 현장이 낸 책 가운데 한 번 인용한 적이 있는 내용이었다. 현장은 그 책을 찾아 인용 전거를 확인했다. 현장이 인용한 내용은 이렇게 되어 있었다.

어떤 사람이 미친 코끼리에 쫓기다가 우물 안으로 내려진 덩굴을 타고 그 속으로 내려갔으나, 바닥에는 독사가 입을 벌리고 있었다. 다시 오르려 해도 코끼리가 입구에 버티고 서 있어서, 이러지도 저러지도 못하였다. 의지할 것이라곤 잡고 있는 덩굴뿐이었다. 이것을 흰쥐 한 마리와 검은쥐 한 마리가 번갈아 나타나 머리 위에서 갉아먹기 시작하였다. 그러나 그 사람은 그 절박하기 짝이 없는 순간에, 덩굴에 달린 벌집에서 흐르는 꿀의 단맛에 취해 있었다.

현실의 단맛에 빠져 위기를 위기로 느끼지 못하는 이 허랑한 존재, 그게 인생이라는 깨달음이 그 구절에 의미의 그물을 드리우고 있는 것이었다.
현장은 그러한 내용이 불교의 초기경전 〈아함경〉에 전한다는 전거를 적어 놓았다. 그 내용에 비하면 혜선의 작중인물은 더욱 절박한 상황에 처해 있었다. 오전 한나절에 불어닥친 자연재난에 한국의 6.25를 연계하고, 기독교와 불교의 에피소드를 연계한 소설구성법은 현장이 감탄을 하지 않을 수 없게 했다.

거기다가 혜선이 소설쓰기를 자신의 존재이유라고 선언하는 맥락도 포함되어 있다. 자신이 컴퓨터에 써 놓은 작품이 자신의 '분신'이라고 선언하는 것이나, '인간의 간사함'이나 '고통스럽고 비참한 상황에서 가진 자에게 짓밟히는 사람들 이야기를 하고 싶은' 것이 자신의 소설 쓰는 이유라고 못 박는 것은 작가의 당당한 작가의식을 보여주는 터라서, 예사로 넘길 수 없었다.

죽기 전에 모든 과오를 뉘우치고, 오해를 풀고, 인간이 한 단계 정신적 상승을 기하는 이런 과정은 왜곡된 서사를 바로잡는 작업이 아닌가, 그게 현장의 생각이었다. 그래서 '권하산문'을 어서 써야 한다는 조바심으로 안달이었다.

4. 아메리칸 드림과 자연 재해

현장은 〈수렁에 봄이 찾아오면〉을 읽고나서, 진작 '권하산문'을 마무리해야 하는 것을, 이미 늦어졌다고 주먹으로 책상을 쳤다. 노사(老師)와 문도(門徒)가 자리바꿈을 하면 누가 먼저랄 것 없이 하산을 결행해야 하는 법이 아니던가. 현장이 하산을 해야 한다는 다짐을 둔 것은 혜선의 소설 배경이 되었던 뉴올리언스와 연관된 기억 때문이었다.

2019년 여름은 현장에게 특별한 경험이 있었다. 친구 박외서 교수와 미국 루이지애나주에 있는 뉴올리언스에 갈 기회가 있었다. 목적은 두 가지였다. 하나는 아이티 노예들이 미국으로 이주해서 생활한 터전을 보고 싶었던 것과, 루이 암스트롱으로 상징되는 재즈의 본고장을 찾아보고 싶은 것이 다른 하나였다. 뉴올리언스 시내를 돌아보고 폰트차트레인 호숫가에서 근사한 와인을 곁들인 생선요리를 먹으면서 현란하게 타오르는 노을에 취해 있었다. 미시시피강 하구의 운하 제방에 앉아 강바람을 쐬면서 '카트리나'의 기억을 떠올리기도 했다. 프랑스 작가 샤토브리앙이 거기를 배경으로 해서 〈나체스〉라는 소설을 쓴 나체스의 인디언 무덤도 찾아가보았다. 그것은 비애의 흙무덤이었다.

프렌치 쿼터에서는 재즈 바에 들러 와인을 마시면서 작품을 구상하기도 했다. 작품 이름이 〈세컨드 라인〉이었다. 서너 집 건너 '재즈 퓨너널'이란 간판이 달려 있는 것을 보고는 호기심이 일어 그게 무언가를 알아보았다. 재즈의 고향 뉴올리언스에서 장례를 치루는 방식이라는 걸 알았다. 그들은 그것을 '세컨드 라인'이라고 했는데, 말하자면 이승을 살아가는 일이 퍼스트 라인이라면 사후세계는 '세컨드 라인'인 셈이었다. 현장은 소설의 플롯을 짜고 있었다. UDT(underwater demolition team) 출신 최병창이 특수공작원으로 일하다가 전역하고, 신변의 위협을 이겨내지 못하고 미국으로 이민하게 된다. 수중작전에 단련된 그는 뉴올리언스에서 스킨스쿠버를 생업으로 삼아 생활한다. 그런 중에 카트리나가 닥치고, 최병창은 몸 돌보지 않고 수재민 구제에 혼신의 힘을 다한다. 그리고 주민들과 어울려 재즈바에서 트럼펫을 불기도 하면서 특수요원이었던 전력을 드러내지 않고 살아간다. … 그가 그랜드 브리지 공사장에서 일하다가 강물에 빠져 실종된 세네갈 출신 엠쿤타의 시신을 건지다가 체력이 못 미치는 바람에 자신도 익사하고 만다. 뉴올리언스 주민들의 그의 장례를 재즈 퓨너럴로 치러 준다. 거기에 그의 조카 신청운이 찾아가 참여하고 삼촌의 삶을 회상하면서, 그의 친구에게 술회하는 그런 이야기를 구상하고 있었다.

그런데, 뉴올리언스에 이민한 정인이라는 14세 소녀가 카트리나를 만나 집과 아버지를 잃고, 그를 대피시켜 준 인물에게 성폭력을 당하는 장면이 이렇게 묘사되어 있다.

파란 하늘에 솜털구름이 뭉게뭉게 피어오른다. 그사이로 깃털 구름이 조금씩 모여들고 뭉친 가운데 태풍의 눈이 서서히 돌기 시작한다. 나뭇잎들이 바람에 흔들리고 나뭇가지가 부러지고 뿌리째 뽑힌다. 그때 갑자기 나타난 갈색 털로 뒤덮인 커다란 곰이 앞을 가로 막는다. 앞발을 들어 쓰러진 내 가슴에 올려놓는다. 답답하다. 숨을 쉴 수 없다. 예리한 칼로 난도질당한 듯 소변 나오는 곳이 생살이 찢기듯 아프다. 긴 곰 발톱이 내 몸 여기저기를 할퀸다. 그럴 때마다 찢긴 내 살점 신경들이 살아 움찔거린다. 필사적으로 발버둥 친다. 곰이 내 양팔을 꽉 붙잡는다. 내가 팔을 물어뜯는다. 산울림처럼 씩씩대는 내 숨소리만 허공에서 맴돈다.

자연, 인간의 폭력, 폭력을 당한 뒤의 절망, 그리고 그 절망을 넘어서는 데서 찾은 작은 희망으로 마무리되는 작품이 〈수렁에 봄이 찾아오면〉이다. 현장은 올리언스를 배경으로 구상하고 있는 소설을 쓴다면 어떤 결말을 맺을 것인가, 머리를 떨구고 생각에 잠겼다. 그런데 이상하게 프랑스의 오를레앙이 떠오르는 것이었다. 뉴올리언스는 누벨르 오를레앙을 영어식으로 읽은 것이었다. 이른바 크레올어다. 한국 이름 정인이 미국에 와서 조니로 바뀐 14살 소녀, 처참한 폭력을 당하고 살아나 봄을 맞은 그녀는 잔다르크의 화신은 아닐까, 그런 짐작이 갔다. 그러나 그렇다고 우기고 싶지는 않았다.

남의 작품을 읽는 것은 필연적으로 오독이 될 수밖에 없다고 해도, 과도한 오독은 작가와 독자의 사이를 이반(離反)하게 하는 행위가 아닌가. 그런데 루이지애나주는 프랑스 루이 임금의 땅이라 뜻. 현장은 서아프리카 세네갈의 '생 루이 Saint Louis'라는 도시를 떠올렸다. 지난 2월에 다녀온 세네갈의 프랑스 식민도시. 같은 이름의 도시가 미주리주에도 있다. 물론 거기는 세인트 루이스라고 한다. 마무튼 뉴올리언스가 있는 루이지애나주와 아프리카 세네갈의 생루이는 펠리칸이란 새를 매개로 연결되어 있다. 펠리칸- 운명의 짐처럼 부리가 너무 커서 몸이 날쌔지 못하고 박제사들에게 항용 잡혀서 죽어가는 펠리칸, 그게 정인의 생을 암시하는 것은 아닌가 싶었다.
 이렇게 넝쿨이 벋어나가는 텍스트 연관성은 사실 과도한 지적 호사가 아닌가 싶었다. 현장은 전날 읽다가 펼쳐둔 번역판 성경을 들춰보았다. "많이 배우면 걱정도 많고/ 많이 알수록 고통도 늘어난다." 이건 뭔가. "잘 알아야 진정으로 믿을 수 있고, 믿음이 앎을 촉구한다"는 해석학의 순환을 전적으로 부정하는 구절을 성서에서 발견한다는 것은 인문학의 비애라는 생각을 저버릴 수 없었다. 그러면 소설에서 추구하는 '진실'은 어디 있는 것인가. 현장은 혜선의 다른 작품을 읽고 '권하산문'을 마무리해야 한다고 스스로 재촉하고 있었다.
 사실 이 소설은 아메리칸 드림이 어떻게 깨어지는가를 간접적으로 이야기하고 있는 작품이다. 사람 살아가는 길이라는 게 어딜 가나 자기 찾아나서기 마련이라고 한다. 그래서 흔히 사람들 입에 오르내리는 한 구절을 따라 '인간도처유청산'이라고 현실적 고역을 위무하곤 한다. 그러나 바꾸어 말하면 '인간도처무청산' 인간이 어디 간들 청산이 따로 있겠는가 그렇게 읽히기도 한다. 고국을 떠나 낙원을 찾아간 거기서 만나는 인간의 비루함, 그러한 인간의 비열함을 감추지 않고 이야기로 구성하는 것이, 아마 혜선이 추구하는 인간의 본질일지도 모른다. 눈이 알알하니 아파왔다.
 현장은 잠시 눈을 들어 벽을 바라보았다. '득어망전(得魚忘筌)'이라는 족자가 걸려 있었다. 창강이라는 호를 쓰는 서예가가 현장이 〈악어〉라는 소설을 냈을 때 기념으로 써준 것이었다. 창강은 말했다. "현장은 물고기를 잡았으면 통발은 잊어버려라, 그렇게 읽지는 않으리라고 믿습니다." 현장은 잠시 어리뻥해져 창강을 망연히 바라보았다. "말에 대한 집착에서 벗어나야 할 겁니다." 창강은, 당신이 말에 대한 집착에서 벗어나면 다시 찾아오마 하고는 총총 가버렸다. 그 이후 현장은 창강을 기다리면서 소설을 썼다. 말을 다루되 말에 대한 집착을 벗어나는 일. 그것은 새로운 고기를 잡고자 할 때마다 그물을 새로 장만해야 하는 고된 작업을 예고했다.

5. 언어의 그물을 다루는 방법

현장은 자기가 쓴 글을 혜선에게 크리스마스 선물로 보내주어야 하겠다면서, 작업을 서둘렀다. 꼭 보름이 남아 있었다. 작업이 더디게 진행되었다. 현장은 자기가 쓰는 글이 '해설'로 치부되기를 바라지 않았다. 혜선의 작품에 공감하면서 자기 나름의 '자율구조'를 갖춘 소설을 쓰고 싶었다. 소설을 읽는 과정이 소설을 쓰는 과정으로 전환되는 작업. 그런데 혜선이 쓴 소설 본문이 자꾸 걸려와 통어가 되질 않았다. 글이 길어지는 이유가 거기 있었다.

이런 글을 꼭 길게 써야 하는가. 현장은 문득 그런 생각이 들었다. 다른 작가의 글을 읽고 그걸 소설 형식으로 쓰는 일은 일종의 메타픽션을 만드는 일일 터. 메타란 한 차원 위라는 뜻이다. 꼭 그게 수준의 높이를 말하는 것은 아니다. 한 단계 위에서 거머잡아 본다는 뜻이다. 아직 분석을 하지 않은 작품들이 공통으로 지닌 특성을 바탕으로 하산의 이유를 몇 조목으로 정리해야 크리스마스 약속을 지킬 수 있겠다 싶었다.

글을 마무리하기 전에 다시 처음으로 돌아가 살피기로 했다. 그래야 하산의 이유를 확실히 잡아낼 수 있겠다 싶었다.

우선 소설의 기본이 되어 있다는 점이었다. 그게 언어적 측면에서는 묘사력이 뛰어나다는 점이었다. 그리고 소재와 경험의 측면에서는 탄탄한 구성력을 지니고 있다는 점이었다. 따지고 보면 이 두 항목에 소설의 모든 것이 다 포괄된다. 소재를 가공하고 구성하는 스토리 차원과 소설을 어떻게 쓸 것인가 하는 담론 차원이 여기 포함되기 때문이다. 이 두 항목을 충족할 때 하산을 권해도 충분하다는 생각이 들었다. 그리고 이 두 사항은 이미 앞에서 이야기를 해 둔 터이기도 했다.

혹심한 병고를 치르면서 존재의 문제를 성찰할 기회를 갖는 사람들은 그 과정에서 '새 사람'이 되기도 한다. 혜선 본인의 기록이니 그대로 믿을 수밖에 없지만, 그는 병에 대해 해박하다. 병에 대한 두려움과 죽음에 대한 공포를 감각 차원에서 막연히 서술하는 게 아니라 전문적인 의학용어를 동원하여 사태를 서술한다. 소설가는 자기가 다루는 소재 영역의 전문가가 되지 않을 수 없다. 그 전문성이라는 것은 일상생활에서부터 기술과학 영역은 물론 이념과 영성의 차원에 이르기까지 매우 넓은 스펙트럼으로 펼쳐져 있다.

현장은 소설을 쓰면서 가끔 윤동주를 생각하곤 한다. 그의 〈쉽게 씌여진 시〉에는 그런 구절이 나온다.

"인생은 살기 어렵다는데/ 시가 이렇게 쉽게 씌여지는 것은/ 부끄러운 일이다."

현장은 그 구절을 달리 변형해 중얼거리곤 한다. 인생이 고통스러운데 소설을 편하게 쓰는 것은 사기다. 사기를 치지 않으려면 인생에 대해 깊이 생각하고 인생 공부를 부지런히 해야 할 일이다. 현장은 혜선을 공부하는 소설가로 평가하는 편이다. 가끔 작중인물의 지식 정도를 넘어서는 경우가 있기도 하지만, 어설프게 과장하지 않고 지식을 동원하는 솜씨가 가경(佳境)에 이르러 있다.

혜선의 소설은 한 번 읽고 던져버리는 그런 값싼 물건이 아니다. 독자를 약간 긴장하게 하기도 하고 독자가 텍스트에 참여해서 작가와 함께 찾아보고 확인하고 싶은 의욕을 부추긴다. 이른바 '텍스트 연관성'이 높은 작품을 내놓는다. 이러한 사항은 앞에서 충분히 설명했다고, 현장은 생각했다. 현장은 혜선에게 어떤 조언을 하기보다 일단 하산을 하도록 하면 그 다음은 자신의 일일 것이라고, 작가에게 자유를 허여하는 쪽의 방침을 밀어나가기로 했다.

이 장면에서 현장은 고개를 들어 벽에 걸린 족자를 바라보았다. "득어망전", 아 그것은 창강이 이야기하던 '물고기와 통발'이었다.

현장은 서가에서 장자를 빼어들고 '득어망전'의 전거가 되는 곳을 찾아보았다.

 "통발은 물고기를 잡는 수단이다. 고기를 잡으면 통발은 잊힌다. 덫은 토끼를 잡는 수단이다. 토끼를 잡으면 덫은 잊힌다. 말은 뜻을 전하기 위한 수단이다. 뜻을 전하면 언어는 잊어버린다. 나는 어찌하면 이처럼 말을 잊어버린 사람을 만나 그와 더불어 이야기를 나눌 수 있을까?"

 현장은 단락의 끝 문장에다가 짙은 표시를 해 두었다.

 말과 뜻이 마주놓일 수 있는가 하는 의문이 들었다. 그러나 달리 생각하기로 했다. 소설로서 자율성을 지닌 '작품'이 되었으니, 뜻이 이루어진 것이고, 따라서 주제니 구성이니 하는 소설의 외피에 해당하는 그 '말'에 집착하지 말고, 인간의 본질을 추구하는 길로 맥진(驀進)하기를 바란다, 그렇게 썼다, 그러자면 소설가는 자신의 스타일을 가져야 하는 동시에 이룩한 스타일을 깨트리고 다른 스타일을 창출해내야 한다. 〈분갈이〉처럼 독백으로 대화를 유도하는 소설형식을 시도하기도 하고, 〈내일은 없다〉는 소설 속에 소설이 들어가는 형태를 모색하기도 했다. 소설은 새로워야 소설이다. 혜선은 그런 명제를 일찍이 터득한 터. 작가 혜선은 이미 〈또 다른 시작을 위하여〉에서 자신이 짚어가야 할 앞날을 예시하고 있었다. 글쓰기를 소명으로 대하는 성실함이 거기 절절히 나타나 있던 것이다. 거기다가 어떤 췌사를 덧붙인단 말인가.

 현장은 크리스마스 선물로 보낼 글을 마무리하느라고 24일 밤을 새웠다. 동쪽 창에 새벽빛이 부옇게 다가오고 있었다. 창을 열었다. 싸늘한 새벽공기가 가슴으로 확 다가왔다. 새소리가 거대한 율동으로 오르내렸다. 창문을 열어놓은 채 오디오 시스템 전원을 넣었다. 그리고 베토벤의 교향곡 9번 합창 부분을 띄웠다.

흑인 바리톤 가수는 노래했다. "오! 벗들이여 이런 가락이 아니네. 더욱 즐거운 가락 그리고 환희에 넘치는 가락으로 함께 노래하세!(O Freunde, nicht diese Töne! Sondern lasst uns angenehmere anstimmen, und freudenvollere)"

새로운 것, 그것은 부정에서 출발한다. 신의 영광을 노래하며 세계 만민이 형제가 되는 그 환희를 노래하는 첫 구절이 '이런 가락이 아니네!' 그렇게 선언하는 것 자체가 혁명적이다. 소설은 부단히 자기혁명을 해나가는 작업이다. 이런 낡은 가락으로는 안 되지. 환희와 고통이 맞물려 돌아가는 그 소용돌이를 감당해야 하는 것일 터이네.

현장은 혜선의 소설이 늘 새롭게 거듭나기를 염원하면서, 권하산문초(勸下山文草)를 보내기로 했다. 컴퓨터는 이미 부팅이 되어 있었다. *